새롭게 풀어 쓴 고사성어

편집부 엮음

예감출판사

고사성어

머리말

　언어의 탄생 기원은 아득한 고대로 거슬러 올라간다. 말 하나 단어 하나가 생겨나는 과정에는 인간의 숨결이 배어들면서 탄생하게 되는데, 이것을 가리켜 광의의 의미로 역사 또는 문화라고 해도 무방하다.

　동양의 언어에는 그 중심에 중국이 우뚝 차지하고 있고, 이른바 한자문화권이라고 불리면서 서양에 대비되는 언어권을 형성해 왔다. 한자가 없는 아시아권을 생각할 수 없게 되었음은 물론, 중국이 21세기의 전면에 등장하는 오늘에는 한문이 차지하게 되는 위력은 영어권과 맞수로 부상하고 있다.

　고사성어는 중국의 역사, 고전, 또는 시가(詩歌)에서 나온 말이 대부분이다. 그래서 고사성어를 안다는 것은 중국의 역사, 고전, 시가를 안다는 것과 동일하다고 해도 과언이 아니다.

　따라서 사전적 의미로 고사성어는 고사를 바탕으로 해서 이뤄진 관용어구라 할 수 있다.

　고사(古事)에서 연유된 말이긴 하지만, 신화·전설·역사·고전·문학 작품 등에서 나온 말들 또한 포함된다. 이러한 말들이 갖는 의미는 교훈·경구·비유·상징어 등의 기능을 갖고 있으며, 언어사용에 있어서 관용구나 속담으로 쓰이게 되어, 표현을 풍부하게 꾸며 주게 된다.

고사성어를 익히면 그 속에서 인간의 흥망성쇠와 처세의 사상과 윤리를 터득하게 된다. 즉 경험의 철학과 생활의 예지가 배어 있기 때문에 인생의 지침이 되는 많은 지식을 얻을 수 있다.

이 책은 실제의 생활 속에서 가장 많이 사용되는 고사성어 중에서 그 뜻이 분명하고, 누구나 이해하기 쉬운 생활 필수 고사성어만을 엄선해서 편집했다. 뜻풀이만이 아니라, 고사성어 자체가 이루고 있는 실제 배경 이야기도 아울러 실었다. 이야기를 읽는 재미도 있지만, 재미를 넘어 서서 동양의 역사와 철학, 그 결정체를 배우고 익히게 되는 셈이다.

독자들은 이 고사성어집 한 권으로 인생의 많은 지혜를 깨닫게 되어 배움에서나 생활의 전반에 걸쳐 풍요를 얻게 되는 기회를 갖게 되기를 진심으로 바란다. 또한 이 책을 새롭게 풀어써서 내놓게 된 보람도 의의가 있으리라 자부한다.

차 례

ㄱ

차 례

차 례

차 례

차 례

차 례

알아두기

*고사성어의 텍스트 선택은 현대에 널리 쓰이고 실생활에 활용할 수 있는 단어들을 선택했다.

*출처를 밝힘으로써 성어의 형성 근거를 알 수 있게 했다.

*일화를 예시함으로써 성어의 역사적 배경을 알 수 있게 했다.

ㄱ

佳人薄命(가인박명)

아름다운 여인은 운명이 기구하다. 미인단명(美人短命)의 뜻으로도 쓰이고 있는 이 말은 미인일수록 팔자가 사납다는 뜻으로도 쓰인다.

소식(蘇軾)의 시 가인박명(佳人薄命)

일화

한 어린 소녀가 중이 되었다. 비구니가 된 것이다. 깎은 머리는 파르라니 애처롭기 그지없어 보였다.

머리 깎은 소녀는 대문을 걸어 잠그고 절 안에서 한 발짝도 나오지 않았다. 봄은 다 지나가고 이제 버들꽃도 지고 있는데 계절에는 아랑곳도 없는 소녀의 모습은 어여쁘다 못해 슬픔을 자아내게 했다.

이러한 소녀가 시인 소동파(蘇東坡)의 눈에 띄었다. 시인의 예민한 감성이 꿈틀했다. 시인은 노래하기 시작했다.

"젖어 있는 두 볼이며 영롱한 눈빛, 연지 바르지 않은 입술,

그 입술에서 나오는 어린아이 같은 말투, 애틋한 그 나이의 소녀는 장차 어떤 운명을 살아갈 것인가?"

시인의 노래는 계속되었고 다음과 같이 끝을 맺었다.

"예부터 아름다운 여인 중에는 운명이 기구한 사람이 많다고 했지. 문 닫힌 절 안에서 지내다가 봄이 다하면 저 푸른 버들꽃이 하염없이 지겠구나.(自古佳人多命薄 閉門春盡楊花落)"

단명(短命)이란 일찍 죽는다는 말로만 쓰이는 것은 아니다. 미인은 오래 못 산다는 것으로 좁게 해석할 일이 아니다. 하나의 단어에는 파생적인 뜻도 여럿 있는 것이다.

따라서 단명에는 순탄하지 못할 인생이라는 뜻도 포함한다. 미인이 불행해지기 쉽다는 것은 그런 면에서 이르는 것이다. 오래 살지 못하고 일찍 죽는 것도 불행한 것이고, 오래 산다고 해도 사연 많고 곡절 많다면 그것도 단명이라는 이름의 불행이라는 것이다. 박명이란 말도 마찬가지다.

가인박명(佳人薄命)은 소동파 시인의 시에서 유래된 것이므로, 시의 진미란 여러 의미를 음미하는데 있다.

苛政猛於虎(가정맹어호)

정치의 가혹함은 호랑이보다 무섭다. 현대화되기 전에는 호랑이의 피해가 많았다. 호랑이는 가장 무서운 공포의 대상이 되었던 것인데 정치를 이에 비유한 것이다. 과중한 세금과 억압으로 인해 백성이 착취를 당하는 것을 호랑이에 비유한 뜻이다.

예기(禮記)

공자 때 이야기다.

길을 떠난 공자가 제자들을 데리고 태산의 한적한 마을을 지나가고 있을 때였다. 어디선가 구슬프게 우는 여인네의 곡소리가 있어 둘러보니 길가의 무덤 곁에 있는 한 여인이 눈에 띄었다. 공자는 자로를 시켜 사정을 알아보게 했다.

자로가 다가가 물었더니 여인은 이렇게 대답했다.

"저는 여러 차례 불행을 만난 여인입니다. 전에 시아버님이 호랑이에 물려 죽으시더니, 이번에도 제 남편이 똑같은 화를 당하셨습니다. 그런데다가 제 아들마저 또 호랑이에게 물려 죽었습니다."

"호랑이가 들끓는 무서운 곳이라면 이곳을 떠나시지 왜 그대로 계셨습니까?"

여인네가 다시 대답했다.

"이곳에는 가혹한 정치가 없는 곳입니다."

공자는 여인네의 말에 충격을 받았다. 제자들을 불러 가르쳤다.

"가혹한 정치는 호랑이보다 무섭구나. 그러니 너희들도 마음에 새겨 두어라."

비록 호랑이가 득실거리지만, 무거운 세금도 물리지 않고 포악한 정치도 없는 곳이 살기가 좋은 곳이라는 여인네의 말은 오래오래 공자의 마음에서 떠날 줄 몰랐다.

각주구검(刻舟求劍)

칼을 강에 빠뜨리고 배의 그 자리에 새겨 놓고 검을 찾는다. 융통성이 없이 고지식한 행동이나 완고하여 물정을 모르는 상황에 쓰이는 말이다.

여씨 춘추(呂氏春秋) 찰금편(察今篇)

일화

때는 전국시대.

초나라 사람이 배를 타고 양자강을 건너고 있었다. 생김새는 어수룩해 보이지만 가지고 있는 검은 날카롭게 보였다.

무심코 검을 들어 만지작거리다가 그만 강물에 빠뜨리고 말았다.

그 자는 서둘러 단검을 꺼내 검을 떨어뜨린 뱃전에다가 표시를 하며 이렇게 중얼거렸다.

"이 곳이 검을 떨어뜨린 곳이렷다."

건너편 나루터에 배가 닿았다. 검을 떨어뜨린 초나라 사람은 뱃전에 표시해 둔 그곳을 기준 삼아 강물 속으로 뛰어들었다. 검을 찾겠다고 물속으로 들어간 그는 과연 잃어버린 검을 찾아냈을까?

"그 사람, 바보로군요!"

사람들은 물속을 향해 뛰어든 그가 어리석다고 수군거릴 것이다. 그리고 이렇게 말할 것이다.

"물은 흐르는 것이고, 배는 이미 지나왔어. 뱃전에 표를 해 놓았다고 칼을 어떻게 찾아! 검을 떨어뜨렸을 때에 곧장 물속에 뛰어 들어 찾았다면 겨우 가능할까. 그것도 어디 쉽겠어."

우화는 우화로 읽어야 한다.

우화는 그 누구도 아닌 바로 나를 향해서 들려주는 이야기
니까.

간담상조(肝膽相照)

간과 쓸개를 꺼내어 서로 내보이다. 몸속의 장기를 밖으로
내보일 수는 없지만 마음을 터놓는다는 뜻으로 격의 없이
사귀는 친구를 뜻한다.

한유(韓愈) 유자후묘지명(柳子厚墓誌銘)

당송 팔대가의 한 사람인 유종원이 좌천되었다. 개혁적인
정책을 펼쳐나간 데 대해 보수파들이 반대를 하고 나서며 음
모를 꾸몄던 것이다.

이런 암투 속에서 동료인 유몽득도 지방으로 좌천되자 유종
원은 가슴이 아팠다. 무엇보다 유몽득이 모시고 있는 홀어머
니에게 좌천 사실을 알릴 수 없어 하는 모습이 눈물겨웠다.

"여보게, 유종원, 어떻게 어머니에게 알 릴 수 있겠는가. 좌
천되어 갈 곳이 사람이 살 곳이 아니란 말일세."

유몽득의 이런 말을 들은 유종원은 눈물을 흘리며 말했다.

"어머니께 말씀 드리지 못하며 난처해 하는 자네 모습을 차
마 볼 수 없네. 어찌 그런 곳에 늙은 어머니를 모실 수 있겠는

가. 차라리 자네를 대신해 내가 자청해 그곳으로 가겠네."

이 우정 어린 친구의 이야기를 들은 한유 또한 깊은 감동을 했다. 한유는 그의 저서 '유자후묘지명'에 유종원과 유몽득의 우정을 기리는 글을 다음과 같이 남겼다.

'평소에 사람들은 서로 담소하며 술좌석에서도 함께 잘 어울린다. 서로 겸손을 보이며 손을 잡고, 간과 쓸개를 꺼내어 서로 보이고(肝膽相照), 태양을 가리키며 변하지 않겠다는 맹세를 한다.'

그런데, 사람들은 변심을 한다. 간을 꺼내어 보이면서까지 맹세한 사람들이 아주 사소하고 자그마한 일에 등을 돌려 헤어지고 만다. 상대방에게 상처를 주고, 심지어 곤경에 빠뜨린다.

유종원과 유몽득의 우정을 그리워한 한유의 간담상조.

세상이 배신과 사기로 가득 찼다고 해도 간을 꺼내어 보일 수 있을 정도로 마음을 터놓고 상대할 친구는 어딘가 있는 법이다.

건곤일척(乾坤一擲)
천지를 걸고 단숨에 승부를 내다. 운명을 걸고 단번에 결판을 낼 때에 쓰이는 말이다

한유(韓愈) 과홍구(過鴻溝)

일화

한나라와 초나라가 치열하게 싸우던 때의 일이다.

한때는 한나라 유방과 초나라 항우는 동맹관계로 손을 잡은 사이였다. 진나라를 타도하기 위해서는 서로 협력을 했던 것이다.

드디어 진나라를 무찔렀다. 그리고 나자 상황은 달라져 둘은 적의 사이로 돌변했다. 천하를 누가 차지할 것이냐는 쟁패가 벌어진 것이다. 그리하여 여러 해를 두고 혈전을 반복했으나 결판이 나지 않았다.

용이라 불리는 유방도 지치고 호랑이라 불리는 항우도 피곤해지자 더 이상 싸우기를 그만두기로 했다. 그 대신 천하를 둘로 쪼개어 나누어 갖기로 한 것이다. 그럼 어디를 경계로 할 것인가? 지금의 하남성 서쪽을 흐르는 조그마한 강인 홍구를 사이에 두고 이쪽 저쪽으로 분할하기로 했다.

이렇게 해서 피비린내 나고 무고한 백성을 죽음에 몰아넣는 전쟁이 끝나는가 했다. 유방과 항우 두 사람 중의 하나에게 기회가 왔다. 항우는 정치적 수완이 므자란 데다가 때마침 식량이며 전략물자가 바닥이 나 고생하고 있었다. 또 제후들도 대부분 그를 떠나 유방 편으로 마음을 돌리고 있었다. 이러한 정세를 그대로 두고 볼 유방이 아니었다.

때맞춰 장량과 진평이 유방을 부추기는 말을 했다.

"지금이야말로 초나라를 멸망시킬 때입니다."

서쪽으로 가던 유방은 망설이지 않고 말머리를 돌렸다. 천하를 걸고 도박을 하기로 한 것이다. 마침내 유방이 천하를 거머쥐었다. 해하성에 패한 항우는 오강(烏江)에 몸을 던져 목숨

24

을 끊었다.

건곤일척. 즉 천하를 얻느냐 잃느냐의 운명을 건다는 말은 이렇게 해서 생겨났다. 건곤일척의 서양 속담으로는 '주사위는 이미 던져졌다'라는 말과 일맥상통한다. 로마의 시이저가 루비콘 강을 건너며 한 말이었다.

> **去者日疎(거자일소)**
> 떠난 자는 나날이 멀어져 간다. 이때의 떠난 자란 이별 또는 사별을 뜻한다. 괴롭고 슬픈 헤어짐이라 해도 세월이 흐르면 잊혀져 간다는 뜻으로 그 사이가 멀어진다는 것이다.
> 문선의 고시십구수(文選의 古詩十九首)

일화

갑돌이와 갑순이는 헤어지고 나서도 죽을 때까지 그리워했을까? 거자일소는 그렇지 않다는 답을 들려주고 있다.

이런 옛 시가 있다.

'떠난 자는 나날이 멀어져 가고
오는 자는 나날이 가까워진다.
성문을 나서서 바라보니
눈에 띄는 것은 언덕과 무덤뿐,
무덤은 낡아 뭉개져서 밭이 되고

푸르던 소나무, 잣나무 베어져 장작이 되네.

흰 버들에 찬바람 휘몰아치니

쓸쓸하고 서글픔이 애간장을 끊누나.

옛 고향에 돌아갈까도 생각했지만

어느 길로 가야 할지 알다가도 모르겠네.'

세월이 흐르면 죽은 자도 잊혀지고, 죽자 사자 사랑했던 사람도 이별을 하고 나면 어떤가?

거자일소다. 떠난 자는 나날이 멀어지는 것이다.

蓋棺事定(개관사정)

관 뚜껑을 덮은 후에 그 사람에 대한 바른 평가가 이뤄진다. 사람이 죽으면 비로소 그의 진면목을 알 수 있다는 것을 뜻하는데 이것이 확대되어 생전에 열심히 노력해야 한다는 뜻으로도 쓰인다.

두보(杜甫)

 일화

한 사또가 죽었다.

빈소가 차려지고, 조문객을 맞을 준비를 했다. 그런데 이 어찌된 일인가. 생전에는 사또의 집을 찾아오는 사람들 발길로 그칠 날이 없었는데, 그가 죽고 나자 문상 오는 사람이 손가락으로 셀 정도에 불과했다.

이런 사태를 보자 고을 사람들은 수군거렸다.

"개관사정이라더니……."

"그러게 말일세. 개관사정이라는 말이 딱 들어맞네."

이렇게 죽은 사또를 두고 한 말, 개관사정은 사또의 생전의 행적을 한 마디로 일러주는 말이다. 얼마나 못돼 먹었으면 문상조차 꺼려했겠는가.

그래서 사람은 관 뚜껑을 덮고 난 뒤에야 그 사람에 대한 평가를 할 수 있다는 것이다.

結草報恩(결초보은)

풀을 엮어서 은혜를 갚는다. 은혜를 받고 그것을 잊지 않고 있다가 기회를 찾아 갚는다는 뜻이다.

춘추좌씨전(春秋左氏傳)

일화

춘추시대 때 위무자(魏武子)라는 사나이가 있었다. 본부인 외에 다른 여자를 두고 살 수 있었던 때라 위무자도 사랑하는 애첩을 두고 있었다.

위무자가 병이 들어 죽음에 이르자 아들 위과를 불러 유언을 남겼다.

"내가 죽거든 애첩을 개가시켜라."

임종이 가까워진 위무자는 다시 아들을 불러 전과는 다른 유언을 했다.

"내가 죽거든 애첩을 같이 무덤에 묻어 달라."

아버지 위무자가 죽고 나자 아들 위과는 첫 번째 유언을 이 행했다. 아버지의 첩을 다른 남자에게 다시 시집을 보낸 것이 다. 그러면서 이렇게 말했다.

"위독한 상태에서 한 말은 정신이 흐트러진 말이기 십상입 니다. 아버님이 올바른 정신을 가지고 계신 때의 유언을 따르 기로 했습니다."

아들과 아버지의 첩과의 인연은 여기서 끝나지 않았다.

전장에 나간 위과는 크게 패해 적장 두회(杜回)에게 쫓겨 목 숨이 위태했다. 도망치던 위과는 넓은 초원을 가로질러 한 노 인이 풀과 풀을 엮고 있는 곳을 지나쳤다. 바짝 뒤따라온 두회 가 막 노인의 곁을 지나칠 때였다. 그만 노인이 엮어 놓은 풀 에 걸려 넘어졌다.

이것을 본 위과는 재빨리 말머리를 돌려 두회를 덮쳐 사로 잡았다. 승리는 위과에게 돌아갔다.

그날 밤이었다. 꿈속에 낮에 들판에서 마주친 노인이 나타 났다. 노인은 위과에게 공손히 인사하며 이렇게 말했다.

"나는 다름이 아니라 당신이 개가시킨 여인의 아비 되는 사 람이지요. 당신이 아버지의 유언을 따라 내 딸을 마음대로 처 분할 수 있었을 터인데 첫 유언을 따라 살려주었기에 그 은혜 를 갚고 싶었습니다. 오늘 때마침 풀을 엮어서 그 은혜를 갚은 것(結草報恩)입니다."

傾國之色 (경국지색)

나라를 위태롭게 하는 여인의 미모. 여인의 용모가 빼어나
그로 말미암아 나라의 운명까지 위태롭게 만들 때 쓰이는
말이지만, 그만큼 뛰어났다는 뜻으로 절세미인을 뜻한다.

한서(漢書) 외척전(外戚傳)

일화

한나라 유방의 부모와 처자가 한동안 초나라 항우 밑에 억
류된 일이 있었다. 이때에 항우를 설득한 인물이 후공(侯公)이
었다. 얼마나 뛰어난 화술이었으면 항우가 유방의 가족을 무
사히 돌려보내게 했을까!

이런 모습을 본 세상 사람들은,

"후공은 참으로 뛰어난 웅변가이다. 그는 말 한 마디로 나라
를 기울게도 할 수 있을 것이다."

그런데 이런 뜻의 경국(傾國)이 미인(美人)이라는 말과 연결
되어 쓰이게 된 데는 그럴 만한 또 다른 일이 있었다.

한나라 무제 때 음악 담당의 관리며 명창이었던 이연년(李
延年)에게 절세의 아름다운 누이동생이 있었다. 한번은 이연
년이 한무제 앞에서 다음과 같은 가사의 노래를 불렀다. 그 끝
은 이렇게 맺고 있다.

한번 돌아보면 성(城)을 기울게 하고

두 번 돌아보면 나라를 위태롭게 하네.

어찌 성을 기울게 하고 나라를 위태롭게 함을 모르겠는가마는

이렇듯 아름다운 여인은 두 번 다시 얻기 어렵도다.

"그런 여자가 있다니, 그게 누구인가?"

한무제의 물음에 이연년은,

"바로 제 누이가 그렇습니다."

한무제 앞에 불려온 이연년의 누이동생은 정말 아름다웠다. 춤도 잘 추며 사람을 끌어들이는 미소에 무제는 그만 매료되고 말았다.

이 여자가 바로 무제의 총애를 한몸에 받은 이부인(李夫人)이고, 경국지색의 말을 태어나게 한 여인이다.

敬遠(경원)

공경하면서 또한 멀리한다. 상대를 공경하지만 가까이 하지 않는 것을 말한다. 꺼림칙하게 피한다는 부정적인 뜻으로도 쓰인다.

논어(論語) 옹야편(雍也篇)

일화

공자가 제자 번지(樊遲)와 이런 저런 문답을 나누고 있었다. 무슨 물음 끝에 번지가,

"'안다(知)'에 대해서 말씀해 주십시오."

공자가 답했다.

"백성의 의(義)를 힘쓰고, 귀신을 공경하여 멀리하는 것, 이 것을 지(知)라 할 수 있다."

공경하면서 멀리한다? 번지는 스승의 답변에 의아했다. 하지만 시시콜콜 물어볼 수 없었다. 스스로 해결해 나가야 할 과제였다.

세월이 흘렀다.

후세 사람들은 공자의 그 말을 이렇게 해석했다.

─귀신을 공경하여 만만히 여기지 않는다는 것은 귀신에 대해서 경의를 표하는 것은 좋으나, 너무 가깝게 굴어서 복을 구하고 재앙을 면하려는 기복적인 행위는 삼가야 한다.

─인지상정 중에 초인간적 존재인 신에 매달려 복을 구하는 일이 있다. 이른바 세상의 종교라는 게 이런 마음에 부채질을 하고 있는 게 현실이다.

그런데 문제가 있다. 초월자의 섭리를 믿으면 믿을수록 일정한 거리를 두어야 한다. 초월자에게 아첨하거나 비굴한 심정으로 기울기 쉬운 것이다.

그렇다면 신에게 아부의 마음으로 추종하기 이전에 자신의 덕을 닦는 것이 오히려 사람으로서의 길이다.

이러한 해석의 근거는 공자가 중병이 들었을 때의 일화가 뒷받침하고 있다. 자로가 스승의 병환을 낫기 위해 기도하자고 제의를 하자 이를 들은 공자가 이렇게 물리쳤다.

"기도라면, 나는 전부터 해 오고 있다."

이처럼 경원(敬遠)의 뜻에는 신에 대한 공경과 더불어 인간으로서의 지켜야 할 품위를 아우르는 정신이 흐르고 있다.

鷄肋(계륵)

닭갈비. 먹기에는 보잘것없고 버리기는 아까운 부위인 계륵을 비유해 쓸모없지만 버리기도 아까운 것을 뜻한다.

후한서(後漢書) 양수전(楊修傳)

 일화

삼국지의 주요인물인 유비와 조조가 한중(漢中) 땅을 차지하려고 치열하게 다퉜다. 유비가 먼저 익주를 점령하면서 한중 땅에 군사를 배치하고 병참을 확보했다. 한중이 유비의 세력권에 들어온 것이다.

조조에게는 불리한 전황이 전개되었다. 유비의 방어선에 막히고 뒤로도 빠져나갈 수 없는 형편이었다.

전세를 타개하기 위한 참모회의가 열리고 있던 중, 조조가 한 마디 내뱉었다.

"계륵(鷄肋)! 계륵이야!"

참모들은 그 말에 어리둥절했다. 닭의 갈비라는 일차적인 낱말의 뜻을 모를 리 없었다. 그럼에도 거기에 숨겨진 진정한 뜻을 알 수 없어 고개를 저었다. 하지만 그들 중 양수(揚修)만은 그 뜻을 헤아리고 빙긋 웃었다.

회의가 끝나고 나자 동료들이 양수에게 그게 무슨 뜻이냐고 물었다. 양수가 대답하기를,

"닭의 갈비는 먹을 것이 별로 없지. 그렇다고 조금 붙어 있는 살점을 먹지 않고 버리기도 아깝기야 하지. 버릴 수도 없고

그렇다고 먹자니 변변찮고 하단 말일세. 이게 무슨 뜻이겠는가?"

조조는 버리기는 아깝지만 이곳을 버리고 돌아가기로 결심했던 것이다. 계륵이라는 한마디 말로 작전회의를 마친 조조였던 것이다.

鷄鳴狗盜(계명구도)

닭소리를 잘 내는 사람과 개 흉내를 잘 내는 사람. 동물의 흉내를 잘 내는 하찮은 사람이라도 그런 재주로 인해 때로는 대단한 쓸모가 된다는 뜻이다.

사기(史記) 맹상군열전(孟嘗君列傳)

일화

전국시대(戰國時代) 말기(BC330~BC260년 경)는 어수선한 세상이었다. 진나라가 동쪽으로 세력을 확장하고 있던 때였다. 그런 가운데 진의 소왕(昭王)은 주변의 여섯 나라 중에서 제나라의 맹상군(孟嘗君)을 초빙했다.

맹상군은 그 어느 누구보다도 나라를 구하는데 인재의 필요성을 절감하고 인재 등용에 남다른 심혈을 기울이고 있던 사람이었다. 그의 집에 모여든 식객들이 무려 3천명을 헤아렸고, 범죄자라 해도 뛰어난 재주가 한 가지라도 있는 자면 식객으로 받아들일 정도였다.

이런 소문을 들은 진나라 소왕(昭王)이 맹상군을 초빙한데
는 그를 자기 나라의 재상(宰相)으로 임명하려는 데 있었다.
하지만 주위에서 반발했다.

"맹상군은 제나라 문중 사람입니다. 그가 이 나라의 재상이
된다면 제나라 이익만 추구하게 될 게 아닙니까?"

일리 있는 말이라 여기고 소왕은 단념하려고 하자, 장차 맹
상군의 위력이 염려되었다. 그렇다면 돌려보내기보다 죽여 버
리기로 하고 감금했다.

사태가 심상치 않음을 깨달은 맹상군은 소왕이 총애하고 있
는 여인에게 주선을 부탁했다. 그러자 선물을 요구했다.

"저에게 호백구를 주시면 힘써 보도록 하지요."

호백구란 흰 여우 가죽으로 만든 갑옷을 말하는 것인데, 맹
상군의 갑옷이었다. 값이 천금이나 나가는 값진 것이었다. 그
런데 이미 맹상군이 초빙에 사례하는 뜻으로 소왕에게 선물로
받친 귀중품이었다.

맹상군이 걱정을 하고 있자 말석에 앉은 한 사람이 나섰다.

"제가 어떻게 손 써 보겠습니다."

그는 수행해 온 식객들 중의 한 사람이었는데, 그런 그를 보
자 동료들이 어이없다고 고개를 흔들었다. 그는 도둑질을 일
삼다가 맹상군의 집에 식객으로 들어온 이래 누구 하나 거들
떠보지 않던 인물이었기 때문이었다.

그날 밤.

그는 개의 흉내를 내면서 궁중의 창고 속으로 잠입해 들어
가 맹상군이 바쳤던 호백구를 훔쳐 가지고 나왔다. 호백구를
받은 총의의 주선으로 맹상군 일행은 급거 귀국길에 올랐다.

한 밤중에 함곡관에 이르렀다. 첫닭이 울기 전이라 관문은

굳게 닫혀 있었다. 언제 뒤에서 그들을 체포하러 달려올지 알 수 없이 촉박한 때라 한시가 급했다.

그런 때에 식객 중 닭울음소리를 잘 흉내 내는 또 다른 자가 나서서 닭 우는 소리를 냈다. 그러자 진짜 닭들이 여기저기서 홰를 치며 울어댔고, 그 덕택으로 함곡관 문이 열렸다.

물론 맹상군 일행은 살아 돌아올 수 있었다. 개의 흉내를 내고 닭의 소리를 낼 줄 알았던 두 사람은 평소 동료 식객들로부터 천시 받던 인물들이었다. 그런 그들이 자신들의 생명을 구해 준 것을 알고 나자 맹상군의 인재등용의 포용력에 고개 숙이지 않을 수 없었다.

하지만, 후세 사람은 이를 두고 다시 다음과 같이 비판했다.

－맹상군은 계명구도(鷄鳴狗盜)의 우두머리일 뿐이었으니, 진정 인재를 얻었다 할 수 있겠는가? 그가 제나라의 강한 힘을 손아귀에 쥐고 있는 터에 진정한 인재를 한 사람만이라도 얻었다면 진나라를 제압할 수 있었을 것이다. 그렇지 못한 것을 보면, 그의 문중에서는 인재가 나오지 않고 계명구도의 무리가 나왔다고 해야 할 것이다.

鼓腹擊壤(고복격양)

배를 두드리고 발을 구르다. 배불리 먹어 배를 두드리고 기쁨으로 인해 발을 구르는 정도로 태평성대를 누린다는 뜻으로 쓰인다.

십팔사략(十八史略)

일화

요(堯)나라 임금이 천하가 잘 다스려지고 있는지 궁금했다. 요임금은 서민의 옷을 차려입고 거리에 나서 동정을 살폈다. 아이들의 노래 소리가 들려 왔다.

우리 백성들이 이렇게 지낼 수 있는 건
모든 게 임금님 덕택인 거야.
백성들은 마음 터놓고
임금님의 다스림을 따라가지.

아이들의 이런 노래에 임금은 기분이 한껏 좋아졌다. 하지만 나이든 어른들의 생활이 궁금했다. 조금 더 마을 속으로 들어가 보았다.

저쪽에서 노랫소리가 들려 왔다. 가까이 가보니, 배를 두들기며 땅을 쳐 박자를 맞춰 흥을 돋우고 있었다.

배를 두들기며 땅을 치는 모습인 '고복격양(鼓腹擊壤)'을 본 임금은 더욱 기분이 좋아졌다.

"백성이 배가 고프다면 어찌 배를 두드리겠는가. 또 살맛도

없다면 저렇듯 땅을 쳐가며 박자를 맞춰 흥겨워할 수 있겠는
가.”

임금은 이렇게 중얼거리며 돌아온 뒤 백성들을 위해 더욱
따뜻한 정치를 베풀었다.

高枕而臥(고침이와)

베개를 높이 하여 편히 잘 잔다는 뜻이다. 근심이 없이 잘
잘 수 있다는 의미도 되고, 안심할 수 있는 상태의 비유도
된다. 동의어는 고침안면(高枕安眠)이다.

전국책(全國策) 위책(魏策) 애왕(哀王)

일화

“아닐세. 한, 위, 조, 연, 제, 초의 여섯 나라가 연합해서 강
대국 진나라에게 대항하는 게 평화를 유지하는 길이네.”

“허어, 그런 합종책은 궁극적으로 평화에 이를 수 없네. 여
섯 나라가 제각기 진나라와 손을 잡고 앞날을 도모해야 하는
것일세. 말하자면 연횡책이 평화를 달성할 수 있는 길이네.”

합종책을 주장하는 사람은 소진이었고, 연횡책을 주장하는
사람은 장의였다. 전국 시대에 뛰어난 인물이었던 두 사람의
각기 다른 주장은 장의의 생각대로 역사는 흘러갔다.

장의는 연횡책을 내세우면서 진나라 혜문왕 10년에 군대를
이끌고 위나라를 침공했다. 그런 뒤 위나라 재상이 된 장의는
위나라 애왕(哀王)에게 연횡책을 따를 것을 권했다.

이 또한 받아들여지지 않자, 장의는 한나라를 쳐 8만의 군사를 죽음에 몰아넣고 나서 다시 애왕을 설득하고 나섰다.

"위나라는 영토가 작습니다. 또 군사도 적은 숫자이고 약소국입니다. 위치하고 있는 지형으로 보아도 주변에 네 나라가 인접해 있어 사분오열이 될 지형임에 분명합니다. 진나라를 받드는 게 합종책의 허점을 극복하는 길입니다."

장의의 결론은 다음과 같았다.

"진나라를 섬긴다는 것은 초나라와 한나라의 공격으로부터 피할 수 있는 방패가 됩니다. 초나라와 한나라의 침공만 없으면, 왕께서는 베개를 높이 베고(高枕而臥) 편히 잠들 수 있습니다."

그렇게 하기만 하면 위나라의 앞날은 걱정이 없으리라는 장의의 말에 애왕은 마침내 그의 뜻을 쫓았다. 한 걸음 더 나아가 장의는 진나라와 연합해 초나라를 쳐서 반분하자고 설득하기까지 했다.

이후 장의는 나머지 나라들을 찾아다니며 그의 뜻을 폈다. 그렇게 해서 연횡책으로 전국시대는 흘러갔다.

曲學阿世(곡학아세)

배운 학문을 굽혀서 세속에 아첨하다. 배운 진리에 따라 행하지 않고 세속의 권력이나 시류에 영합하는 것을 뜻한다.

사기(史記) 유림열전(儒林列傳)

노자의 사상이 한창 위세를 떨치던 한나라 경제(景帝) 때의 일이다. 원고생(轅固生)이라는 학자는 시경에 밝은 박사였다. 그런 그는 노자의 사상을 싫어했다.

한번은 경제의 어머니인 두태후(竇太后)가 원고생을 불러 물었다.

"그대는 노자를 어떻게 생각하는가?"

두태후란 황제 경제의 어머니가 아닌가. 그리고 노자에 대한 열렬한 심취자였다. 원고생은 망설이지 않고 자신의 생각을 말했다.

"노자란 자는 보잘것없는 자입니다. 이를테면 노예나 종처럼 하찮은 존재입니다. 그런 자가 하는 말 또한 하잘것없는 말에 지나지 않습니다."

황제의 어머니 두태후는 몹시 화가 났다. 감히 누구 앞에서 자신이 받드는 노자를 깔아뭉개다니! 그날로 원고생은 사육장으로 보내져 그곳에서 돼지 잡는 일을 하게 했다. 경제는 그가 직언을 했을 뿐임을 알자 잘 드는 칼을 주어 돼지를 쉽게 잡도록 뒷바라지 해 주었다.

얼마 뒤, 원고생은 청하왕의 태부(太傅)로 임명되어 소임을 다한 뒤 병이 들어 관직에서 물러났다.

경제 뒤를 이어 무제가 즉위했다. 이때에 함께 부름을 받은 인물에 공선홍(公孫弘)이라는 자가 있었다. 젊은 학자였는데 늙은 원고생에게 거리를 두며 어딘가 깔보는 데가 있었다. 이를 눈치 챈 원고생이 공선홍을 불러 한 마디 했다.

"여보게, 지금 학문은 사설(邪說)이 판을 치고 있네. 전통 있는 학문은 뒷전으로 밀려났네. 자네야말로 올바른 학문에 힘쓰기를 바라네. 자신이 갈고 닦고 배운 학문을 굽혀 세상에 아첨해서는 안 된다는 말일세."

過猶不及(과유불급)
지나친 것은 모자란 것과 같다. 지나치거나 모자라는 것은 중용이 못된다. 중용의 이상을 표현한 뜻으로 쓰인다.
논어(論語) 선진편(先進篇)

일화

같은 칠판을 바라보는 학급의 학생들은 각양각색이다. 스승은 그런 제자들을 앞에 두고 가르친다. 공자 또한 그러했다.

어느 날 자공(子貢)이 스승 공자에게 질문을 던졌다.

"자장(子張)과 자하(子夏), 두 사람 가운데 누가 더 낫습니까?

이런 질문만큼 답변하기 곤란 것은 없다. 누구를 더 낫다고 할 수 있을까? 각기 다 장단점이 있기 마련일 터이니 말이다.

공자의 답변을 들어보자.

"자장은 지나치고, 자하는 모자라구나."

"그렇다면 자장이 더 낫다는 말씀이군요."

공자의 다음 답변을 들어보자.

"지나친 것은 모자란 것과 마찬가지다."

어떤가? 자장과 자하를 똑같은 장단점으로 한데 뭉뚱그려 중용의 선상 한가운데 올려놓았다. 어느 쪽으로도 기울 수 없게 된 것이다.

자장이 적극적인 성격이지만 과시욕이 지나치고, 자하는 사소한 형식 따위에 얽매이는 소심한 성격의 소유자였다.

공자는 지혜로웠다.

자하의 지나침(過)을 지적했고, 자하의 모자람(不及)을 지적했던 것이다. 그리고 거기에서 그치지 않고 '지나침은 모자람과 같다'는 멋진 등식으로 인간이 어떻게 살아야 할 것인지를 가르쳤던 것이다.

空中樓閣(공중누각)

공중에 세운 누각. 진실성이 없거나 너무 비현실적인 것을 뜻할 때 쓰인다.

몽계필담(夢溪筆談)

일화

송대(宋代)의 과학자로 심괄(沈括)이라는 사람이 있었다. 어느 날 두루 자연 현상을 살피다가 이상한 현상을 보고 의아해했다.

"아니, 저 멀리 수평선에 떠오른 도시란 게 도대체 무슨 허깨비인가?"

사실 그가 있는 등주(登州)는 사면이 바다로 둘러싸여 있는 곳이었다. 이상하게도 늦봄에서 여름에 걸친 계절 동안 멀리 수평선에 알 수 없는 도시의 형상이 떠오르곤 했다. 누각이 촘촘히 들어선 도시의 모습은 보기에 번화하기 그지없어 보였다.

사람들은 이것을 보고 해시(海市)라 불렀다.

심괄은 과학자의 눈으로 이러한 착시현상을 그의 저서 몽계필담(夢溪筆談)에 기록으로 남겼다.

그런데 청대(淸代)에 이르러 적호(翟灝)라는 자가 심괄의 공중누각을 인용하여 다음과 같은 글을 남기게 되었다.

'지금 세상 사람들의 언행이 허황된 것을 일컬어서 공중누각이라고 하는 것은 이 사실을 딴 비유에서 온 것이다.'

그 옛날 보았다는 해시는 지금의 신기루(蜃氣樓)인 것이다.

管鮑之交(관포지교)
관중과 포숙아의 사귐. 친구의 사귐이 믿음과 의리에 있어서 변하지 않는 것을 뜻한다.

사기(史記) 관안열전(管晏列傳)

일화

"관중아!"

포숙아가 마음 놓고 부를 수 있는 친구의 이름이었다.

"포숙아!"

관중이 마음 터놓고 부를 수 있는 이름도 친구 포숙아였다.

두 어릴 적 친구가 커서 어른이 되었다.그 무렵 제나라의 왕은 양공(襄公)이었는데 소행이 좋지 않았다. 반란이 일어나 피살되었다. 관중은 양공의 아들 규(糾) 아래에서 벼슬을 하고 있었고, 포숙아는 규의 동생 소백(小白) 아래에서 왕자를 섬기고 있다가 서둘러 피난을 떠났다. 관중은 규와 함께 노나라로, 포숙아는 소백과 더불어 거나라로 피신해 살았다.

얼마 뒤 반군이 진압되자 규와 소백 두 왕자는 왕권을 놓고 왕자의 난을 일으켰다. 관중이 규를 왕위에 앉히기 위해 소백의 암살을 시도했지만, 실패로 끝났다. 먼저 제나라로 돌아온 소백이 왕위에 오르게 되었는데 그가 바로 환공이다.

환공은 망명한 규와 관중을 잡아와 형제인 규를 사형에 처하고 관중은 제나라로 압송했다. 본래 관중도 사형당해야 했지만 포숙아가 소백에게 간청해 죽음을 면할 수 있었다. 이때에 포숙아가 한 말은 이러했다

"왕께서 천하를 다스리시겠다면 관중을 죽이지 마시고 중용해야 합니다."

환공은 포숙아를 신뢰하고 있던 터라 관중을 대부로 임명했다. 관중이 누구인가? 소백인 환공을 암살하려던 장본인이 아닌가? 그럼에도 환공은 과거사를 묻지 않았고, 관중 또한 과거사를 잊었다. 오히려 나중에 환공이 천하의 패업을 이루는데 관중은 대정치가로서의 수완을 발휘했다.

관중은 자신의 일생을 다음과 같이 고백했다.

"나는 욕심쟁이다. 이익의 분배에서도 내가 더 많이 갖고는 했다. 그럼에도 포숙아는 나를 욕심장이라고 하지 않았다. 나는 세 번이나 군주를 섬겼다가 파면되었다. 그럼에도 포숙아

는 나를 불초(不肖)라 아니 했다. 나는 싸움에 나가 세 번이나 비겁하게 도망친 일 있다. 그럼에도 포숙아는 나를 비겁하다고 하지 않았다. 그 외에도 나는 부끄러운 일이 있었다. 그 어느 때마다 포숙아는 나의 가난함을 알고 있었고, 세상에는 유리한 때와 불리한 때가 있음을 알고 있었으며, 내가 시운을 잘못 만날 줄 알고 있었다. 그 뿐만 아니라, 내게는 늙으신 어머니가 있다는 것을 알고 있었던 까닭이다."

관중은 이렇게 말하며 사기(史記)의 관안열전(官晏列傳)에 다음과 같이 그 끝을 맺었다.

"나를 낳아 준 분은 부모이시지만, 나를 알아 준 이는 포숙아이다."

진짜 친구는 이런 것이다 라고 2천년도 넘는 예전의 일화가 오늘날에도 그리운 것은 무슨 까닭일까?

刮目相對(괄목상대)

눈을 비비고 상대를 보다. 실력이나 학문이 눈에 띄게 향상되었음을 뜻하는 말로 쓴다.

삼국지(三國志) 오지(吳志) 여몽전(呂蒙傳)

일화

저 유명한 삼국 시대.

오나라의 장수 가운데 여몽이라는 사람이 있었다. 그는 누구인가? 삼국지 도원결의의 한 사람인 관우를 공격해 그를 죽인 장본인이다.

그런 여몽은 집안이 워낙 가난해 젊은 시절 글공부를 못했다. 그 대신 부지런히 무예를 닦아 장수의 자리까지 오른 인물이었다.

어느 날이었다. 오나라의 창업주인 손권을 만난 자리에서 뜻밖의 말을 듣게 되었다.

"여보게, 여몽 장군. 틈틈이 책을 읽어 학식을 쌓아 두게."

여몽은 손권의 권유를 흘려듣지 않았다.

그날로 여몽은 글공부를 시작했다. 그 시작이 잠시 잠깐으로 끝났다면 여몽의 일생은 하찮은 장수에 불과했을 것이다. 잠시도 쉬지 않고 계속한 그의 공부는 피비린내 나는 전쟁터에까지 책을 들고 가서 손에서 떼지 않을 정도로 철저했다.

어느 날인가 여몽은 토론을 하게 되었다. 상대는 당대의 학식 높은 노숙(魯肅)이었다. 한동안 말을 주고받던 노숙은 깜짝 놀라 여몽을 추켜세웠다.

"난 그대가 무예에만 뛰어난 줄 알았소이다. 그런데 오늘 보니 학식이 풍부하기 그지없소. 이젠 이전의 여몽이 아닐세."

노숙의 말에 여몽은 역사에 길이 남을 말로 대답했다.

"무릇 선비라고 한다면 헤어졌다가 사흘이 지나서 다시 만났을 때는 뭔가는 달라져 있어야겠지요. 눈을 비비고 상대를 봐야(刮目相對)하는 법이오."

공부를 해서 나날이 새로워져야 한다는 여몽의 자세는 나라를 굳건히 하는 대로 이어졌다. 노숙이 죽고 난 뒤 여몽은 손권을 도왔고, 갖가지 책략으로 오나라의 기반을 굳건히 하는 데 힘을 기울였다. 앞서 말한 당대의 뛰어난 장수 관우의 생명을 꺾기까지 한 여몽이었다.

口蜜腹劍(구밀복검)
입에는 꿀이 들어 있지만, 뱃속에는 칼이 있다. 달콤한 말
이지만 그 속은 음흉한 생각을 품고 있다는 뜻으로 쓰인다.
십팔사략(十八史略)

일화

당나라 현종 때 재상을 지낸 이임보(李林甫)는 속이 음흉한
자였다. 술수에 뛰어나서 사람들은 그를 경계하며 두려워했
다. 안록산의 반란으로 유명한 안록산도 감히 그를 대적하지
못해 그가 죽고 나서야 반란을 일으켰다.

어느 날 현종이 이임보를 대한 자리에서 일이었다.

"엄정지(嚴挺之)는 요즘 어디에서 뭘 하고 있는가?"

느닷없는 질문에 이임보의 머릿속은 재빨리 회전했다. 본래
엄정지는 강직한 인물로 요직을 맡아 나라 일을 보살펴 오던
사람이었다. 그런 그를 계략을 써 지방의 일개 태수로 내쫓은
게 이임보 자신이었다.

그날 저녁이었다. 집에 돌아온 이임보는 엄정지의 아우를
불러들여 입에 발린 소리를 했다.

"오늘 황제께서 자네 형님을 매우 칭찬하시는 말씀이 있으
셨네. 그러니 한번 황제를 뵙도록 하는 게 좋을 걸세. 틀림없
이 좋은 자리를 주실 거라는 확신이네. 일단 이렇게 해보게.
몸이 좋지 않아 치료차 장안에 돌아왔다는 글을 올려보도록
하게."

엄정지는 이임보의 계략이 숨겨져 있는 것도 모르고 황제

앞으로 글을 올렸다. 다음날 이임보는 그 글을 현종에게 내보이며 말했다.

"전날 엄정지 말씀이 계셨습니다. 때마침 이런 글을 보내왔습니다. 글의 내용을 살펴보건대 엄정지는 나이가 많아 병이 깊이 든 것 같습니다. 관직을 맡기에는 어렵지 않을까 싶습니다. 그냥 한직의 자리에 두는 게 나을 듯합니다."

황제 현종은 이임보의 말을 있는 그대로 받아들였다.

"엄정지가 그러하다면 안됐지만 할 수 없군."

엄정지에게 이런 내막이 알려졌다. 화가 머리끝까지 치밀어 오른 엄정지는 끝내 분통함을 가라앉히지 못하고 피를 토하며 절규했다.

"허어, 구밀복검(口蜜腹劍)의 이임보라더니……."

말을 다 끝맺지도 못하고 죽고 말았다.

九牛一毛(구우일모)

아홉 마리 소에서 뽑은 털 하나. 소에게는 무수히 많은 털이 있는데 그 가운데서 하나라는 뜻으로 아주 적은 것, 극소수를 뜻한다.

한서(漢書) 보임안서(報任安書)

일화

인류사에 길이 남을 '사기(史記)'를 쓴 사마천.

한나라 무제의 분노를 산 나머지 궁형(宮刑)으로 생식기를 거세당하는 치욕의 일생을 살았다. 왜? 무엇 때문에?

흉노를 징벌한 이릉(李陵)이라는 장수와 연관되어진 사건 때문이었다. 이릉은 불과 5천명의 군사로 나아가 적과 싸우다가 패했다. 수십배나 되는 상대방의 주력부대의 공격을 감당하지 못했던 것이다.

한나라 무제는 이릉이 전사한 줄로 여겼다. 그런데 이듬해 들려온 소식은 이릉이 흉노에게 투항해 후한 대접을 받고 있다는 것이었다. 한무제는 분노해 이릉의 일가족을 몰살하라는 명을 내렸다. 그러자 그 많은 대신들은 몸 사리기에 골몰해 나서서 이릉을 변호하는 사람이 없었다.

이때에 나선 이가 사마천이었다. 사마천은 이릉이라는 사람은 목숨을 걸고 국난에 임한 뛰어난 장군이라고 굳게 믿고 있었다. 이러한 자신의 소신을 한무제에게 솔직하게 말했다.

"이릉은 비록 소수의 병력을 이끌고 나갔지만, 적의 수만 군사와 싸워 상대의 간담을 서늘하게 했습니다. 그가 이번에 패한 데는 원군이 오지 않은데다가 안에서 내통하는 자가 있었던 때문이었습니다. 흉노에게 투항한 것도 잠시 피한 것뿐으로 나중에 한나라에 보답하게 될 것입니다. 이번 기회에 오히려 이릉의 공노를 천하에 알림이 좋으리라 생각합니다."

사마천의 이러한 진언에도 불구하-고 한무제는 사마천의 진실을 알지 못했다. 오히려 분노를 터뜨리며 남자로서는 치욕적인 궁형에 처해 버렸다.

생식기를 거세당한 사마천은 친구 임안에게 다음과 같은 편지를 써서 보냈다.

"내가 법에 따라 죽음에 이른다고 하자. 그건 마치 '아홉 마리의 소 털 중에서 터럭 하나 없어지는 것(구우일모)'에 불과

한 것일세. 땅강아지나 개미와 다를 바 없지 않겠는가? 또 세상 사람은 뭐라고 하겠는가. 나의 죽음을 절개를 위한 것이 아니라 황제에게 말을 잘못해 죽은 것이라 볼 것일세."

구우일모에 불과하다는 신세에도 불구하고 그는 치욕의 아픔을 참아냈다. 이유는 단 하나였다. 아버지의 유언에 따라 '사기'를 쓰는 일에 혼신을 바치기로 했던 것이다.

口禍之門(구화지문)
입은 재앙을 부르는 문. 말을 어떻게 하느냐에 따라 복이 되고 화가 된다는 것을 경계한 말이다.
풍도의 설시(馮道의 舌詩) 전당시(全唐詩)

일화

시의 제목이 '설시(舌詩)'인 내용은 다음과 같다

입은 재앙의 문이요
혀라는 것은 몸을 자르는 칼이다.
입을 닫고 혀를 깊게 감춘다면
가는 곳마다 몸이 편안하리라.

이 시를 지은 풍도(馮道)라는 사람은 당나라 말기에 태어나 오대(五代)에 걸쳐 여러 왕조에서 벼슬을 했다. 당시는 세태가 혼란했다. 정치 또한 격변하던 때에 그가 여러 대에 걸쳐 중책을 지낼 수 있었던 것은 남다른 처신 때문이었을 것이다.

그가 남긴 이 시에서 자신의 처세술이 입과 혀에 있음을 잘 대변해 주고 있다.

굳이 난세가 아니라도 평소 입을 함부로 놀리다가 화를 자초하는 일이 비일비재하다. 몸의 크기에 비해 작기 그지없는 입 하나가 불러오는 위력을 일찍이 깨닫는 사람은 가는 곳마다 몸이 편안할 것이다.

國士無雙(국사무쌍)

나라에 둘도 없는 인재. 모든 인재들 가운데서 가장 뛰어난 사람임을 가리킨다. 본래 한왕 유방에게 승상 소하가 한신을 가리켜 일컬었던 말이다.

사기(史記) 회음후열전(淮陰侯列傳)

일화

때는 막강한 진나라 정권이 흔들리며 사방에서 영웅들이 일어나던 시절이었다. 천하는 한나라의 유방과 초나라의 항우가 쟁패를 벌이며 첨예하게 대립하고 있었다.

이런 때에 한신(韓信)이라는 한 사나이가 이 나라 저 나라를 방황하며 자신을 중용해 주기를 목말라 하고 있었다. 초나라 군대에서 도망쳐 한나라로 투항한 한신은 한나라 승상 소하(蕭何)의 인정을 받고 처음에는 군대 양식을 관리하는 직책을 받았다.

한신은 이에 만족할 수 없었다. 소하 또한 한신의 사람됨을 한눈에 알아본 터라 유방에게 한신을 중용할 것을 진언했지만 뜻이 이뤄지지 않았다. 낙심한 한신은 다시 한나라 군대에서 도망쳐 나왔다. 이를 안 소하가 서둘러 한신의 뒤를 쫓아갔다.

일은 이상하게 꼬여 가며 소문이 나쁘게 퍼져 나갔다

"승상께서 도망치셨다."

한왕 유방이 낙담하고 있던 며칠 후, 소하가 돌아왔다. 왕은 대뜸 추궁했다.

"왜 도망했느냐?"

"도망한 게 아닙니다. 도망친 자를 쫓아간 것뿐입니다."

"누가 도망쳤다는 건가?"

"한신입니다."

"거짓말 마라. 다른 수십 명의 장군들이 도망쳤을 때도 가만히 있던 승상이 어떻게 그런 자를 쫓았다는 말인가?"

소하는 잠시 말문을 열지 않다가 이윽고 대답했다.

"보통 장수들은 얼마든지 구할 수 있습니다. 하지만 한신은 그렇지 않습니다. 말씀드리자면, 전국을 두루 찾아도 비길 데가 없는 인물(國士無雙)입니다."

유방은 비로소 소하의 의중을 헤아리고 무명의 장교에 불과한 한신을 원수(元帥)의 자리에 임명했다. 한신은 기대에 어긋남이 없이 활약했다. 초나라 항우를 굴복케 하는 결정적인 역할을 했던 것이다.

捲土重來(권토중래)

흙먼지 일으키며 다시 돌아오다. 한번 싸움에 패한 사람이
다시 세력을 회복해 땅을 말아 올릴 것 같은 기세로 도전해
오는 것을 말한다. 무슨 일이건 실패했다가 재기할 때나 재
기하려고 할 때 이 말을 자주 쓴다

두목(杜牧) 제오강정시(題烏江亭詩)

일화

해하성 전투에서 항우는 유방에게 패했다. 도망쳐 오강(烏
江)에 이른 항우는 참으로 난감했다. 강을 건너면 강동인데 강
가에선 항우는 건너기를 주저했다. 배를 준비해 놓고 기다리
던 관리 한 명이 항우에게 재촉했다.

"어서 배를 타십시오. 강동은 작은 땅이지만, 왕 노릇하기에
족한 고장입니다."

강동은 항우의 고향이기도 하고, 그곳에서 군사를 일으키기
도 했다. 강 건너를 무연히 바라보던 항우가 입을 열었다.

"지난날 나는 강동에서 젊은이 8천명을 이끌고 이 강을 건
넌 일이 있었다. 이제 그들 모두를 싸움터에서 죽이고 나 홀로
남았다. 무슨 면목으로 그들 부모형제를 대할 수 있겠는가?

항우는 이런 말로만 자신의 처지를 한탄하지 않았다. 스스
로 칼을 뽑아 자신의 목을 쳐 죽었다. 그 때 나이 불과 30살,
희대의 영웅의 최후는 애석하게 사라져갔던 것이다.

이때의 고사를 두고 지은 시가 다음과 같이 전해져 온다

이기고 지는 것은 병가에서도 기약할 수 없네.

부끄러움을 안으로 삭여가면서 참는 자가 참된 남아로다.

강동 땅 청년들 가운데 호걸들이 많은데

흙먼지 일으키며 다시 쳐들어올지(捲土重來) 가히 알 수 없네.

錦衣夜行(금의야행)

비단옷을 입고 밤길을 간다. 비단옷을 입고 캄캄한 밤에 나다녀 봐야 알아주는 사람이 없다는 말이다. 비록 출세하고 명성을 얻었다 해도 사람들이 알아주지 않는다면 소용없다는 뜻이다.

사기(史記) 항우본기(項羽本紀)

일화

진나라 수도 함양으로 쳐들어간 항우는 어떻게 손을 써볼 수 없게 되었다. 이미 유방이 함양을 점령해 차지하고 있었다. 하지만 그냥 물러날 수 없었다. 때마침 유방에게 투항하여 있던 진나라 왕자 영을 죽이고, 진나라 궁실에 불을 질렀다. 불은 사흘간 타올랐다.

항우는 함양을 떠날 때 약탈한 재물과 아녀자들을 데리고 동쪽으로 가려고 했다. 그런 때 항우의 뜻을 만류하는 사람이 나타나 이렇게 말했다.

"함양에다 도읍을 정하십시오. 산하가 험난한 산으로 막혀 있고, 토지 또한 비옥하여 농사에 좋은 곳이므로 이곳에 머무르십시오. 그러면 천하의 패권을 차지할 수 있을 것입니다."

항우는 거절했다. 그의 마음속에 고향 강동을 떠올리고 있었고, 불 질러 버린 진나라 궁실이 잿더미가 되는 것을 본 터였다.

항우는 변은 이러했다.

"부귀를 차지한다 한들 고향에 돌아가지 못하면, 그건 마치 비단 옷을 입고 밤길을 가는 것(錦衣夜行)과 같은 것이다. 누가 비단옷을 알아주겠는가?"

항우가 거절하지 않고 함양 땅에 도읍을 정했더라면, 그때의 역사는 사뭇 달라졌을 것이다.

騎虎之勢(기호지세)

호랑이 잔등에 탄 기세. 일단 호랑이의 잔등에 올라타고 나면, 호랑이가 지쳐 쓰러질 때까지 내릴 수 없다는 뜻이다.

수서(隨書)

일화

북주(北周) 시대에 보통내기가 아닌 여자가 나라를 좌지우지 했다. 이름은 독고씨(獨孤氏). 대사마(大司馬)인 독고신(獨孤信)의 일곱째 딸이었다.

독고씨 14살 때, 아버지가 양견(楊堅)을 맞아 딸의 남편으로 삼았다. 그런 얼마 뒤 북주의 의제(宜帝)가 죽자 외척이기도 한 양견이 의제의 어린 아들을 보좌하여 국정을 장악했다.

이때부터 독고씨는 천성의 총명함을 발휘하여 정치에 간여

하기 시작했다. 남편이 장차 황제가 되려는 야망을 가진 것을 알자 그녀는 환관을 불러 다음과 같이 일렀다.

"대세는 그 방향이 정해졌어요. 일단 호랑이의 등에 탄(騎虎之勢) 이상 내릴 수 없는 노릇입니다. 다시 말해 큰일을 도모한 이상 중간에 그만둘 수 없다는 뜻이에요. 그러니 부디 노력해 주세요."

그녀의 의지대로 양견은 어린 황제의 뒤를 이어 정식으로 황제에 올라 수나라를 세우게 되었다. 8년 뒤에는 남조인 진(陳)나라를 멸망시켜 중국 천하 통일의 위업을 달성하기도 했다. 아내의 덕을 입은 양견이 바로 수의 문제(文帝)이다.

황후가 된 독고씨는 그 영특함에 비해 질투심이 불길이었다. 그녀의 앙칼진 심보는 양견이 50살로 죽을 때까지 후궁 한 명 두지 못하게 했다. 한번은 아내 몰래 후궁에게 손을 댄 일이 있는데 그 일 또한 발각되어 그 날로 후궁은 죽음을 면하지 못했다.

속이 상한 황제 양견은 말을 타고 궁중 밖으로 뛰쳐나갔다. 궁문을 나서며 신하에게 울부짖은 말이 다음과 같이 전해 온다.

"내가 천자인데도 내 뜻대로도 못 산단 말인가!"

奇貨可居(기화가거)

진기한 물건이니 잡아두자. '남의 불행을 기화로 해서', 또는 '그것을 이용하여', 혹은 '요행으로 여겨서' 따위의 뜻으로 쓰인다.

사기(史記) 여불위전(呂不韋傳)

일화

때는 전국 시대의 말기.

부호 장사꾼 여불위(呂不韋)가 조(趙)나라의 수도 한단(邯鄲)에 장사하러 왔다가 진나라 사람 자초(子楚)에 대한 소문을 듣게 되었다. 자초는 진나라 왕족으로 조나라에 볼모로 와 있던 참이었다. 여불위의 장사꾼 머릿속에 뭔가 일이 될 만한 생각이 떠올랐다.

"이 사람은 진기한 재물이니 잡아 두어야겠군(奇貨可居)."

여불위는 지체하지 않고 자초의 허름한 집을 찾아갔다. 자초란 누구인가? 왕족이지만 서자였다.

진나라의 소공(昭公)은 태자가 죽자 안국군(安國君)을 태자로 삼았다. 안국군에게는 애첩이 있었고, 그는 그녀를 정부인으로 삼아 화양부인(華陽夫人)이라 불렀다.

그에게는 이래저래 자식이 많아 스무 명이 되었는데 그 중 자초(子楚)라는 서자를 조나라에 볼모로 보내고 있는 터였다. 진나라가 조나라를 자주 공격하는 통에 자초의 처지는 여간 궁박한 게 아니었다.

그런 자초를 찾아간 여불위는 앞날을 이야기했다.

"장차 진나라의 왕위를 이어받을 태자가 누가 될 것이라고 생각하오? 소공은 나이 많아 얼마 있지 않아 그대의 부친인 안국군이 왕이 될 것이오. 그러면 태자를 책봉해야 하는데 솔직히 말해 자초 당신께서는 될 수가 없소. 정부인인 화양부인에게는 아들이 없소이다. 게다가 형제들 또한 스무 명이나 되지 않소?"

"그럼, 어떻게 해야 한단 말이오?"

여불위는 약삭빠른 계산을 했다. 안국군이 왕이 되고, 자초를 태자로 책봉하게 하는 수순을 밟게 하면 되는 것이다. 그 방법이란 돈을 뿌리는 일이었다.

대강의 말을 들은 자초는 입이 벌어지면서 약속을 했다.

"뜻대로 된다면, 진나라를 당신과 함께 나누겠소."

여불위는 5백금을 자초에게 주어 인재를 모으게 하고, 자신 또한 5백금으로 진귀한 보배를 사가지고 화양부인을 찾아 가 바쳤다. 화양부인에게는 불행히도 아들이 없었다. 여불위가 노린 것이 바로 이 점이었다.

"자초께서 제게 선물을 들려 이렇게 찾아뵙게 했습니다. 자초를 만나 보니 조나라에서도 존경을 받고 아주 현명한 분이더군요. 무엇보다 부인을 그리워하며 친히 효성을 다하지 못하는 것을 못내 서러워하고 있습니다. 불효의 만분의 일이라도 갚겠다는 심정으로 저를 이렇게 보낸 것입니다."

화양부인은 크게 기뻤다.

한편 여불위는 이 정도로 일을 꾸미지 않고, 또한 화양부인의 언니를 만나 이렇게 다짐까지 해 두었다.

"여인이란 고운 얼굴일 때 총애를 받습니다. 늙어감에 따라 총애도 잃어 가는 법이거늘 이것을 막는 길은 아들을 후계자

로 삼는 게 상책입니다. 그러니 자초를 아들로 삼아 왕위를 잇
게 한다면 죽도록 안전할 것입니다."

여불위의 완벽한 각본에 화양부인은 자초를 아들로 삼았다.
화양부인은 앞장서서 남편 안국군의 환심을 사 자초를 후계자
로 삼는데 성공했다.

그런데 일은 거기서 끝나지 않았다. 여불위가 가까이 두고
있는 애첩 조희(趙姬)를 자초가 사랑하고 만 것이다. 여불위는
아까운 생각이 들었지만, 모처럼의 기화(奇貨)를 놓칠 수 없어
승낙했다.

조희가 자초에게 시집갈 때, 여불위의 애를 배고 갔다. 조희
는 그 사실을 자초에게 감춘 채 해산을 했다. 태어난 아이가
바로 진시황이다.

金蘭之交 (금란지교)
쇠처럼 굳고 난초처럼 향기로운 우정. 아주 절친한 사이를
이르는 말이다.

역경(易經) 계사편(繫辭篇)

일화

대홍정(戴洪正)이라는 사람은 친구 사귀기를 소중히 여겼
다. 그래서 친구를 얻을 때면 꼭 한 가지 일을 잊지 않았다.
친구에 관해 장부에 기록하고, 향을 피워 조상에게 고하고는
했다.

친구의 주소와 서명을 기록한 장부를 '금란부(金蘭簿)'라 불렀다.

거슬러 올라가면 공자는 친구 사귐에 대해 다음과 같이 말했다.

"군자의 도는 나아가 벼슬을 하기도 하고, 물러나 집에 머물기도 한다. 또 침묵할 때가 있고 말할 때가 있는 것이다.

두 사람의 마음이 합쳐 하나가 되면 그 날카로움은 쇠라도 끊어 버리며, 마음을 하나로 하여 말하면 난초와 같은 향기를 풍긴다."

금란지교(金蘭之交)는 오늘날에도 두루 쓰이는 고사성어다.

ㄴ

洛陽紙貴(낙양지귀)
낙양의 종이가 귀해졌다 라든가 낙양의 종이값을 올려놓았
다 라는 의미가 들어 있기도 한 이 고사성어는 사람들이 좌
사의 삼도부 작품을 베껴 쓰느라고 낙양의 종이가 품귀를
빚은 데서 온 말이다.

진서(晉書) 문원전(文苑傳)

일화

요즘에는 글을 써서 세상에 알리고 읽히는데 여러 가지 매
체가 있어 누구나 손쉽게 할 수 있다. 그러나 인쇄술이 나오기
전, 신문도 잡지도 없던 시절은 지금과는 여러 가지로 달랐다.

진(晉)나라 때 좌사(左思)는 얼굴이 추하게 생긴데다가 말까
지 더듬는 사내였다. 그러나 글에 재주가 있어 남달리 뛰어났
지만, 용모에 대한 불안감 때문에 집안에만 틀어박혀 창작에
열중했다.

그리하여 제나라의 옛서울이자 자신의 고향이기도 한 임치
(臨淄)를 노래한 운문의 글 제도부(齊都賦)를 내놓기도 했다.

그러나 여기에서 그치지 않고 그는 삼도부(三都賦)를 짓기로 하고 심혈을 기울였다. 삼도부란 촉도(蜀都)였던 성도(成都), 오도(吳都)인 건업(建業), 위도(魏都)인 업을 소재로 한 글을 말한다.

좌사는 여러 사람들을 만나 그곳을 견문한 바를 묻기도 하고, 비서랑(秘書郎)으로 취직해, 그곳 사고(史庫)의 많은 자료들을 섭렵하기도 했다.

그는 시상(詩想)을 가다듬기 위해 10여년, 집 곳곳에 붓과 종이를 비치해 두고 시상이 떠오를 때마다 그 즉시 글로 쓸 수 있도록 대비했다. 그런 치밀한 생활을 하며 마침내 삼도부를 완성했다.

무명의 좌사가 쓴 글이 당장 세상에 알려진 것은 아니다. 처음에는 글이 탐탁치 않다는 평을 들었다. 그는 그런 말에 낙심하지 않고 때를 기다렸다.

"내 작품이 모자란 게 아니야. 그 누구의 작품에 비겨 손색이 없어."

이렇게 자부하며 굴하지 않았다.

그는 당대의 석학 황보밀을 찾아가 글을 내보였다. 글을 읽은 황보밀은 칭찬했다.

"훌륭하네. 내가 서문을 써 주겠네."

이렇게 해서 재상 장화가 좌사의 글을 읽고 칭찬을 아끼지 않았다.

"그의 글은 반고(斑固)나 장형(張衡)의 작품에 버금간다. 읽는 이의 가슴에 감흥을 불러일으키며, 두고두고 읽을수록 그 읽음이 새로워진다."

장화의 이러한 평은 좌사의 삼도부를 부동의 작품의 위치에 올려놓은 것이나 마찬가지였다.

이를 전해 들은 귀인들이 다투어 삼도부를 베껴 갔다. 그러자니 낙양의 종이가 품귀 현상이 빚어졌다.(洛陽紙貴)

지금도 책이 많이 팔리면 낙양의 지가(紙價)를 올린다는 말로 쓰고 있다.

難兄難弟(난형난제)

형제간의 우열을 가리기 어렵다. 본래의 뜻이 이러한데 지금은 엇비슷할 때, 사물의 우열을 가리기 쉽지 않을 경우에도 널리 쓰이고 있다.

세설신어(世說新語)

일화

때는 후한 말엽이다. 태구의 현령인 진식(陳寔)은 슬하에 두 아들 진기(陳紀)와 진심(陳諶)을 두고 있었다.

하루는 진식이 친구와 함께 외출하기로 하고 기다렸는데 시간이 되어도 나타나지 않자 혼자 외출을 했다. 그런 뒤에야 친구가 나타나 밖에서 놀고 있던 진기에게 아버지가 계시냐고 물었다. 외출하고 안 계신다고 하자, 약속해 놓고 그런 법이 어디 있느냐고 버럭 화를 냈다. 신기는 의아해 하며 대답했다.

"손님께서는 정오에 아버님과 만나시기로 약속하셨습니다. 그런데 그 시간을 안 지키셨으니 신의를 어기신 것이 아닙니까? 그런데다 자식을 향해 그 아버지를 욕하는 것은 또한 예의에 어긋남이 아닙니까?"

그 사람은 말이 막혔다.

이 진기가 장가가서 얻은 아들이 진군(陳群)이다. 그리고 진심이 장가가서 얻은 아들이 진충(陳忠)이다. 이들 진식의 손자 또한 영특해서 뒷날 벼슬을 하게 된다.

그들이 어린 시절의 이야기다. 사촌끼리 어울려 놀면서 각기 자기 아버지의 훌륭함을 자랑하느라고 끝없는 경쟁을 했다. 결론이 나지 않자 할아버지 진식을 찾아가 결정해 줄 것을 요청했다.

할아버지는 어떻게 대답했을까?

"진기를 형이라 하기도 어렵고(難兄), 진심을 동생이라고 하기도 어렵구나(難弟)."

누가 낫고 못한지 가리기 어렵다고 대답했던 것이다.

南柯一夢(남가일몽)
남가 고을에서 꾼 한 바탕의 꿈. 인생의 덧없음을 한바탕의 꿈과 같다는 뜻으로 쓰인다.
　　　　　　　　　　　이공좌(李公佐)의 남가태수전(南柯太守傳)

일화

당나라 덕종 때 있었던 일이다. 양주 교외에 술을 좋아하는 순우분(淳于芬)이라는 자가 살았다. 그날도 마루에서 친구들과 술잔을 기울이다가 대취해 잠이 들었다.

그런데 기적이 일어났다. 눈을 떠보니 뜰에는 낯선 관리 두 사람이 고개를 숙이고 정중한 자세로 말하는 것이었다.

"괴안국(槐安國)의 왕명을 받들어 모시러 왔습니다."

순우분은 문 밖에서 기다리고 있던 네 필의 말이 끄는 마차에 올랐다. 사두마차는 뜰에 있는 거목의 느티나무 밑동에 나 있는 구멍 속을 달려 들어가는 게 아닌가. 한참을 달려 도착한 곳은 번화하기 그지없는 괴안국의 서울이었다.

그를 대한 국왕은 사위로 삼았다. 공주를 아내로 맞은 순우분은 왕궁에 거처해 살며 세 명의 집사의 시중을 받으며 부족함이 없었다. 그들 중 두 사람은 친분이 두터운 사람들이었다. 하나는 전자화였고, 또 하나는 술친구 주변이었다.

순우분은 남가군의 태수로 임명되어 그곳에서 주변과 전자화의 보좌를 받으며 20년을 통치했다. 백성을 잘 다스리며 슬하에 5남 2녀를 두며 그 모든 세월이 꿈같이 흘렀다.

행복의 끝에는 불행이 있다던가? 단라국의 외침에 주변이 3만 대군을 끌고 나가 싸웠으나 패전하고 말았다. 주변은 도망쳐 와 병석에 눕더니 등창이 나서 죽고 그 무렵 아내마저 병들어 죽었다. 순우분은 관직에서 물러나 서울로 돌아왔지만, 장인인 국왕이 순우분의 세력에 불안을 느끼고 그에게 칩거 생활할 것을 명했다. 그러면서 다음과 같은 말을 했다.

"자네는 고향을 떠난 지 오래니 한번 돌아가 보게. 손자들은 내가 키울 테니 3년이 지난 뒤에 오게나."

"제 집은 이곳입니다. 어디로 돌아가라는 것입니까?"

"여기라니? 그대는 본래 세속 사람임을 잊었는가?"

그때에서야 순우분은 옛 생각이 났다. 그런 자각이 드는 순간 그는 어느새 고향의 집으로 돌아와 있었고 바라다보니 마루 위에 누워서 잠든 자신의 모습이 보이지 않는가!

그때 뒤따라 수행해 온 관리가 그의 이름을 큰 소리로 불렀다. 순우분의 눈이 번쩍 뜨였다.

벌떡 일어난 순우분의 시야에는 수행해 온 관리들은 보이지 않고, 제 집 뜰에서 하인이 일하고 있는 게 보였다. 함께 술을 마시던 친구 두 사람은 발을 씻고 있는 중이었다.

"아하, 꿈이로구나. 내가 꿈을 꾸었구나."

순우분은 이런 독백 끝에 크게 깨달은 게 있었다. 두 친구를 불러 느티나무에 다가가 밑동을 보니 거기에는 성(城)처럼 생긴 개미집이 있었고, 두 마리의 붉고 큰 개미를 수십 마리의 개미들이 지키고 있었다.

"아, 이것이 괴안국의 대궐인 것이고, 저 붉은 개미가 왕과 왕비가 되는 셈이구나."

이렇게 생각한 순우분은 나무 구멍을 따라 남쪽 가지로 올라가보니 거기에도 성같이 생긴 개미집이 있었다. 그가 태수 노릇을 한 남가군임에 분명했다.

그런 한편 꿈에서 고락을 같이 한 주변과 전자화의 지금의 처지를 알아보았다. 주변은 병으로 죽었고, 전자화도 병으로 누워 있다는 전언을 듣게 되었다.

"아하, 세상살이는 이렇게 허무하고 무상하구나. 여생이라도 바로 살아야지."

이렇게 중얼거린 순우분은 그날로 술을 끊고 도교를 받드는 사람이 되었다. 그는 꼭 3년이 되는 날 마흔 일곱의 나이로 일생을 마감했다. 그 3년이란 꿈속의 장인이며 국왕이 부르겠다고 말했던 그 3년이었다.

囊中之錐(낭중지추)

주머니 속에 들어 있는 송곳. 주머니 속에 송곳을 넣어 두면 반드시 그 끝이 뾰족하게 튀어나온다는 것으로 걸출한 인재는 언젠가는 드러나게 된다는 뜻이다.

사기(史記) 평원군열전(平原君列傳)

일화

조나라의 왕자 평원군의 집에는 늘 수많은 식객이 들끓었다. 선비를 후하게 대하는 평원군의 배려 때문이었다.

한번은 진나라 군사가 조나라를 쳐들어왔다. 서울 한단을 포위하자, 조나라는 평원군을 사절로 보내 초나라와 동맹을 맺기로 했다.

평원군은 식객 중 용기와 재주가 뛰어난 자 20명을 데리고 가려고 그 선발을 했다. 19명은 채웠는데 나머지 한 명이 마땅한 자가 없었다. 그 때에 모수(毛遂)라는 자가 자원했다. 평원군이 본 적이 없는 얼굴이었다.

"언제 내 집에 들어왔는가?"

"3년 되었습니다."

"한번도 자네 이름을 들어본 적이 없다. 무릇 뛰어난 사람이라면 주머니 속의 송곳처럼(囊中之錐) 그 재주가 드러나게 마련인데 그대는 3년 동안 그렇지 못했다."

평원군의 난색에 대해 모수의 대답은 예리했다.

"그건 오늘 처음으로 주머니에 넣어 달라고 원했기 때문이 아니겠습니까? 일찍부터 넣어 주셨더라면 송곳 끝이 아니라 송곳의 자루까지 드러났을 것입니다."

"어허, 자네 말이 일리가 있구나. 함께 가도록 하게."

초나라에 따라간 모수는 어떠했을까? 초나라와의 협상을 이뤄내는 큰일을 해냈던 것이다.

綠林(녹림)

본래는 형주의 땅 녹림산이지만, 이곳에 도둑이 모여든 고사로 도둑이나 산적을 의미한다. 폭정에 항거한 유민들이 이 산에 모여들자 자연스레 도둑을 가리키는 말이 되었다.

후한서(後漢書) 유현전(劉玄傳)

서기 8년에 한(漢)나라에서는 왕망(王莽)이라는 자가 나타나 천하를 빼앗은 뒤, 스스로 황제가 되고 국호를 신(新)이라고 고쳤다. 그는 민심을 사려고 관제며 토지제도, 화폐 등을 개혁하였지만 백성의 마음을 일신하는데 실패했다.

왕망의 정치적 추진력 부족과 과격한 정책 외에도 대외정책의 실패로 변경에서는 이민족의 침입이 잇달았다. 백성들이 도탄에 빠지자 여기저기서 반란과 소란이 일어났다.

도적떼들이 들끓고 그런 일당의 대표격인 왕광(王匡) 등이 녹림산(綠林山)에 모여든 것도 그런 혼란 때문이었다.

세상은 더욱 어수선해져 기근까지 들어 남부지방에서는 먹을 것이 없자, 인심은 사나와져 서로 싸우기까지 했다. 이러한 때에 왕광과 왕봉 등은 뛰어난 지휘력을 발휘에 분규를 조정

하고 판정하기도 하며 무리들 가운데서 수령의 자리에 앉았
다. 이 때에 관군에 쫓긴 마무, 왕상, 성단 등이 왕광의 휘하
에 들어오자 무리의 수는 8천으로 불어났다.

　한번은 3만 대군의 형주군사와 싸워서 이기자 기세는 더욱
커졌다. 무리들은 각지를 휘젓고 다니며 소란을 피워 물건을
약탈하고 여자들을 빼앗아 녹림산으로 들어갔을 때는 5만을
헤아리는 큰 세력이 되었다. 얼마 뒤 유수, 유현 등이 의병을
일으켰을 때는 합류해 자칭 황제인 왕망을 타도하는데 큰 공
헌을 했다.

　녹림은 본래 형주의 산 이름이었지만, 왕광 등이 유랑민들
을 이끌고 이곳을 근거지로 도둑이 되었기 때문에 도둑의 대
명사처럼 쓰이게 된 것이다. 그 쓰임에 있어서는 마적(馬賊)
떼 같은 집단적인 도둑을 가리키며, 개인적으로 도둑질하는
자를 이 말로 가리키지는 않는다.

ㄷ

多岐亡羊 (다기망양)
갈림길이 너무 많아서 양을 잃어버렸다. 단편적이거나 지엽
말단적인 데 집착하다가 근본을 잃어버리는 것을 뜻한다.
열자(列子) 설부편(說符篇)

일화

양주(楊朱)라는 사람의 이웃집이 양을 잃어버렸다. 흔히 있
을 수 있는 일인데 그 이웃집 주인은 양주의 하인까지 빌려서
잃어버린 양을 찾아 나선 것이 아닌가! 의아해서 양주가 이웃
에게 물었다.

"한 마리 양을 잃은 것인데, 왜 그렇게 많은 사람을 보내는
것인지요?"

"길이 여러 갈래이기 때문이지요."

이렇게 이웃이 대답했다.

이윽고 양을 찾으러 갔던 사람들이 돌아왔다. 빈손이었다.
주인이 물었다.

“왜 양을 찾지 못했는가?”

“놓치고 말았습니다.”

“놓치다니?”

“갈림길 속에 다시 갈림길이 있어서(多岐) 그 어느 길로 양이(亡羊) 갔는지 알 수가 없었습니다.”

양주라는 사람은 학자였다. 이 일화를 전해 들은 그의 제자 맹손양이 선배 심도자와 함께 찾아오 물었다.

“삼형제가 있었습니다. 같은 스승 아래서 배웠는데 그들의 생각은 각기 달랐습니다. 이를테면 인의가 무엇인지 세 형제에게 물으니, 맏아들은 ‘내 몸을 소중히 해서 후세에 이름을 남기는 것’이라 했고, 둘째는 ‘내 몸을 죽여서 이름을 날리는 것’이라고 했으며, 셋째는 ‘몸과 명성을 함께 보전하는 것’이라고 대답했던 것입니다. 어느 것이 옳고 어느 것이 잘못되었습니까?”

양주가 대답해 주었지만 맹손양과 심도자는 무슨 뜻인지 몰라 두 사람은 밖으로 나왔다. 심도자가 입을 열었다.

“큰길은 갈림길이 많아서 양을 잃어버리고(多岐亡羊), 학문을 연구하는 학자는 갖가지 방법에만 매달리다 보니 도를 잃는 법일세. 학문의 근본은 하나인데 그 끝은 이렇게 달라진 차이를 보이는 걸세. 그렇다면 근본의 동일함으로 돌아간다면 얻고 잃음도 없을 것이고, 옳고 그름도 없지 않겠는가? 양주 스승의 비유가 무엇인지 이제 알 만하겠는가?”

多多益善(다다익선)

많으면 많을수록 좋다. 현대와 같이 물량주의 시대에는 이 다다익선의 의미가 설득력 있게 쓰인다.

한서(漢書) 한신전(韓信傳)

한신(韓信)은 한나라 유방 측의 총사령관이 되어 초나라 항우를 타도한 수훈을 세운 백전백승의 명장이었다. 그의 공로가 컸기에 세상이 한나라 천하가 되자, 한의 유방은 한신을 초나라 왕으로 봉했다.

하지만 유방은 마음이 편안치 못했다. 강적 항우가 사라진 마당에 가상적인 적수로 한신을 생각하지 않을 수 없었다. 한신의 위력을 아는 유방으로서 모종의 조처를 취하지 않을 수 없었다.

유방은 초나라 왕으로 있는 한신 왕권을 박탈하고 회음후(淮陰侯)로 좌천시켰다. 그런 얼마 뒤 유방은 한신과 자리를 같이 하게 되었다. 한담을 나누다가 여러 장군에 대한 인물평을 하게 되었다. 유방은 자신에 대해 궁금해 한신에게 물었다.

"그렇다면 나는 어떤가? 내가 얼마의 군대를 거느릴 수 있는가?"

"폐하는 10만 정도면 될 것입니다."

"그렇다면 그대는 얼마면 되는가?"

"저는 많으면 많을수록 좋습니다(多多益善)."

이 말에 유방은 소리 내어 웃으며 또 다시 질문을 했다.

"많을수록 좋다는 그대가 10만 군사를 거느리고서도 내게 포로가 되었는가?"

"폐하는 병졸들을 부리는 데는 부족함이 있지만, 장군들을 거느리는 데는 뛰어나십니다. 이 때문에 제가 포로가 된 것입니다. 게다가 폐하는 하늘이 주신 능력을 갖고 계십니다."

이렇게 두 사람의 대화에서 시작된 다다익선(多多益善)의 고사성어는 본래 한신전(韓信傳)에는 다다익변(多多益辨)으로 되어 있다. 많으면 많을수록 잘 처리한다는 이 뜻은 결국 다다익선과 크게 다르지 않다.

斷機之敎(단기지교)

베를 끊어서 교육하다. 맹모삼천지교(孟母三遷之敎)에서 유래된 것으로 베를 학문에 비유하고 그 끊음을 중도에 공부하기를 그만둠을 경계한 맹자의 어머니로부터 나온 고사성어다. 맹자는 어머니의 가르침에 힘입어 덕의 사상을 역설한 사상가가 되었다.

유향(劉向)의 열녀전(烈女傳)

일화

맹자가 어머니와 함께 살던 집은 본래 공동묘지 근처였다. 일찍 아버지를 잃은 맹자는 아이들과 뛰어 놀면서 장례의 곡소리와 관 묻는 흉내를 아주 잘 냈다. 이런 모습을 본 어머니는 이사를 했지만 그곳이 시장을 이웃하고 있어서 장사치 흉내를 내는 게 아닌가! 다음으로 옮겨간 곳이 서당 근처였다.

어머니는 비로소 마음을 놓게 되었다.

맹모삼천지교(孟母三遷之敎)로 널리 알려진 이 이야기는 그 후일담이 백미를 이룬다.

소년 시절 맹자는 유학을 갔다가 중간에 돌아온 일이 있었다. 어머니는 베를 짜고 있다가 아들을 맞았다. 어머니는 얼굴에 그늘을 드리우며 물었다.

"네 공부가 어느 정도 나아졌느냐?"

"그대로입니다."

어머니는 앉은자리에서 칼을 들어 베를 끊어 버렸다. 눈이 휘둥그레진 맹자가 의문에 휩싸이자 어머니는 단호하게 말했다.

"왜 베를 끊었겠느냐? 네가 공부를 그만두는 것도 이런 것과 같지 않겠느냐? 군자는 학문에 힘쓰고, 모르는 것은 물어 지식을 넓혀야 하는 법이다. 그래야 몸과 마음이 편안해질 수 있다. 여자가 생업을 그만두거나 남자가 덕을 쌓다가 타락하면 도둑이 되거나 남의 심부름 종밖에 달리 될 게 없다!"

어머니가 베를 끊으면서 보여준 가르침(斷機之敎)은 오늘날에서 보면 시청각적 교육에 해당될 것이다.

어머니의 태도에 크게 충격을 받은 맹자가 그 이후 몸과 마음을 어떻게 했는가는 그의 공적으로 알려진 바다.

簞食瓢飲(단사표음)

한 그릇 밥과 한 바가지의 물. 소박한 음식으로 삶을 영위하는 모습을 말하며, 한 마디로 청빈한 생활 태도를 이런 말로 표현한다.

논어(論語) 옹야편

일화

공자에게는 제자가 많았고, 뛰어난 제자도 많았지만, 그 중 안회를 으뜸으로 쳤다.

공자의 또 다른 제자인 자공이 자신의 훌륭함에도 불구하고 안회를 다음과 같이 극구 높이 평가했다.

"내가 어떻게 안회에 견줄 수 있겠는가? 그는 하나를 들으면 열을 아는 사람인데, 나는 그를 따르지도 못하지."

그런데 안회에게는 또 다른 면이 있었다. 그의 생활이 청빈하다는 것이다. 결코 이익과 명예에 집착하지 않고 살았다. 이를 안 공자가 다음과 같이 안회에 대해 말했다.

"안회야말로 현명한 사람이다. 한 그릇 밥과 한 바가지의 물(簞食瓢飲)로 연명하면서 누추한 곳에 살지라도 개의치 않는구나. 다른 사람이라면 괴로워하며 못 견뎌 했을 터인데 안회는 그것을 삶의 즐거움으로 받아들이고 있다. 게다가 변치 않는구나. 안회는 참으로 현명하다."

74

斷腸(단장)
창자가 끊어진다. 슬픔이 극도에 달해 창자가 끊어지는 듯
한 슬픔의 뜻으로 쓰는 말이다.
세설신어(世設新語) 출면편(黜免篇)

일화

동진(東晉)의 무사 환온(桓溫)이 촉나라에 가던 때의 일이
다.

배를 타고 양자강의 삼협(三峽)을 지나가게 되었다.

이곳은 원숭이가 많은 곳인데 데리고 간 부하 한 명이 원숭
이 새끼 한 마리를 잡아 배에 태웠다.

새끼를 잃은 어미 원숭이가 울면서 강변을 떠나지 않았다.
그뿐 아니라 배를 따라 슬피 울면서 쫓아 오는 것이었다. 그
길이 백 리 길이었는데도 배를 따라 달려온 끝에 배가 강기슭
에 닿자 배 안으로 뛰어들었다.

하지만 새끼를 끌어안은 어미 원숭이는 이내 숨을 거두었
다. 이상한 일이었다. 환온의 부하들이 어미 원숭이의 배를 갈
라보고 나서 깜짝 놀랐다. 창자가 마디마디 끊어져 조각나 있
는 것을 보았던 것이다.

슬픔을 견디지 못해 어미 원숭이의 창자가 끊어진(斷腸) 이
사실을 안 환온은 새끼 원숭이를 가져온 부하를 쫓아 버렸다.

삼협은 양자 강이 호북 땅으로 가는 길목에 위치한 협곡이
다. 구당협, 무협, 서릉협을 가리켜 삼협이라 하는데 예부터
원숭이가 많았다.

大器晚成(대기만성)

큰 그릇은 늦게야 이루어진다. 큰 인물이란 쉽게 이루어지지 않고 오래 걸려서야 완성된다는 뜻이다.
한편으로는 불우한 사람을 위로하는 간접표현으로도 이 말이 쓰일 수 있다.

노자(老子) 제41장(第41章)

노자의 41장 글에는 다음과 같은 말이 실려 있다.

"훌륭한 사람은 도(道)를 들으면 그 도를 부지런히 실천한다. 보통의 사람이 도를 들으면 그 도에 대해 갖는 마음이 반신반의이다. 그런데 모자란 사람이 도를 들으면 콧방귀를 뀌며 웃고 만다."

사람이라면 도를 닦아야 하는데 사람마다 대하는 태도의 다름을 지적했지만, 옛사람은 이런 말도 했다.

"도에 밝은 듯한 사람은 어두운 듯해 보이고, 앞으로 나아가는 도는 뒤로 물러나는 것처럼 보이며, 평탄한 도는 험난한 것 같이 보인다."

또 이렇게도 말했다.

"아주 높은 덕을 지닌 사람은 텅 빈 골짜기처럼 보이고, 아주 넓은 덕을 지닌 사람은 어딘가 모자라 보이는 것 같다."

또한 다음과 같이 말하기도 했다.

"견고한 덕은 오히려 나약한 것 같고, 진실 자체는 어딘가 착실치 않아 보이는 것 같고, 커다란 사각형은 그 각이 없어 보인다."

그리하여 또 다시 말하기를,

"큰 그릇은 아주 늦게야 이루어지고(大器晚成), 아주 큰 소리는 들리지 않는다. 그리고 크나 큰 것은 형체가 없다."

오늘날 음향과학에서도 초음파는 사람의 귀에 들리지 않는다. 그건 그렇다 치고 옛 사람은 한 마디를 더 들어보자.

"도라는 것은 안에 숨어 겉으로 드러나지 않으므로 이름을 지을 수가 없다."

대저 도라는 것은 만물에 힘을 빌려 주어, 그것들이 이루어지게 만드는 것을 이름이다.

螳螂搏蟬(당랑박선)

사마귀가 매미를 잡으려 한다. 이익을 탐하다가 오히려 자신의 위험은 돌아보지 못한다는 뜻으로 쓰인다.

장자(莊子) 산목편(山木篇)

일화

그날은 장자가 산책을 나갔다가 밤나무 숲속으로 들어갔다. 그 때 남쪽에서 까치 한 마리가 날아오더니 밤나무 숲으로 따라 들어왔다. 까치는 보통의 크기가 아니었다. 날개는 넓이가 일곱 자나 되어 보이고, 눈은 둘레가 한 치나 되는 커다란 까치였다.

까치는 장자의 이마를 스치듯 날아서 밤나무 숲의 한 나무에 가 내려앉았다. 놀란 장자는 까치에 대한 이상한 생각이 들어 중얼거렸다.

"저 놈이 과연 새인가? 그 커다란 날개를 갖고도 멀리 날지 못하고, 큰 눈을 가졌다고 해도 잘 보지를 못하는구나."

장자는 이에서 그치지 않고 활을 빼들어 까치를 향해 살을 먹여 겨누었다. 그러는 참에 귓전에 매미 소리가 요란하게 들려왔다. 가늠을 하고 있던 한 눈을 소리 나는 쪽으로 보자, 나무 기둥에 붙어 있는 매미가 보였다. 매미 가까이에 사마귀 한 마리가 매미를 잡아먹으려고 다가가고 있는 게 아닌가.

그렇다면? 장자는 순간 다시 까치를 바라보았다. 저 녀석이 이곳에 날아든 것이 기회를 보아 사마귀를 잡아먹으려고 하는 것이라는 생각이 들었다. 활시위를 잡은 채 장자는 거듭 생각했고 그 생각의 결론은 틀림없이 까치가 먹이를 노리고 있었던 것에서 한 치도 벗어나지 않았다.

장자는 잡아당기고 있던 팔에서 기운을 뺐다. 활과 화살을 손에 든 채 망연한 생각 끝에 탄식이 나왔다.

"아, 참으로 슬픈 일이다. 만물은 서로가 서로를 헤치고, 이익과 손해라는 게 따로 있는 게 아니라 서로 관계되어 있는 것이구나."

참으로 큰 깨달음이었다. 장자는 그 자리에 활을 버리고 도망치듯 숲을 빠져나왔다. 이때에 도망치는 장자를 보는 사람이 있었다. 밤나무 숲을 지키는 산지기였다. 도둑놈이라고 생각하고 장자의 뒤를 쫓으며 욕을 퍼부었다.

그 날 이후 장자의 모습.

석 달 동안 집에 틀어박혀 바깥출입을 하지 않았다. 그가 무엇을 깊이 생각하느라 그랬던 것일까?

大道廢 有人義(대도폐 유인의)

대도가 무너짐으로써 인의가 있게 된다. 무위자연의 길을 따르면 인위적 규범으로서의 인의는 필요없게 되지만, 그러한 대도를 따르지 않기 때문에 인의와 도덕이 나오게 된다는 뜻이다.

노자(老子) 제18장

일화

둑이 터졌을 때와 그렇지 않을 때의 차이는 하나다. 그것을 메우기 위해 돌과 흙을 날라 오고 시멘트가 필요하게 된다는 차이가 있는 것이다.

도덕이라는 것을 이런 식으로 바라본다면 어떤 생각을 할 수 있을까? 도덕이 무너졌으니까 도덕이 필요하다는 식으로 사고의 접근을 시도한 게 바로 이 대도폐 유인의(大道廢 有人義)이다. 도덕이 발생하기 이전의 원초적인 상황으로 환원해 보는 것이다. 유교에서의 핵심은 인(人)과 의(義)를 꼽는다. 왜 이것을 중요하게 여기게 되었는가. 도 자체가 파괴되었기 때문에 인과 의가 강조되었다는 것이다.

노자의 18장을 들춰보면 다음과 같다.

"대도가 무너지자 인과 의가 나타났기에 기교적인 지혜가 나옴으로써 커다란 거짓이 있게 된다. 부자, 형제, 부부의 자연스러운 애정을 잃어버렸기에 효도니 자애니 하는 덕이 역설되게 된 것이다. 또 자연에 위배되는 정치가 판을 치니 국가가 혼란에 빠지는 것이고, 이 때문에 충신 같은 사람이 나타나게 된다."

道不拾遺(도불습유)

길에 떨어진 것을 줍지 않는다. 법이 엄격해 세상이 태평스럽고, 백성들이 잘 산다는 뜻으로 쓰인다.

사기(史記) 상군전(商軍傳)

일화

전국 시대 때이다.

진(秦)나라 효공 시절, 아주 깐깐한 인물의 공손앙이라는 사람이 벼슬에 중용되었다. 원리 원칙주의자인 그는 엄격한 법치주의를 시행했는데, 부국강병을 도모하려고 했던 것이다.

그는 법률을 다음과 같이 공표했다.

· 다섯 집이나 열 집마다 연대책임을 지는 십오제(什伍制)를 실시한다.

· 법을 범한 자를 보고도 고발하지 않거나 오히려 범인을 숨겨주는 자는 적에게 항복한 자와 다를 바 없는 형벌에 처한다.

· 범죄를 고발한 자에게는 적의 목을 베어온 것과 똑같은 상을 내린다.

이렇게 정해 놓은 법은 엄격하게 지켜졌고, 군법 또한 그 엄격함이 서슬 같았다. 뿐만 아니라 생산을 장려하고 모든 것을 깨끗하게 하려고 했으므로 이러한 법치는 엄격하다 못해 삼엄할 정도였다.

뜻하지 않게 태자가 법을 어기는 길이 생기자 공손앙은 모른 척하지 않았다.

태자에게 형벌을 내릴 수 없는 대신 태자를 가르친 교육 담당자를 처벌하므로써 법의 기강을 세우기까지 했다.

그 엄격함 가운데는 자신의 새로운 법률에 반대하던 자가 태도를 바꾸어 훌륭한 법이라고 칭찬을 하자, 이것을 아첨이라고 여겼다.

다음날로 그를 유배지로 보내는 일도 서슴지 않았다.

이 정도가 되자 나라 안의 분위기는 완전히 바뀌었다. 길에 떨어진 물건이 있어도 줍지 않고(道不拾遺), 들끓던 도적이 사라지고, 가가호호 생활이 나아져 갔던 것이다.

전쟁이 나도 싸우는 군사들은 용맹했고, 사소한 일로 시비가 벌어지는 개인적인 싸움 같은 것도 사라져 그야말로 나라가 태평 기운이 가득했다.

법이 시행되고 10여 년간은 잘 되어 갔지만, 그 끝이 왔다. 그를 중용했던 효공이 죽고, 혜문왕이 즉위하자 드디어 귀족들이 불만을 터뜨렸다.

효공의 배후가 사라진 다음이라 공손앙은 어떻게 해 볼 도리없이 모함에 빠져 끝내는 목숨을 잃었다.

그는 자기가 만들어 놓은 가장 참혹한 형벌을 받아 죽었다. 두 다리가 두 대의 수레에 묶인 뒤 가랑이가 찢겨 죽는 참형이었다.

이것을 차열(車裂)이라고 한다.

大義滅親(대의멸친)

큰 의를 위해 육친의 정을 희생한다. 아들이 역적질을 한 것을 보고 기꺼이 혈육의 정마저 버림으로써 대의를 세우는 뜻으로 널리 쓰이는 말이다.

춘추좌씨전(春秋左氏傳)

일화

위(衛)나라의 장공(莊公)이 후계자를 놓고 생긴 전말의 이야기이다. 때는 BC 719년.

장공에게는 환공과 주우라는 두 배 다른 아들을 두고 있었다. 장공이 사랑하는 아들은 주우였는데, 환공을 태자로 삼아 후계자로 삼게 된 데는 그의 애처 때문이었다.

애처 장강(莊姜)은 아들이 없었고, 게다가 주우를 좋아하지 않았다. 그래서 다른 부인이 낳은 환공을 자기 아들로 삼아 후계자로 책봉해 놓았는데, 이게 화근이 되었다. 주우가 호시탐탐 왕 자리를 노리고 있는 것을 알고 대부(大夫) 석작은 근심하여 장공에게 권유했다.

"주우 공자를 세자로 삼으실 의향이 계신다면, 속히 정하도록 하십시오. 그대로 두면 화가 일어날지도 모릅니다."

장공은 어떻게 해 볼 수 없었다. 마음은 주우 공자에게 있었지만 아내 장강의 뜻을 거스를 수도 없었다. 그러는 사이에 석작은 자신의 아들 석후가 주우와 가까이 지내는 걸 알고 몇 번이나 충고를 했지만 듣지 않고, 끝내 주우와 함께 환공을 죽이는 끔찍한 사건을 저지르고 말았다.

　새로 군주가 된 주우는 국민의 환심을 사기 위해 전쟁을 일으켰다. 사이가 좋지 않은 정(鄭)나라를 징벌하면 되리라 생각하고 진나라와 채나라와 연합하여 어느 정도 성공을 거두었다. 하지만 주우가 자기의 배다른 형제를 죽이고 자리에 앉은 것이 회복될 리 없었다.

　석작의 아들 석후는 이를 걱정해 아버지에게 상의했다. 석작은 이렇게 대답했다.

　"천자께 알현해 보는 게 좋을 것이다."

　"어떻게 하면 천자께 알현할 수 있습니까?"

　"진나라 군주는 천자의 신임이 두터운 분이다. 진에 가서 그분에게 천자 알현의 주선을 부탁해 보도록 해 보거라."

　아버지 앞을 물러난 석후는 주우와 함께 진을 향해 떠났다.

　한편 석작은 서둘러 글을 써서 사람에게 들려 진나라 군주에게 보냈다.

　'곧 찾아올 두 사람은 우리 군주를 시해한 역신입니다. 부디 죽여주십시오.'

　진은 이 제의를 받아들였다. 방문한 주우와 석작을 그날로 체포한 다음, 위나라 대표들이 보는 가운데서 두 사람의 목을 베었다.

　석작은 대의를 위해서 혈육인 아들 석후를 희생시키기를(大義滅親) 서슴지 않았던 것이다.

塗炭之苦(도탄지고)

진흙이나 숯불에 빠진 듯한 고통. 백성들이 실정한 정치 때문에 당하는 고통을 비유한 말로 지금도 널리 쓰이는 말이다.

서경(書經) 상서(商書)

지금이나 예전이나 통치자가 실정을 하면 백성은 말할 수 없는 도탄에 빠진다. 진흙과 숯불에 빠진 듯한 백성이라고 하니 그 고통이 얼마나 심각하겠는가?

중국의 전국 시대 이전인 은(殷)나라 때에 좌상을 지낸 중훼라는 인물이 있었다. 그는 탕왕(湯王)을 섬기며 새 왕조를 열었는데, 탕왕은 바로 직전의 왕인 하(夏)나라의 걸왕(桀王)을 무력으로 혁명을 일으켜 권력을 잡은 왕이다. 걸왕은 정치를 잘못했기 때문에 백성을 고통에 몰아넣고 있었던 것이다.

하지만 무력으로 새 왕조를 열어 군주가 된 탕왕은 한 가지 가슴에 걸리는 것이 있었다. 과거 요(堯) 임금이 순(舜) 임금에 왕위를 양보하고 순 임금은 우(禹) 임금에게 왕위를 양보하는 선양의 덕을 보였는데 자신이 차지한 왕위는 그에 비하면 한없이 부끄러운 것이라고 생각하고 있었다. 그래서 다음과 같이 탄식했다.

"후세 사람들이 이런 나를 두고 손가락질할까 두렵도다."

이런 탕왕의 심중을 헤아린 좌상 중훼는 다음과 같이 위로의 글을 써서 바쳤다.

"하늘은 사람을 낳고, 그 사람이라는 존재는 욕심이 있으므로 이를 선도하는 군주가 없으면 혼란을 막을 길이 없습니다.

그래서 하늘은 총명한 군주를 태어나게 해서 이 혼란함을 통치케 하는 것입니다.

하(夏) 시대의 걸왕은 혼미하기 그지없었기에 백성들은 진흙이나 숯불에 떨어진 듯한 고통을 겪어야 했습니다(塗炭之苦). 그렇기에 하늘은 탕왕께 용기와 지혜를 내려서 뭇 나라에 정의를 세워 우왕의 옛나라를 계승케 한 것입니다. 따라서 이제 선대의 우왕의 떳떳하고도 바른 도를 따르고 천명을 받드는 것이 옳지 않겠습니까?"

중훼가 탕왕에게 한 핵심은 무력혁명을 긍정하고, 걸왕 아래서 도탄에 빠진 백성을 구해 낸 것이야말로 천자의 의무라고 설파한 내용이었다.

讀書百遍義自見(독서백편의자현)
같은 책을 1백번쯤 읽으면 뜻이 저절로 이해된다. 읽고 또 읽으면 그 뜻을 자연스럽게 터득할 수 있음은 지금도 마찬가지다. 이 고사성어의 見은 '나타난다'의 뜻으로 쓰임으로 '현'이라 읽는다.

삼국지(三國志) 위지(魏志) 권13

일화

후한 말기와 위(魏)나라 초기에 걸친 시대는 아주 험난한 때였다. 이런 때를 살아간 지식인 중에 동우(董遇)라는 인물이 있었다.

그는 어려서부터 손에서 책을 떼지 않고 열심히 독학을 했다. 그는 시중(侍中), 대사농(大司農)의 자리까지 오른 사람으로서 그의 학문은 당대에 참으로 유명했다.

그런 그에게 입문하겠다는 사람이 찾아 왔다. 그러나 그는 자신의 문하에 두기를 거절했다.

"나에게 배우기보다 이렇게 해 보게. 자네 자신이 한 권의 책을 되풀이해서 읽는 것이 바람직한 것일세. 한 1백번쯤 읽다보면 뜻이 저절로 이해될 테니 말이오(讀書百遍義自見)."

이러한 동우의 권유에 방문자는 수긍하지 못했다.

"그럴 틈이 없습니다. 속히 알고 싶은 것입니다."

"시간은 충분히 있네. 사람에게는 세 가지의 남은 시간이 있다는 것일세."

옆에서 듣고 있던 다른 사람이 세 가지의 남은 시간이 무엇이냐고 물었다. 동우는 설명해 주었다.

"겨울은 한 해의 나머지 시간이니 책을 볼 시간이 있습니다. 밤은 한 날의 나머지 시간이니 역시 책을 볼 시간이 있습니다. 그리고 비 오는 날은 때의 나머지 시간이라 할 수 있으니 이 또한 책을 볼 시간이 있는 것입니다."

방문객은 더 이상 동주에게 입문하겠다는 뜻을 조르지 않고 돌아갔다.

讀書亡羊(독서망양)
글을 읽다가 양을 잃어버리다. 무엇에 정신을 빼앗기다보니 해야 할 일을 소홀히 하는 것을 이르는 말이다.
장자 변무편

일화

하인과 하녀가 양을 데리고 나갔다가 잃어버리고 돌아왔다. 주인이 먼저 하인에게 어떻게 된 것이냐고 물었다. 대답은,

"한참 책을 읽다 보니 양이 보이지 않았습니다(讀書亡羊)."

주인은 다음으로 하녀에게 물었더니 돌아온 답변 또한 크게 다를 것 없었다.

"주사위 놀이를 하고 있다 보니 양이 보이지 않았습니다."

두 종이 각기 한 일은 달랐지만, 공통점은 양을 잃어버린 일이었다.

同病相憐(동병상련)

같은 병으로 아파하는 사람끼리 서로 불쌍히 여긴다. 처지
가 같거나 비슷한 사람끼리 서로 동정하거나 돕는다는 뜻으
로 쓰인다.

오월춘추(吳越春秋) 합려내전(闔閭內傳)

일화

오(吳)나라에서 있었던 일이다. 태자 광(光)은 자객을 시켜
왕 요(僚)를 죽이고 스스로 왕위에 올라 합려(闔閭)라 칭했다.
자객 전제(專諸)를 천거한 사람은 다름 아니라 초나라에서 망
명해 온 오자서(伍子胥)였다.

그는 일이 성공해 대부가 되었지만, 오나라로 망명해 온 데
는 원한 때문이었다. 초나라에서 자신의 아버지와 형이 태자
비무기(費無忌)의 참언으로 죽는 것을 보고 복수의 일념으로
도망쳐 왔던 것이다.

그가 태자 광에게 자객 전제를 천거한 것은 태자 광이 유능
한 인물임을 보고 장차 그의 힘을 빌려 초나라를 치고자 한 데
있었다.

그의 이러한 뜻대로 일이 진행되어 합려가 왕이 되고 자신
은 대부가 되어 있던 어느 날.

초나라에서 또 한 명의 망명객이 찾아들었는데, 그는 재상
백주리의 아들 백비였다. 그는 아버지가 비무기의 모함으로
죽었기 때문에 오자서를 찾아온 것이었다. 오자서는 백비를
적극 도와 그를 대부의 자리에 기용했다.

그런데 오자서의 동료 피리(被離)는 백비에 대해 탐탐치 않게 여기는 게 있어서 이에 관한 대화를 나누게 되었다. 그날 피리는 이렇게 말문을 열었다.

"백비를 한 번 본 것뿐인데, 그렇게도 신용해도 괜찮겠습니까?"

오자서는 서슴지 않고 대답했다.

"그거야 그와 내가 같은 원한을 품고 있기 때문입니다. 왜 하상가(河上歌)라는 노래도 있지 않습니까? '같은 병자끼리 서로 동정한다'(同病相憐)라고 말입니다. 북방의 오랑캐 말은 거친 북풍을 향해 서고, 월나라의 제비는 따뜻한 햇빛을 그리워하게 마련이라고 하지 않았습니까? 그러니 어찌 그를 위해 힘을 쓰지 않겠습니까?"

"이유는 그것뿐입니까? 아니면 따로 믿을 만한 근거라도 있는 것입니까?"

"그것뿐입니다."

"제가 보기에 백비의 눈초리는 매와 같고, 걸음걸이는 호랑이를 닮았습니다. 사람을 많이 죽일 상임에 분명합니다. 그러니 마음을 함부로 허락하지 마십시오."

피리의 충고는 틀리지 않았다. 오자서는 그에게 도움을 받았던 백비에 의해 죽고 말았다. 초나라에 매수된 백비의 모함 때문이었는데, 피리가 백비의 됨됨이를 충고했던 것을 오자서가 조금이라도 생각하고 경계를 했더라면 어떻게 되었을까?

자신이 어려울 때는 상대방을 중요시하다가 일단 성공하고 나면 태도를 바꾸는 게 비정한 사람의 일반적인 모습이기도 하다.

得隴望蜀(득롱망촉)

농서 땅을 얻고 다시 촉 땅을 바라다. 사람의 욕심이란 끝 없어서 하나를 얻고도 또 다른 것마저 얻고자 하는 인간본 성을 뜻하는데 쓰이는 말이다.

후한서(後漢書) 광무기(光武紀)

일화

AD 25년이다. 여전히 군웅 할거하던 때였다. 어느 나라가 패권을 쥘지도 불투명한 채로 대립되어 있었다.

후한의 광무제(光武帝)는 차례로 적들을 쓰러뜨리고 12년 후인 AD 37년에는 마침내 전국을 제압하는데 성공했다. 제압을 했다고는 하지만 아직 남은 게 있었는데, 농서 땅의 진효와 촉나라를 본거지로 한 공손술(公孫述)이었다.

진효는 날로 강대해지는 광무제의 세력이 두렵기 그지없었다. 생각 끝에 공손술과 연합해 대항하려 했지만, 공손술은 별로 마음이 없었다. 공손술이 진효가 보낸 사절을 예우하지 않고 돌려보냈던 것이다.

이렇게 되자 진효는 광무제와 맹약을 맺기로 했지만 그것도 허사였다. 광무제의 뜻은 진효가 신하가 될 것을 강요했기 때문이었다. 도리없이 광무제에 대립하는 처지가 되었다.

진효는 얼마 뒤 병으로 죽고, 그 이듬해 그의 아들 진순이 광무제에게 항복해 옴으로써 농서의 땅은 평정되었다.

이제 촉나라의 공손술을 치는 일만이 남았다. 이때에 광무제는 촉 땅을 바라보며 이렇게 말했다.

"사람의 욕심이란 자족할 줄 모르는 것이구나. 농서를 얻고도 다시 촉을 바라보게 되는구나. 그러나 장병들의 노고를 생각하면, 군대를 움직일 때마다 머리가 희어지는 느낌이 든다."

3년 뒤, 광무제는 촉 땅을 격파하고 드디어 천하통일의 대업을 이루었다.

董狐之筆(동호지필)

동호의 올바른 기록. 역사를 기록하는 사관인 동호라는 인물은 권력이나 외풍에 굴하지 않고 역사의 사건을 사실대로 기록한 것으로 널리 알려져 있어 바른 역사 기록을 동호지필이라 쓰인다.

춘추좌씨전(春秋左氏傳)

춘추 시대 때 있었던 일이다.

진(晉)나라 영공(靈公)은 군주로서 문제가 있는 인물이었다. 극도의 사치스러운 생활과 방약무도한 통치자였는데 신하의 간함에도 듣지 않았다. 그런 신하 가운데 조순의 간함에 대해 귀찮게 여긴 영공은 그를 아예 죽이기로 마음먹었다.

그런 어느 날 술좌석을 마련해 놓고 그를 초대했다. 조순은 낌새를 채고 호위관과 다른 사람의 도움을 받아 도망쳤다. 더이상 나라 안에 머물 수 없게 되었다고 판단한 조순은 국외로 빠져나가기 위해 국경에 다다랐을 때였다. 영공이 시해당했다는 소식을 접했다. 그는 그 길로 되돌아 왔다.

이때부터 또 다른 문제가 생겼다.

사관인 동호가 '조순이 임금을 시해했다'라고 기록해 조정에 고시했던 것이다. 조순이 아무리 부인해도 동호는 다음과 같은 주장을 폈다.

"당신은 이 나라의 책임 있는 벼슬자리에 있습니다. 국경을 넘지 않았다는 것은 아직 국내에 있다는 것이고, 또한 돌아와서도 범인을 죽이지 않았습니다. 그렇다면 책임자는 누구이겠습니까? 당신이 아니겠습니까?"

조순은 이 말에 탄식했다. 틀린 말이 아니었다. 그리하여 동호의 말을 받아들였다.

뒷날 공자가 이 사건에 대한 평을 남긴 일이 있다. 그것은 다음과 같다.

"동호는 훌륭한 사관이다. 법대로 기록하였고 숨기지 않았다. 조순 또한 훌륭한 대부이다. 법을 위해 스스로 오명을 뒤집어썼던 것이다. 아깝기도 하다. 국경을 넘었더라면 그런 오명은 피할 수 있었을 테니 말이다."

得魚忘筌(득어망전)
고기를 잡으면 통발은 잊는다. 목적을 이루고 나면 그 목적을 이루기 위해 쓰였던 수단은 잊어버리지 않으면 근본을 잊고 지엽적인 것에 매달리게 됨을 경계함을 뜻한다.
장자(莊子) 외물편(外物篇)

일화

강가에 나가 천렵하는 재미는 물고기를 잡는 즐거움과 불을 피워 잡은 것들을 끓여 먹는 그 일체의 과정에 있기 마련이다.

이때에 갖고 나가는 도구 중에 통발이라는 게 있다. 통발을 물속에 담가 하나 가득 물고기를 잡고 나면 대개 통발의 존재는 잊고 만다. 한편 산토끼를 잡기 위해 들고 나가는 것이 올가미인데, 이 역시 토끼를 잡고 나면 올가미의 존재에 대해서는 잊고 마는 게 사람들의 의식구조이기도 하다.

장자는 이러한 예를 들어 아주 중요한 말을 했다.

"이와 마찬가지로 말을 사용하는 것은 뜻을 전달하기 위한 것이지만, 뜻이 전달되고 나면 말은 잊어도 된다. 그렇거늘 나는 어디에서 말을 잊은 사람을 만나 그와 더불어 이야기를 나누어 볼 수 있을까?"

그런데 대개의 사람들은 어떠한가? 뜻을 헤아리지 않고 말꼬리를 물고 늘어져 그 끝은 파국에 이르는 일이 태반이다.

장자가 통발과 올가미의 도구를 가지고 말하고 있는 것이 무엇인지 분명해 지지 않았겠는가? 사물의 근본적인 것을 파악하고 나면 그 지엽적인 것은 잊어도 좋다는 것이다.

석가가 수보리에게 이런 질문을 던졌다.

"내가 설법한 것이 있느냐?"

"한 마디도 설하신 것이 없습니다."

이 문답도 득어망전(得魚忘筌)이라 할 수 있다. 수보리는 석가 밑에서 40여년 설법을 들어 왔던 것이다. 그가 부처의 설법을 한 마디로 부정한 이 말에서 진정 그가 부처의 설법을 잘 듣고 이해하였음이 분명해 지고 있다.

하나하나의 설법 내용을 잘 기억해야겠지만, 그 설법이 자기 마음의 바탕에 이루어지지 못한다면 오히려 불타에 대해 배은이 될 수 있을지도 모른다.

그렇다면 근본을 깨닫고 보면 작고 가지에 불과한 지엽의 말단 같은 것은 까마득히 잊어버리는 것이 인간으로서의 올바른 삶의 태도일 것이다.

登龍門(등용문)

용문에 올라간다. 온갖 난관을 극복하여 영광을 차지하는 것을 등용의 고기에 비겨 나타낸 말이다. 지난날 과거에 급제하는 것을 가리키다가 지금은 출세의 관문을 통과하는 뜻으로 널리 쓰이고 있다.

후한서(後漢書) 이응전(李膺傳)

이 고사성어에 등장하는 용문(龍門)이란 황하 상류에 있는 한 협곡의 이름이다. 이곳의 급류는 그 거셈이 보통의 고기는

웬만해서 헤치고 올라갈 수 없는 곳이었다. 수많은 고기들이 모여 들어 힘을 다해 치솟아도 거슬러 올라가는 놈은 거의 없을 정도였다. 어쩌다 한 마리라도 올라가는 날에는 그 고기는 고기가 아니라 용이 되어 버린다는 이야기가 전해 오는 곳이었다.

때는 후한 말기다. 궁중의 환관들이 세력을 잡고 횡포가 심해서 차마 눈뜨고 못 볼 지경이었다. 하지만 일부 정의로운 신하들이 없었던 것은 아니다. 그들이 환관과 맞서 격렬한 항쟁을 벌이다가 끝내는 당고(黨錮)의 화(禍)라는 것도 일어나기도 했다.

그들 정의로운 관료들 중에 으뜸이라 할 이응(李膺)이라는 사람은 정의 수호에 앞장선 상징이었다. 기강이 흐트러질 대로 흐트러진 조정에 몸을 담고 있으면서 고결하게 그 지조를 지켜간 인물이었다. 그런 그에 대해 세상 사람들은 '천하의 모범은 이응'이라는 칭송을 아끼지 않았다. 젊은 관료들은 그를 존경해 마지않았고, 그에게 인정받기를 갈망했는데, 그 인정함을 받는 날이면 그들은 이것을 등용문(登龍門)이라 일컬었다.

이응에게 평가되고 그의 인정을 받는 것을 큰 영광으로 여겼던 것은 혼탁한 당시로서 이응이라는 한 사람이 정의의 기준이며 표상으로 추앙하였기 때문이었다.

口

磨斧作針(마부작침)

도끼를 갈아서 바늘을 만든다. 갈고 닦고 하기를 쉬지 않는
다면 그 어떤 어려운 일도 이뤄 낼 수 있다는 뜻으로 쓰이
는 말이다.

당서(唐書) 문원전(文苑傳)

일화

이백(李白)이라는 사람의 젊은 시절 일화다.

훌륭한 스승을 찾아 산에 들어갔다. 얼마동안 공부를 하다
가 중도에 싫증이 나자 하산했다. 어느 계곡을 지나 한 시냇가
에 이르렀을 때였다. 한 노파가 바위에다 뭔가를 열심히 갈고
있는 모습을 보고 의아해 다가가 물었다.

"뭘 그렇게 열심히 하고 계십니까?"

"도끼를 갈고 있는데 바늘로 만들려고 하지요."

"아니, 도끼를 갈아댄다고 해서 바늘이 되겠습니까?"

노파의 다음 대답이 건성으로 들을 수 없는 것이었다.

"중도에 그만 두지 않는다면야 될 수 있을 것입니다."

이백의 머리를 치는 말이었다. 깨닫지 않을 수 없었다. 그는 하산길을 멈추고 다시 산으로 들어가 열심을 다해 공부했다.

莫逆之友(막역지우)

마음에 거슬리는 것이 아무 것도 없는 친구. 막역은 아무 거스름이 없다 라는 뜻인데 막역한 사이라는 말은 여기서 나왔다. 절친한 친구관계를 말하는데 쓰이는 말이다.

장자(莊子) 대종사편(大宗師篇)

일화

어느 날씨 좋은 날이었다. 하늘은 맑고, 바람은 살랑거리고, 들판에는 곡식이 익어 가고 있었다. 마음이 맞는 사람끼리 마주 앉아 이런 저런 말을 서슴없이 나눌 수 있는 그런 날에 한 자리에 사람들이 모이기 시작했다

한 사람은 자사(子祀), 또 한 사람은 자여(子輿), 또 한 사람은 자리(子犁), 마지막으로 자래(子來)가 동석했다. 앞뒤 없이 이야기가 흘러가다가 제법 심각한 대목에 이르렀다.

"누가 능히 무(無)를 머리로 삼고, 생(生)을 등으로 삼으며, 죽음(死)을 엉덩이로 삼을 수 있겠는가? 말하자면 삶과 죽음, 그리고 유무(有無)가 하나인 것을 아는 자가 있겠는가? 만일 그런 사람이 있다면 그런 사람과 친구가 되었으면 좋겠다."

네 사람은 너나 할 것 없이 마주 타라보며 웃었다. 그런 웃음을 보아 하니 서로가 마음에 거슬리는 것이 아무 것도 없음을 보게 된 것이다. 그 즉석에서 네 사람은 친구가 되었다.

또 이와 유사한 이야기가 있다.

자상호(子桑戶), 맹자반(孟子反), 자금장(子琴張), 세 사람이 대화를 나누다가 한 이야기에 멈추었다.

"누가 능히 서로 함께 함이 없이 함께 하며 인위적인 활동 없이(無爲) 행동할(爲) 수 있겠다 하는가? 누가 능히 하늘에 올라가 운무와 노닐며 무극(無極)함의 경지를 맛보며 떠돌면서 유한한 인생을 잊고 무한함 속에서 살 수 있겠는가?"

세 사람이 너나 할 것 없이 마주 바라보며 웃었다. 서로 마음에 거슬리는 것이 아무 것도 없음을 알게 된 것이다. 그 즉석에서 세 사람은 친구가 되었다.

輓歌(만가)
수레를 끌며 부르는 노래. 장례 때 부르는 장송곡으로서 죽은 사람을 애도하는 것을 뜻한다.
고금주 음악편(音樂篇)

일화

유방이 한나라의 고조로 그 왕 자리에 앉기 직전의 일이다. 이 무렵이라면 막강한 항우를 격파한 뒤이기는 하지만 아직 어수선함이 가라앉지 않은 때였다.

유방의 신하 한신은 한나라 주변에 깔려 있는 세력들을 무찌르며 그런 작전의 일환에서 제나라 왕 전횡을 습격한 일이 있었다. 이에 전횡은 화가 났다. 때마침 유방은 사자 역이기를 제나라 왕에게 보내 화친을 맺으려 했지만, 참지 못한 분풀이로 찾아온 사자를 죽여 버렸는데 그것도 펄펄 끓는 물에 삶아 버렸던 것이다.

드디어 유방이 한나라 고조로 즉위했다. 전횡은 유방의 보복이 있으리라는 불안과 두려움에 떨다가 부하 5백여 명을 데리고 발해만의 한 섬으로 도주했다.

유방의 생각은 전횡과 달랐다.

전횡이 난리라도 일으킬 것을 염려해 도망친 전횡을 용서하고 불러들이기로 했다. 전횡은 유방의 뜻을 따라 발해만에서 돌이켜 낙양으로 길을 떠났는데 거의 도착한 낙양 근처에서 깊은 고뇌에 빠졌다.

낙양으로 돌아간다는 것은 유방을 섬기는 일이었다. 그 생각이 머리끝까지 치밀자 부끄러움에 온몸을 떨며 스스로 목을 찔러 죽었다.

그의 죽음은 자신의 하나로 끝나지 않았다. 전횡의 머리를 유방에게 가져간 두 부하나 섬에 남아 있던 5백여 명의 부하들이 전횡의 뒤를 따라 집단 자결하므로써 전횡을 따르겠다는 절개의 의지를 표명했던 것이다.

이에 전횡의 한 제자가 장송곡을 작곡했다. 하나는 해로가, 또 한편은 호리곡(豪里曲)이었는데, 그 상가(喪歌) 노래는 다음과 같다.

부추잎에 달려 있는 이슬은 그다지도 쉬이 말라버리는지.
그렇다고 해도 다음날 아침이 오면 이슬은 다시 내리건만
한번 죽어 세상을 떠나는 인생은 언제나 다시 돌아올 것인가.
　　　　-부추잎에 매달린 이슬(해로가)

호리란 누구의 집터인가.
어리석은 사람이든 현명한 사람이든 간에 혼백을 거둬 가는데
귀신의 대장의 재촉은 어찌도 그리 심한지.
사람의 목숨은 잠시라도 머뭇거릴 수 없어 하는구나.
　　　　-호리곡

　죽은 자의 상여(喪輿)가 나가고 꽃상여 위에 만장이 펄럭이는 가운데 구슬픈 장송곡이 울린다. 그것을 사람들은 만가(輓歌)라 불렀다. 참고로 뒷날 호리곡은 선비와 일반 서민들을 사용하는 장속곡이 되었고, 해로가는 공경대부의 장례 때 쓰이곤 했다.

萬事休矣(만사휴의)

어떻게 해 볼 도리가 없다. 바꿔 말하면 모든 일이 끝났다 거나, 어떻게 해 볼 수 없다는 뜻으로 쓰인다. 애써 보았지 만, 그 애써봄대로 되지 않을 때 만사휴의라고 표현한다.

송사(宋史) 형남고씨세가(荊南高氏世家)

일화

당나라가 멸망했다. 때는 10세기 전반. 혼란한 틈을 타고 지방 절도사들은 암암리에 독자적으로 세력을 키워 나갔고, 장기적으로 이러한 군웅할거의 난세는 꽤 지속되었다.

각 지방은 그들 각자에 의해서 장악되고 있었으므로 새로 일어나는 왕자들에 대해서도 겉으로 추종하는 척하며 자기네 세력에 몰두했다.

그런 절도사의 후예로 대표적인 존재로 형남(荊南)의 고씨 가 꼽히면서 상당한 물의를 일으켜 세인의 입에 오르내렸다.

시조인 고계흥(高季興)이 당나라 말기에 형남절도사가 된 이래, 57년간(907년~963년)에 걸쳐 형주를 통치했는데 바로 그 때의 이야기다.

고계흥에게는 종회라는 아들이 있었다. 종회가 장가를 가서 장손 보융을 낳고, 줄줄이 자식을 낳다가 열 번째로 아들 보욱 을 보았다. 그런데 종회의 열 번째 아들인 이 보욱이라는 자가 커서는 음란하기 그지없는 작자였다. 매일 연회를 열어 쾌락 의 광란을 벌였고, 그 절정에서는 힘센 병사를 골라 기생들과 혼음을 시키고 그들 어우러진 성희의 광경을 처첩들과 희희덕

거리며 바라보기를 즐겨 했던 것이다.

그런데 보욱이 이렇게 된 데는 그 아버지 종회에게 있었던 것이라고 사람들은 보았다.

보욱이 어렸을 때였다. 여러 형제 중 아버지 종회는 유독 보욱이만 총애하였다. 사랑을 독차지 한 것까지는 좋았는데, 그게 탈이 되어 미워하는 사람도 많았다.

아버지의 사랑에 푹 빠져 있던 보욱은 다른 사람들이 자신을 노려보는 눈초리를 보내도 엉뚱하게도 자신을 얼러 주느라고 그러는 줄로 생각하고 오히려 방글방글 웃고는 하였다. 종회는 화를 내다가도 아들 보욱을 보면 언제 그랬느냐 싶게 화를 풀고 웃었다고 한다.

아버지의 빗나간 총애가 아들을 망치고 있었던 것이다. 사람들은 보욱의 그런 모습을 보면서 한숨을 내쉬면서 말하기를 만사휴의(萬事休矣)라고 했던 것이다. 어떻게 해 볼 도리가 없다는 뜻이다. 커서는 난잡한 생활로 영일했으니 정말 어떻게 해 볼 도리없는 인간이었다.

고씨 일가의 세도는 57년간으로 끝이 났다. 종회가 낳은 아들 보융, 그 보융이 낳은 아들 계중에 이르러서 계중은 송나라 태조에게 귀순했던 것이다. 계중은 고계흥의 4대손이었으니까 길어 봐야 50여년이었다.

萬全之策(만전지책)
무엇보다 가장 완전한 대책. 지금도 쓰이는 '만전을 기한다'라는 말이 여기에서 왔고, 일상생활의 대비책의 말이기도 하다.

후한서(後漢書) 유표전(劉表傳)

일화

전쟁은 군사의 수적 우열에 따라 좌우되는가 하면, 명장의 작전 여하에 의해서도 승패가 갈린다. 또한 주변 국가의 참전에 따라 또한 달라지게 되는 게 전쟁판이다.

조조가 3만의 군사를 거느리고 관도로 나아갔을 때, 원소가 맞선 군사는 10만이었다. 원소는 형주의 목사 유표에게 도움을 청해 확약을 받아냈다. 막상 유표는 아무런 도움도 주지 않았다. 그렇다고 조조를 도우려고 그쪽으로 기울었던 것도 아니다. 유표는 그냥 바라보는 것, 천하의 대세를 관망하고 있었던 게 그의 태도였다. 유표 휘하의 신하가 불안했다.

"아무런 행동도 보이지 않는다면 좋지 않습니다. 이렇게 방관만하고 있다면, 양쪽의 원한을 사는 일입니다. 조조가 원소를 무찌르고 공격해 온다면 어찌시겠습니까? 우린 막아낼 수 없습니다. 조조를 따르는 게 좋을 듯 싶습니다. 말하자면, 이것이 가장 완전한 대책(萬全之策)이라는 것입니다."

신하의 말은 옳았다. 유표라는 인물이 문제였다. 그는 의심 많은 사람이라 태도를 결정짓지 못했다. 그 결과는 나중에 화근을 당하는 일이었다.

亡國之音(망국지음)

나라를 망치는 음악. 망한 나라의 음악이라고 말할 수 있겠다. 역으로 말해 결과적으로 나라를 망가뜨리는 음악인 것이다. 음악은 정서에 반향을 일으키는 것이므로 잘못된 곡절은 정신을 어지럽혀 나라의 기강을 흔들기에 충분한 데에 쓰이는 말이다.

한비자(韓非子) 십과편(十過篇)

일화

춘추시대 때에 있었던 일이다.

위나라의 영공(靈公)이 진나라에 행차하던 길이었다. 복수라는 곳에 이르러 그곳을 지나치려는데, 어디선간 한 자락의 묘한 음악이 흘러왔다. 기이하기 그지없는 음색이었고, 가락 또한 절묘했다. 영공은 듣자마자 취해 악사에게 곡을 채록하도록 명하였다.

진나라에 도착한 영공은 그날 진나라 평공(平公)이 베푸는 연회에 참석했다가 채록해 온 음악을 재연케 했다. 음악을 듣고 깜짝 놀란 사람은 진나라의 유명한 악사 사광(師廣)이었다. 그 즉시로 영공에게 다가와 간곡히 말했다.

"이 음악은 나라를 망치는 음악입니다(亡國之音). 여기서 음악을 중단해 주십시오."

영공은 의아했고, 평공은 영문을 몰라 사광에게 그 내력을 묻지 않을 수 없었다. 사광이 설명했다.

"이 곡은 신성백리(新聲百里)라는 음악입니다. 사치스럽기도 하고 음란한 음악입니다. 옛적 은나라 악사 사연(師延)이

지은 곡으로 주왕을 위해 만들었던 것입니다. 주왕은 이 음악을 몹시 좋아했습니다. 아시다시피 주왕은 이런 사악한 음악을 들으면서 더욱 방탕한 왕이 되어 나라를 망쳤습니다."

사광의 설명대로 주왕은 문왕에게 토벌당하고 은나라는 멸망했다. 왕을 잃은 악사 사연은 어떻게 되었는가? 그는 의지할 데 없어 도망쳤다. 그가 도착한 곳이 영공이 진나라로 오면서 지나쳐 온 복수였다. 사연은 그곳의 강물에 뛰어들어 스스로 목숨을 끊었다.

그 날 이후 기이하게도 그 근처에서 이 음악소리가 은은히 흘러나와 사람을 유혹하고는 했다. 그러나 사람들은 나라를 망친 음악이라 하여 귀를 막고 지나갔다.

마음을 흥분에 이르게 하고, 들뜨게 하며 산란하게 하는 음악은 오늘날에도 경계하는 음악으로 배포 금지하는 것이다.

望梅解渴 (망매해갈)

매실을 바라보며 갈증을 풀다. 물은 없고 갈증이 심할 때 매실의 신맛을 떠올리면 입안에 침이 괴어 잠시라도 갈증을 풀 수 있다는 뜻이다.

세설신어(世說新語)

일화

조조가 군대를 이끌고 행군을 하고 있던 어느 날의 일이었다. 행군 도중 군사들에게 물을 먹이기 위해 물 담당 병사를 내보냈는데 길을 잃고 말았다. 군사들은 기다리다 못해 목이 말라 참을 수 없을 지경이 되었다.

조조는 임기응변이 필요했다. 한 가지 생각이 떠올랐다.

"저기 앞에 매실나무 숲이 있다. 보아하니 열매가 크고 달게 보인다. 갈증을 풀기에 족하다(望梅解渴)."

이 말을 들은 군사들의 입안에서 침이 돌기 시작했다. 조조는 이때를 놓치지 않고 행군을 계속했다. 곧 샘터를 발견하고 군사들의 마른 목을 해갈해 주었다.

面目 (면목)
얼굴과 눈. 얼굴을 들 수 없고 눈으로 바라볼 수 없을 정도로 부끄럽다는 뜻이다.

사기(史記) 항우본기(項羽本紀)

일화

이 이야기는 초나라 항우가 최후를 맞이하기 직전 갇혀 있던 해하성에서부터 시작된다. 항우는 날이 밝자 8백 명의 군사를 이끌고 한나라 군사의 포위망을 뚫고 탈출하는데 일단 성공했다. 그러나 곧 한나라 군사가 추격해 왔다.

항우의 군사들은 추격군에게 계속 격멸당했다. 마침내 28명만이 남았다. 남은 부하들을 바라보며,

"수많을 전투를 치르며 지휘해 왔지만, 단 한번도 패한 적이

없는 나다. 이 지경이 된 것은 싸움에 약한 자여서가 아니다. 하늘이 나를 버렸기 때문이다. 이제 나의 솜씨를 보여주마.”

그렇게 말을 마치자 항우는 말머리를 돌려 적군 속으로 달려 들어갔다. 그가 휘두르는 칼날에 적군들의 목은 댕강댕강 떨어져 나갔다. 몰아치던 기세가 잠시 꺾인 틈을 타 항우는 한나라 적장의 목을 베어 버렸다.

그 길로 항우는 동쪽으로 내달아 오강(烏江)에 이르렀다. 배를 대기시켜 놓고 기다리고 있던 자가 서둘러 항우를 맞으며 권했다.

“어서 배를 타십시오. 강동 땅이란 다른 데 비해 작다고 하지만 그래도 사방 천리가 됩니다. 게다가 사람들 수십만이 살고 있는 곳입니다. 이런 곳이라면 얼마든지 왕의 자리에 앉으셔서 통치할 수 있습니다. 어서 강을 건너시기 바랍니다. 한나라 군사가 닥치기 전에 건느셔야 합니다.”

“으하하하!”

뜻밖에 항우는 큰 소리를 내어 웃었다. 그러더니,

“나는 건너지 않겠다. 하늘이 이미 나를 버렸다. 지난날 강동 땅의 젊은이 8천 명을 모아 함께 이 강을 건넜었지. 지금 어떤가? 살아서 돌아가는 자 한 명도 없다. 만일 강동의 부모 형제들이 이런 나를 불쌍하게 여겨 왕으로 삼는다고 해도 내가 무슨 면목(面目)으로 그들을 보겠는가? 설령 그들이 내게 아무 말을 하지 않아도 나 자신은 부끄러운 마음을 갖게 될 것이다.”

항우가 자신의 심정을 털어놓았다.

곧 이어 한나라 군사들이 뒤따라왔다. 오강을 뒤에 둔 항우는 최후의 일전을 벌였다. 수백명의 한나라 군사들이 그의 칼날 아래 쓰러졌다.

하지만 목숨에 연연하지 않기로 이미 작정한 항우는 결단을 내렸다. 스스로 목을 쳤다. 한 위대한 영웅의 최후는 오강에 붉은 피를 뿌리며 스러져 갔다.

明鏡止水(명경지수)

한 점 티 없이 맑은 거울과 물결 하나 일지 않는 물. 사물을 있는 그대로 반영한다는 뜻에서 고요한 심경의 상징으로 쓰인다. 즉 흔들림 없고 맑고 고요한 심정을 말한다.

장자(莊子) 덕충부(德充符)

일화

발뒤꿈치를 잘라내는 형벌이 있었는데, 신도가(申徒嘉)라는 사람이 그런 형벌을 받은 사람이었다. 그가 백혼무인(佰昏無人)을 스승으로 모시고 있던 중에 정자산과는 같은 문하였다. 정자산이라면 당시 정나라 대신으로 있던 관료였다. 이 자는 발뒤꿈치가 잘린 신도가와 길을 같이 가는 걸 부끄러워했다.

하루는 노골적으로 그런 자신을 내비쳤다.

"내가 앞서 갈 때면 당신은 뒤에 따라와 주시오. 당신이 앞서 갈 때면 내가 뒤에서 걷겠소. 내가 지금 외출하고자 하는데 뒤에 남아 주겠소, 어떻게 하겠소. 도대체 당신은 한 나라의 재상인 나를 보고도 길을 피하려 하지 않는 걸 보면, 당신이 나와 동등하다고 보는 것이오?"

　이에 신도가의 대답은 이러했다.

　"아니, 우리 선생님 문하에 당신 같은 말을 하는 그런 대신 따위가 언제부터 있었던가요? 당신은 대신임을 대단히 여겨 남을 깔보려 들려고 하는 모양인데, 나는 다음과 같은 말을 들은 적이 있소. '잘 닦인 거울에는 먼지가 앉지 못하며, 먼지가 앉으면 흐려진다. 이와 마찬가지로 사람도 현인과 오래 같이 지내면 잘못됨을 범하지 않는다(明鏡)'라는 말 말이오. 지금 자네가 백혼무인 선생의 문하로 있는 것은 대도를 배우는데 있는 것이오. 그런데 이런 식으로 말을 한다는 건 또한 잘못이 아니겠소?"

　왕태라는 사람도 발꿈치가 잘린 형벌을 받은 사람이다. 이 왕태의 문하에는 제자들이 많았는데 그 수가 공자의 제자보다 많을 것을 보고 공자의 제자 상계가 은근히 불만을 품고 공자에게 그 까닭을 물었다.

　"왕태는 자신을 닦는 데에 있어서, 자신의 지혜에 의해 자신의 마음을 이해했고, 그 이해에 의해 마음의 본체를 깨달았습니다. 그건 어디까지나 자기 자신을 닦기 위한 것일 뿐, 남을 위하거나 세상을 위하는 일은 아니었습니다. 그런데도 그를 최고로 여겨 많은 사람들이 그에게로 모여드는 것입니까?"

　공자가 답변했다.

　"자신의 모습을 보기 위해 흐르는 물에 비춰 보는 것이 아니라, 고요히 고여 있는 물에 비추어 본다. 이와 마찬가지로 정지해 있는 것만이 정지하고자 하는 사람의 발걸음을 멈추게 할 수 있다. 왕태의 마음은 지수(止水)같으므로 많은 사람의 마음을 끄는 게 아니겠느냐?"

　처음의 이야기에 나오는 명경은 현인의 밝은 마음의 상징으

로 쓰이고, 뒤의 이야기에 나오는 지수는 고요한 심정에 비유
되고 있다. 명경지수(明鏡止水)는 이 두 삽화에서 나온 고사성
어다.

明眸皓齒(명모호치)
빛나는 눈동자, 하얀 치아. 시인 두보가 죽은 양귀비를 애
도하며 지은 시에서 연유되어 절세의 미인, 즉 아름다운 여
인을 이르는데 쓰이는 말이다.
두보(杜甫)의 시 애강두(哀江頭)

일화

절세의 미인 양귀비는 빛나는 눈동자에 하얀 치아를 가진
미녀였다. 시인 두보는 그 양귀비의 죽음을 애도하며 시를 지
었는데 그 첫줄은 다음과 같이 시작된다.

빛나는 눈동자, 하얀 치아(明眸皓齒)는 지금 어디에 있는가?
피로 더럽혀진 채 떠도는 영혼은 돌아가지를 못하는구나.

양귀비는 안록산의 난 때 죽음을 당했는데, 당나라 황실의
몰락을 시로써 옛 영화를 노래했다. 두보는 그것을 보며 인간
의 영화란 얼마나 덧없는가를 절감했던 것이다. 절세미인이
가졌던 빛나는 눈동자, 하얀 치아는 그 죽음으로써 사라지고
만 것이지만, 이 시의 표현에 의해 명모호치(明眸皓齒)는 절세
미인을 일컫는 고사성어가 되었다.

明哲保身(명철보신)
지혜롭고 사리가 밝아 잘 처신함. 사리가 밝고 지혜가 있으면 세상 돌아가는 이치를 잘 알아 처신을 잘 한다는 뜻으로 쓰이는 말이다.

시경(詩經) 대아편(大雅篇)

일화

주나라 선왕(宣王) 때 명재상 중산보의 덕을 찬양하는 노래에 다음과 같은 것이 있다.

지엄하고 지엄하신 임금님의 분부를
재상 중산보가 받들어 이를 행하니
나라 나라의 바르고 그릇됨을
중산보가 좋고 나쁨을 가리었네.
지혜로운 데다가 사리에 밝아서(明哲)
그 몸을 잘 처신하네(保身).
그 힘씀이 낮과 밤이 없었고,
오로지 한 분 임금을 섬기었네.

주자(朱子)는 말하기를,
"명(明)이란 이(理)에 밝은 것임을 말하며, 철(哲)이란 사(事)에 분명한 것이다."
보신이란 도리에 어긋나지 않게 처신하는 것이라고 했다.
그런데 후세에 가서는 위험한 데에 말려들지 않고, 자기의 몸을 보전해 가는 처세를 뜻하는 쪽으로 바뀌었다. 일신의 안전을 위해 요령 있게 잘 처신하는 듯 쪽으로 기울어진 것이다.

矛盾(모순)
창과 방패. 앞뒤가 맞지 않는 말이나 행동을 일컬을 때 이 말이 자주 쓰인다.

한비자(韓非子) 난세편(難勢篇)

방패와 창을 파는 사람이 있었다. 얼핏 보면 상술에 뛰어난 것 같아서 그의 선전은 누가 들어도 깜짝 놀랄 일이었다.

"이 방패는 그 견고하기가 어떤 것으로도 뚫을 수 없습니다."

말해 놓고 난 뒤 어느 새 또 한 손에는 창을 들고, 눈 하나 깜짝하지 않고 선전을 했다.

"이 창은 그 예리하기가 뚫지 못할 물건이 없습니다."

구경꾼 하나가 재빨리 돌아가는 머리로 헤아려 보니 장사꾼의 말이 앞뒤가 맞지 않았다. 대뜸 지적했다.

"방금 선전한 당신의 창으로 조금 전 선전한 방패를 뚫을 수 있는 것이오, 없는 것이오?"

장사꾼은 슬그머니 물건들을 거둬 담더니 사라졌다. 초나라에서 있었던 일이다.

木鐸(목탁)
나무로 만든 방울. 그러나 원뜻과는 달리 사회의 규범으로서 지식계층 혹은 특수계층을 일컫는 뜻으로 쓰인다.
논어(論語) 이인편(里仁篇)

일화

공자가 자신의 이상을 펼쳐 보려고 했지만, 실패의 쓴맛을 보았다. 그래서 꿈이 실현될 수 있는 다른 나라를 찾아 편력의 도상에 올랐을 때의 일이었다.

위나라 국경 가까이에 있는 의(義)라는 고장에서였다. 국경의 관문을 지키는 한 관리가 공자를 찾아왔다. 제자들에게,

"이곳을 방문한 훌륭한 분이라면 제가 만나 보지 않은 사람이 없었습니다. 한번 뵙게 해 주십시오."

공자 만나기를 간청했다.

관리가 공자를 만나고 나와 제자들에게 말했다.

"여러분, 너무 염려하지 마십시오. 스승의 이상이 노나라에 받아들여지지 않았다고 해서 그것을 실패로 여기지 마십시오. 천하에 도가 없어진지 오래지만, 하늘은 장차 여러분의 스승을 목탁(木鐸)으로 삼으실 것입니다."

한 마디로 관리의 말은 하늘이 그를 사회의 규범으로 삼게 되리라는 것이었다.

당시의 풍습 가운데 새 법이나 명령을 공포할 때 목탁과 금탁의 둘 중 하나를 선택해 소리 냈다. 금탁은 쇠에 방울을 단 것으로 주로 군사(軍事)에 관한 것일 때, 목탁은 나무에 방울

을 단 것으로 주로 문사(文事)에 관한 것일 때 흔들어 소리를 냈다. 모인 백성들은 그 소리만으로도 어떤 종류의 법이 새로이 제정되었는지 알 수 있도록 한 제도였다.

불교에서 염불을 할 때 목탁을 사용하게 된 것은 본래의 목적과는 달라진 셈이다. 그리고 또 사회적 의미로 갖다 쓸 때에도 달라진다. 이를테면 경찰은 사회의 목탁, 기자는 사회의 목탁 하는 식으로 쓰이는 게 오늘날의 추세이다. 본래의 뜻에서는 조금 거리가 멀어졌다.

武陵桃源(무릉도원)

무릉에 있는 복숭아 숲. 즉, 이상향. 무릉에 있는 복사꽃 만개한 숲이라는 뜻으로 도원경이라고도 한다. 현실이 아닌 낙원을 이르는 말로 쓰인다.

도연명(陶淵明)의 도화원시병기(桃花源詩幷記)

일화

시인 도연명(陶淵明)이 살았던 진(晉)나라 시대는 격변으로 해가 뜨고 지는 세월이었다. 불안한 정치와 전쟁의 나날 속에서 백성들은 비참하게 살았다.

한 가난한 어부가 그날도 자신이 살고 있는 무릉(武陵) 마을에서 계곡의 냇물에 배를 띄웠다. 상류로 저어가다가 문득 옆을 돌아보자 감흥 어린 광경을 보게 되었다. 강 언덕에 처음 보는 복숭아밭이 아름답게 펼쳐져 있었다.

흥겨워진 어부는 복숭아 숲을 따라 노를 저어 갔다. 붉은 복사꽃잎이 하늘하늘 춤추며 하늘을 온통 뒤덮어 현실 세계 같지 않았다.

복숭아 숲이 다하는 곳의 산기슭에 이르렀다. 거기에는 입구가 자그마한 동굴이 하나 있었다. 어부가 굴 속으로 몸을 들여 밀자 눈앞에 넓은 땅이 펼쳐졌다. 처음 보는 별천지가 시야를 사로잡았다. 반듯반듯하게 집들이 늘어서 있고, 잘 가꾸어진 밭에서 젊은 남녀들이 즐겁게 일을 하는 모습이 보였다.

두 눈이 휘둥그레진 어부가 한 사람에게 다가가 물었다.

"이곳이 어떤 곳입니까?"

"옛날 진(秦)나라 때 난리를 피해 사람들이 이곳으로 도망왔습니다. 그런 뒤 바깥세상과는 인연을 끊고 지내고 있는 곳이지요."

그런 대답을 듣고 나서 어부는 며칠간 그곳에 머물렀다. 근심도 걱정도 없는 낙원의 세상에 와 있는 것 같았다.

꿈같은 시간이 흘러갔다. 그가 다시 무릉으로 돌아나올 때는 아쉬움이 커서 다시 찾아갈 수 있도록 길표식을 여기저기 해 두었다.

돌아온 어부는 마을의 태수에게 이 일을 알리고 다시 길을 찾아 나섰다. 하지만 별천지는 찾을 수 없었다.

한 어부가 발견한 유토피아는 시인 도연명이 그린 이상향이었다. 사람들은 현실이 모질수록 그런 세상을 그리워했다. 지금 눈에 보이지 않을 뿐, 어딘가 그곳이 있으리라는 믿음을 버리지 않았다.

지금도 사람들 마음 한 귀퉁이에는 여전히 무릉도원을 향한 그리움이 있는 게 사실이다.

無爲而化 (무위이화)

아무 것도 함이 없이 스스로 감화되게 하다. 인위적인 것을 버리고 자연 그것으로 돌아가는 곳게 참다운 변화가 일어난다는 뜻으로 쓰인다.

노자(老子) 제57장(第57章)

 일화

노자가 들려주는 57장의 내용에 구를 기울여 보자.

나라를 다스리는 데에는 정책(正策)을 써야 하고, 전쟁을 하는 데는 기책(奇策)을 써야 한다. 그렇다면 천하를 얻기 위해서 해야 할 것은 정책도 기책도 초월한 그 무엇이어야 한다. 말하자면 무위(無爲)에 의해야 한다는 것이다.

천하를 얻을 수 있는 그 무위란 무엇인가? 답하기를,

"천하에 금하는 명령이 많아지면 백성은 더욱 가난해진다. 백성들이 편리한 기구를 많이 가질수록 국가는 더욱 혼란해진다. 사람들의 기술이 발달할수록 진기한 물건이 생겨나 국민의 정신을 해치게 된다."

이렇기 때문에 성인은 입을 열어,

"나는 아무 것도 함이 없는데 백성이 스스로 감화되게 한다. 나는 고요함을 즐기고 있는데 백성이 스스로 바르게 살아간다. 나는 별달리 시책을 베풀지도 않았는데 백성은 스스로 잘 살아간다. 나는 바라는 것이 없는데 백성은 스스로 순박해진다."

라고, 하셨다.

　무위이화(無爲而化)는 '나는 아무 것도 함이 없이 백성이 스스로 감화되게 한다(我無爲而民自化)'에서 온 말이다.

　정치란 무엇인가 대해 자연으로 돌아가는 것에 있다 라고 한 지적이다.

無用之用 (무용지용)

쓸모없는 것의 쓸모 있음. 유용함만이 사람들이 쫓아야 할 길인가에 대한 반사적인 대답으로 쓸모없는 것도 쓸모가 있다 라는 일깨움으로 쓰이는 말이다.

장자(莊子) 인간세편(人間世篇)

　공자가 초나라에 갔을 때, 기인 중의 기인인 접여(接輿)라는 사람이 찾아왔다. 그는 사람들이 무용은 쓸모없다 하여 거들떠보지 않는다는 것에 의아함을 품고 있던 참이었다. 그렇다면 과연 유용만 쓸모가 있단 말인가?

　접여는,

　"산에 있는 나무는 소용이 있으므로 사람들이 베어 내는데 유용하기에 스스로 재앙을 불러들인 셈이다. 기름에 불이 당겨지면 밝은 빛을 발하므로 등불로 이용되는데 이것도 스스로 재앙을 불러들인 셈이다. 또 계피나무는 먹을 수 있는 것이므로 그 유용 때문에 스스로 껍질의 상처를 불러들이는 셈이다."

하고, 기이한 말을 던졌다.

그가 예화를 든 나무와 기름과 계피는 사람들에게는 유용성이 있는 것들이다. 만일 무용하다면 잘릴 리도 없고, 태워질 리도 없으며, 벗겨지는 화를 당할 티도 없다고 접여는 말하고 있는 것이다.

사람들은 유용한 인물만이 되려그 한다. 그것만이 사람의 길인가? 접여가 반사적으로 무용도 괜찮은 것이 아닌가 반문하고 있는 것이다.

무용지용(無用之用)의 말에는 인위적인 것을 삼가라는 뜻도 포함되어 있다는 해석이 널리 쓰이고 있다. 자연스럽게 살 수 있는 길을 모색하는 데에 무용지용의 쓸모가 있다고 접여는 말하고 싶었던 모양이다. 그래서 공자를 찾아갔던 것일까?

무용한 것이 쓸모 있음을 받아드릴 줄 안다면 유용은 그 진정함이 발휘될 수 있을 것이다

118

無何有鄕(무하유향)

어느 곳에도 없는 곳. 어느 곳에도 없는 곳이란 이상향을
말하는 것이다. 막힘이 없이 트인 세계라는 뜻으로 이른바
유토피아를 뜻한다.

장자(莊子) 지북유편(知北遊篇)

일화

장자의 우화에는 이솝이야기를 뛰어넘는 남다른 세계가 있
다. 다음은 우주와 천하를 달리 구별해 대하는 한 짤막한 삽화
이다.

"천하를 다스린다는 것은 어떠한 걸 말하는 겁니까?"

묻자 대답은 이러했다.

"말하는 그대는 천박하구나. 그건 불쾌한 질문이다. 나는 조
물주와 벗하고 있다. 그러니 높이 나는 새를 타고 저 우주 밖
으로 떠나 무하유지향(無何有之鄕)에서 노닐며 그 광막한 세
계에 머물고자 한다. 그런데 네가 하는 말은 고작 천하를 다스
리는 일 따위인데 그런 것에 내 마음이 어지럽혀지겠는가?"

이러한 대답에 따르면 광막지야(廣莫之野)라는 말이 있는데
무하유향과 서로 관련이 된다. 아무 것도 없는 곳이라면 끝없
이 넓은 들판을 떠올릴 수 있고, 허무의 세계일 것이다. 이때
의 허무란 절망적인 것을 말하는 것이 아니라 초월한 무위(無
爲)의 도와 같은 맥락이다.

無恒産 無恒心(무항산 무항심)
일정한 재산이 없는 사람은 일정한 마음도 없다. 먹고 살
재산이 있거나 일정한 직업이 있으면 문제가 없지만, 그렇
지 못한 사람은 이해관계에 따라 그 마음과 태도가 변할 수
밖에 없다는 것을 뜻한다.

맹자 등문공편

일화

맹자가 혜왕이 왕자로 있을 때 주고받은 대목이다.

맹자는 왕자에게,

"일정한 생업이 없는 사람이 언제까지나 착한 마음을 간직
하려면 확고한 교양을 지녔을 때에 가능합니다. 평범한 사람
이 생업이 없고 보면 변치 않는 선심 같은 것은 금방 사라지고
맙니다."

말한 것의 핵심은 백성을 어떻게 해야 할 것인가에 있었다.

맹자는 백성들이 생업을 꾸려 나갈 수 있도록 해 줘야 한다
고 말했는데 그 다음에 해야 할 일까지 말해 주었다.

생업이 해결된 뒤에 예와 인을 갖도록 인도해야 한다고 가
르쳤다. 이것이 왕자가 가져야 할 의무라고 했던 것이다.

만일 백성이 생업을 해 나갈 수 있는 보장을 해 주지 못한다
면, 이 때문에 백성이 죄를 범하게 된다고 했다.

그렇다면 백성이 죄를 범하게 한 다음, 도리어 이것을 벌하
는 군주가 있는데, 이것은 옳지 못하다.

그것은 마치 그물을 쳐놓고 새가 걸리기를 기다리는 것과

다를 바 없다.

그러므로 절개와 지조를 가진 선비에 이르러서야 재물에 관계없이 마음이 변치 않지만, 일반 백성들은 경제적 이익을 따라 움직일 수밖에 없는 것이다.

刎頸之交(문경지교)
목이 잘려도 변하지 않는 교우. 둘도 없는 친구 사이로서 변하지 않고 생사를 같이 하는 친구 사이를 뜻한다.
사기(史記) 염파인상여전(廉頗藺相如傳)

일화

우여곡절 끝에 진나라가 조나라의 성을 빼앗았다. 그런 뒤 진이 조에게 평화 교섭을 통고해 왔을 때, 조나라 혜문왕은 두려워 망설였다.

이런 때에 대장군 인상여와 염파가 왕에게 나아가,

"왕께서 이에 응하지 않으시면 우리 조나라가 약하고 비겁하다는 걸 보여주는 결과가 됩니다."

권했다. 왕은 따르기로 했다. 인상여가 왕을 모시고 가기로 하고, 염파는 남아서 나라를 지키기로 했다.

문제가 일어난 것은 혜문왕이 진나라 왕이 베푼 주연상에서였다. 진나라 왕이 혜문왕을 낮춰 보는 태도를 취한데 대해 인상여가 지혜롭게 잘 대처해 혜문왕을 궁지에 빠지지 않도록 했다. 얼마 뒤 귀국한 혜문왕은 인상여의 공을 높이 사 경대부 자리에 임명했다. 염파는 인상여가 자기보다 높은 자리에 오르자 불만을 억누를 수 없었다.

"나는 혁혁한 전공을 세운 자다. 인상여는 겨우 입과 혀를 움직였을 뿐인데 나보다 벼슬이 높아졌다. 그런데다가 인상여는 비천한 계급의 출신자다. 내가 그런 자의 아래에 있을 수 있겠는가? 상여를 만나기만 하면 크게 모욕을 주겠다."

이러한 사실을 들은 인상여는 염파와 마주치지 않도록 조심했다. 그 뿐만 아니라 조정에서의 조회 때에도 병이라 일컫고 불참하고는 했다.

한번은 외출한 인상여가 저만치 염파의 일행이 지나가는 것이 보이자 옆골목으로 피해 몸을 가렸다.

이에 인상여의 하인들이,

"우리가 대감을 모시는 것은 그 높으신 뜻을 존경하기 때문입니다. 그런데 염 장군을 호랑이처럼 두려워하여 이렇게 피해 다니시니, 그 까닭을 알 수 없습니다."

불만을 터뜨렸다. 인상여가 태연히 대답했다.

"너희들 생각에 염 장군과 진나라 왕과 어느 쪽이 더 무섭다고 생각하느냐?"

"그야 진왕입지요."

"그런 진왕을 얼마 전 진나라에 갔다가 내가 꾸짖은 일이 있었다. 그런 내가 염 장군을 겁내고 있다고 너희들은 생각하느냐?"

그렇게 말을 뗀 상여는 다음과 같이 덧붙였다.

"진나라가 우리나라를 함부로 넘보지 않는 것은 염 장군과 내가 있기 때문이다. 그런데 내가 염 장군과 맞서 싸운다면 진나라에 기회를 주는 일이고, 결국에는 나와 염 장군도 살아남지 못하는 일이 된다. 왜 내가 염 장군을 피하는지 알겠느냐?"

"네!"

하인들은 일제히 소리쳐 대답했다. 인상여는 국가의 위난을 먼저 생각했고, 개인적인 원망은 뒤로 돌려놓았던 것이다.

이러한 인상여의 태도가 염파에게 알려졌다. 염파는 부끄럽기 그지없었다. 그 길로 벌거벗은 몸에 가시나무를 지고 인상여를 찾아가 사죄했다.

"이 천한 사람이 장군의 깊은 뜻과 아량을 헤아리지 못했습니다."

그 날로 두 사람은 친구가 되었다. 목에 칼을 들이대도 변하지 않는 사이가 되었다(刎頸之交).

聞一知十(문일지십)

하나를 들으면 열을 안다. 보통의 사람은 하나를 들으면 하나를 알고, 조금 더 뛰어난 사람은 하나를 들으면 둘을 안다. 그러나 걸출한 사람은 하나를 들으면 열을 안다.

논어(論語) 공야장(公冶長)

 일화

공자에게는 따르는 사람이 많았다. 제자도 많았지만, 뛰어난 자들만 꼽는다면 70여명에 이른다.

그들 중에서 자공이 재능이 뛰어난 사람이었고, 안회가 또한 학문과 덕이 훌륭한 제자였는데 그 뛰어남이 걸출했다.

하루는 공자가 자공을 대하는 자리에서 물었다.

"자네와 안회 둘 중에서 누가 더 낫다고 생각하는가?"

자공의 대답은,

"안회와 저를 감히 비교할 수 없습니다. 저는 하나를 듣고 둘을 아는 정도인데, 그는 하나를 들으면 열을 아는(聞一知十) 사람입니다."

대답을 했다. 그런데 이에 대해 공자의 대답은,

"그렇다네. 자네는 안회만 못하지. 그런데 나와 자네 모두 다 안회만 못하다네."

했던 것이다. 안회의 표정이 어떠했을지. 스승은 역시 스승다운 말을 했다고 생각했을지 모를 일이다.

門前成市 (문전성시)

문 앞에서 시장을 이룬다. 출입하는 사람이 많다는 뜻이다.
세도가의 집에는 찾아오는 사람의 발길이 끊이지 않는다는
뜻에서 널리 쓰이는 말이다.

한서(漢書) 정숭전(鄭崇傳)

일화

한나라 애제(哀帝) 때에 있었던 일이다.

애제의 주위는 외가 친척이 둘러싸고 권력을 잡고 있어 시
끄러웠다. 그런 중에도 바르고 곧은 마음을 가진 신하들이 있
었다. 정숭(鄭崇)이 그 중 한 사람이었다. 그는 왕실의 피를
타고 난 사람이긴 했지만, 외척의 횡포에 대해 경계할 것을 왕
에게 자주 간했다.

여러 차례 간함을 듣게 된 왕은 은근히 짜증이 났다.

"또 그 소리인가?"

점차 왕은 정숭을 차갑게 대하게 되었다.

나중에 왕은 미소년인 동현(董賢)과 동성애를 벌이는 일까
지 생겨났다. 정숭이 가만히 있을 리 없었다.

"그러시면 아니 됩니다."

"네가 뭔데 나를 간섭하는가!"

애제는 힐난했고, 견디지 못한 정숭은 병이 들었다. 여기에
겹쳐 상서령 조창(趙昌)이 정숭을 모함하는 상소를 올렸다.

"정숭이 간사한 일을 꾸미고 있는 듯합니다."

왕은 정숭을 불러다 앞에 놓고,

"그대 집 문 앞은 많은 사람들이 찾아와 시장처럼 북적거린 다는 말을 들었다. 무슨 일로 그들과 모의하여 나를 배척하려 고 하는가?"

문책을 했다. 정승은 담담히 대답했다.

"저의 집 문 앞은 시장과도 같습니다. 그러나 저는 그런 것 에 아랑곳하지 않습니다. 제 마음은 고요한 물과 같을 뿐입니 다. 부디 생각을 달리해 주시기를 간청합니다."

끝내 정승의 해명은 받아들여지지 않았다. 감옥에 갇힌 정 승은 그 길로 살아나오지 못했다.

이 일화에서 정승이 '저의 집 문 앞은 시장과 같다(臣門如 市)'고 말한 데서 문전성시(門前成市)의 말이 유래하게 된다.

門前雀羅(문전작라)

집 문 앞에 참새를 잡는 그물이 쳐 있다. 권세가 몰락한 집 의 풍경을 묘사한 말로 그 많던 찾아오는 사람이 없음을 가 리키고 있다. 가세가 기운 집의 쓸쓸함과 한산함을 묘사한 뜻으로 쓰인다.

사기(史記) 급정전(汲鄭傳)

일화

한나라 무제 때의 일화이다.

급암과 정당시는 당시의 벼슬아치였다. 두 사람에게는 공통 점이 있었는데, 의리를 소중히 여기고 찾아오는 손님을 잘 대접하였다. 높은 벼슬에 있으면서도 겸손했던 두 사람이었다.

그런데 두 사람 다 벼슬에 오르고 내림이 심했다. 그 때문에 급암이나 정당시나 면직과 좌천의 길을 걷다가 벼슬에서 물러났다.

그들이 벼슬에서 물러나자 찾아오던 그 많은 사람들의 발길이 끊어졌다. 이런 세태를 두고 사기의 저자 사마천은 다음과 같이 평했다.

"급암과 정당시가 어진 사람이긴 했지만, 권세가 있을 때는 손님이 열 배나 찾아들었고, 세력이 없어지고 나자 모두가 떠나 버렸다.

적공(翟公)도 벼슬에 있을 때 찾아오던 사람이 많더니만, 벼슬에서 떠나자 손님들이 뚝 끊겼다. 그래서 문 앞에는 참새 떼가 모여들어 새 잡는 그물을 칠 정도였다(門前雀羅).

다시 적공이 벼슬에 오르자 전처럼 손님들이 모여들었다. 적공은 이런 인간세태를 보고 집 문에다가 다음과 같은 글을 써 붙여 놓았다.

'한번 죽고 한번 사는 데서 서로 사귐의 정을 알고
한번 가난하고 한번 부자가 되는 데서 서로의 사귐의 실태를 아는 것이다.
한번 귀하고 한번 천하게 되는 데서 서로 사귐의 정이 나타난다.
참으로 이 얼마나 슬픈 일인가!'

未亡人(미망인)

죽은 남편과 같이 죽었어야 하는데 아직 죽지 않고 있다. 남편이 죽은 여자가 자신을 일러 미망인이라 하는데서 쓰인 말이다. 과부라는 말과 같은 뜻으로 미망인이란 타칭이 아닌, 자칭으로 쓰인다.

춘추좌씨전(春秋左氏傳) 장공(莊公)28

일화

　초나라 재상 자원(子元)이 한 여인이 거처하는 집 앞에다 집을 지었다. 그런 뒤 그곳에서 무곡을 연주하고 만무를 추게 했다. 여인의 시선을 끌어 유혹하려는 짓이었다.

　그 여인이란 문왕(文王)의 부인을 말한다. 이 무렵 문왕이 죽었던 때였다. 과부가 된 여인은 집 앞에서 들려오는 무곡(舞曲)을 듣자 무슨 까닭인지 울음을 터뜨렸다.

　주위에서 의아해 하자, 부인이 입을 열었다.

　"선왕께서는 이 무악을 군사의 훈련에 사용하였다. 그런데 지금 한 나라의 재상인 자원은 원수를 토벌하는데 이것을 쓰지 않고 있다. 그렇기는커녕 이 미망인 곁에서 연주하고 있으니 이것이야말로 이상한 일이 아닌가?"

　남편과 함께 죽었어야 할 아내가 아직 죽지 않고 있다고 표현했던 것이다. 남자의 유혹에 남편과 나라를 고려한 배경의 의미가 이때에 말한 미망인이라는 단어에 스며 있는 것을 알 수 있다.

128

彌縫(미봉)
실을 가지고 꿰맨다. 본래는 보병이 전차 사이를 잇는 것을 미봉이라 했다. 그러나 임시변통으로 얽어 맞추어 탈이 없게 하는 비교적 부정적 의미로 많이 쓰인다.
춘추좌씨전(春秋左氏傳) 환공편(桓公篇)

일화

BC 707년.

춘추 시대의 주왕실이 쇠락의 내리막 때라 각국의 제후들 세력이 커져 가고 있었다. 그 중 정나라의 장공이 몇 가지 일을 빌미로 주왕실에 조공 바치기를 거부했다. 정면 대결이 벌어질 사태였다.

주왕실 환왕은 군대를 직접 이끌고 정나라로 쳐들어갔다. 환왕을 편들어 참전한 제후는 괵, 채, 진, 위나라 등이었다.

정나라 장공이 그들 네 나라의 상황을 살펴보게 했다. 결과는 다음과 같은 보고였다.

"진나라는 내부에 문제가 생겨 사기가 떨어져 있습니다. 먼저 그들을 공격하면, 반드시 도망칠 것입니다. 진나라 군사가 이렇게 되면 왕이 이끄는 중군도 혼란에 빠지게 됩니다. 그러면 채와 위나라 군사도 견디지 못하고 도망을 하게 될 것입니다. 이때를 놓치지 않고 공격을 한다면 승리는 우리 정나라의 것이 될 것입니다."

이러한 전황 분석에 따라 정나라 장공이 택한 진법은 어려지진(魚麗之陣)이었다. 고기가 늘어선 것처럼 전차와 사람이 연결하는 진법이었다. 전차대를 앞세우고 보병을 뒤따르게 함으로써 전차와 전차 사이를 연결시키는 작전이었다.

수갈에서 벌어진 이 싸움에서 결과는 정나라의 승리였다. 장공은 도망치는 환왕을 추격하지 않았다. 오히려 부상당한 환왕에게 사람을 보내어 인사를 드리게 했다.

보병이 전차 사이를 잇는 미봉(彌縫)의 작전이 성공함으로써 정나라 장공의 명성은 날로 높아 갔던 것이다.

尾生之信(미생지신)

미생의 믿음. 미생이라는 사내가 여자와의 약속을 지키기 위해 목숨까지 버리게 된 우화에서 온 말이다. 약속을 굳게 지킨다는 뜻으로 쓰이는가 하면 우직하고 융통성 없는 사람을 이르는 말로도 쓰인다.

사기(史記) 소진열전(蘇秦列傳)

일화

한 여자와 사귀고 있는 미생(尾生)이라는 사내가 있었다.

그 날은 만나기로 약속한 곳이 다리 밑이었다. 약속 시간이 지나도 여자는 나타나지 않았다.

때는 1년 중 장마가 드는 철이라 비는 계속 오고 물은 불어나고 있었지만 미생은 약속 장소를 떠나지 않았다.

어느덧 강물이 불어났다. 몸이 물에 잠기는데도 약속 장소를 한 발짝도 떠나지 않은 미생은 물이 목 위로 차 오르자 다리 기둥을 부여잡고 버티기를 계속했다.

사내는 익사해 죽었다. 사람들은 사내의 죽음을 보고 두 갈래로 갈라졌다.

하나는,

"신의를 지킨 사내로군!"

또 하나는,

"어리석은 사내로군!"

보는 눈을 달리했다.

이 우화는 정치적 흥정이나 설득 때에 쓰이는 예화로 등장하고는 했다. 신의를 지켜야 하는 설득의 상징으로 미생을 들먹였던 것이다.

그러나 장자는,

"미생 같은 자는 물에 쓸려 내려가는 돼지에 불과하다. 또는 깨진 그릇을 손에 들고 걸식하는 자와 같다. 하찮은 명분을 좇아 목숨을 가볍게 여긴 일은 본성을 망각한 자의 소치다."

믿음이 화가 되었다고 미생을 비판했다.

또 이런 비평도 있다.

"믿음직하기가 미생과 같은 사람은 사람을 속이지 않았을 뿐, 다른 것은 취할 게 없다."

양면성을 가진 이 우화는 신의의 관점에서 볼 것이냐, 아니면 우매의 관점에서 볼 것이냐를 일깨우게 하는 일화다.

오늘날에도 자주 인용이 되고 있는 이야기이다.

ㅂ

般若湯(반야탕)

승려가 마시는 술. 절에서 술을 가리키는 이름으로 쓰이는 말이다. 즉, 술의 다른 이름이다. 우리나라 사찰에서는 곡차라 불린다.

묵장만록(墨莊漫錄)

 일화

당나라 목종 때의 일화이다.

나그네 승려가 한 절에 이르러 묵고 있었다. 하루는 사람을 시켜 술을 사오게 했다.

이것을 본 그 절의 승려가 가만히 있을 리 없었다. 화를 내면서 술병을 빼앗았다.

이상한 일이 벌어지기 시작했다.

근처 잣나무에다 던진 술병이 산산조각이 난 것은 두말할 것도 없었다.

그런데 흩어져야 할 술이 나무에 엉겨 붙는 게 아닌가. 그

빛깔이 푸른 옥같이 빛나기까지 했다.

승려는 다가가 나무를 흔들어 보았다. 그래도 술은 흩어지지 않았다. 이를 본 나그네 승려가 한 마디 했다.

"나는 늘 반야경을 몸에 지니고 다니네. 이놈의 술 한 잔을 기울이고 나야 비로소 독송을 할 수가 있었소."

말을 마친 나그네 승려는 소리 내어 껄껄 웃었다.

背水陣(배수진)

강을 등 뒤에 두고 진을 친다. 병법의 하나로서 군사들이 더 이상 물러날 수 없도록 강을 뒤에 두고 적을 맞는 작전이다. 이러면 군사들이 결사적으로 항전하게 되는 것을 가리켜 배수진을 치고 싸운다 라고 한다. 위험을 무릅쓰고 일을 도모하는 뜻으로 쓰인다.

사기(史記) 회음후전(淮陰侯傳)

일화

패권은 누구에게 돌아갈 것인가?

한나라와 초나라의 싸움에 촉각을 세우던 주변 제후국들은 그 귀추가 주목되는 일이었다. 팽성 싸움에서 한나라가 초나라에게 패하자 그런 분위기가 노골적으로 나타났다. 슬며시 초나라 편을 들기 시작하는 제후들이 나타나더니 먼저 제나라와 조나라가 추파를 던졌고, 위나라가 뒤를 이었다.

한나라 유방은 자존심이 크게 상했다. 한신에게 작전 명령권을 주며 이 나라들을 치게 했다. 한신은 위나라를 진압한 뒤, 조나라를 치려고 나섰다.

조나라에는 명장 이좌거가 있었다. 그는 한신의 식량부대를 기습할 것을 제안했지만 받아들여지지 않았다.

그러는 사이에 한신은 두 가지 계책을 썼다. 2천의 군사를 뽑아 한나라 깃발을 들려 산에 매복케 하고, 한편으로는 1만의 군사를 강으로 보내 진을 치게 했다.

조나라는 이 진법을 바라보고 비웃었다.

날이 밝자 한신은 주력부대를 이끌고 나와 공격을 했고, 조나라 군사도 성에서 나와 맞붙어 싸웠다. 한동안의 격전이 지나갔다. 이쯤에서 한신의 군대가 도망을 치더니 강을 등지고 있던 부대와 합류해 포진했다.

조나라가 보기에 한나라 군사의 진법은 마치 독안의 쥐 같은 형세였다. 조나라 군사는 일제히 성을 비우고 공격을 감행했고, 한나라 군사는 강을 등지고 결사 항전했다.

싸움은 한나라가 이겼다. 강을 등진 한나라 군사는 퇴로가 없자 죽기로 싸웠고, 한나라의 산속 매복부대 군사는 뛰쳐나가 조나라 성을 함락했던 것이다. 조나라 군사가 돌아보니 자기네 성에 한나라 적진의 깃발이 무수히 꽂혀 나부끼는 것이 아닌가! 당황해 사기를 잃고 무너져 버렸다.

승리를 자축하는 연회가 열렸다. 장수들 가운데는 작전에 대한 궁금한 게 있어 한신에게 물었다.

"본래 산을 등에 지고 물을 앞에 두는 진법이 병법의 정석으로 알려져 있습니다. 물을 등에 지고 싸우는 병법은 들어본 적이 없습니다. 그런데도 크게 승리한 까닭은 무엇입니까?"

한신이 대답했다.

"병법에 있는 진법이긴 하지만 그대들이 잊고 있을 뿐이었다. 군사를 사지(死地)에 몰아넣어야 살 길이 생긴다는 것이 바로 그것이다. 우리 군사는 1천리를 달려왔다. 피로에 지친 데다가 기강도 흐트러졌다. 이런 오합지졸이라면 차라리 사지에 몰아넣어 죽기로 각오하고 싸우게 한다면 이길 수 있을 것이라는 게 내 생각이었다. 내가 배수진(背水陣)을 친 까닭이 여기에 있다."

장수들이 혀를 차며 감탄했던 것은 두 말할 것도 없고, 한신의 이 배수진 전략은 불후의 전투로 길이 남게 되었다. 오늘날에도 운동경기나 사업의 경쟁에서 '배수진을 치고'라는 것을 흔히 볼 수 있다.

傍若無人 (방약무인)

주위를 의식하지 않고 자기 감정에 빠져 있다. 본래의 의미는 긍정적인 것이었지만, 요즘에는 남을 무시하고 제멋대로 행동한다는 뜻의 부정적인 측면으로 쓰이는 경향이 강하다.

사기(史記) 자객열전(刺客列傳)

일화

때는 진시황이 중국을 통일하던 무렵이었다.

형가(荊軻)라는 독특한 인물이 살았는데, 위나라 사람이었다. 독서를 즐기며 검술에 뛰어난 그는 또한 술을 좋아했다. 하지만, 나라에 등용이 되지 못하자 위나라를 떠나 각지를 방랑하며 살았다.

그는 사람됨이 사려 깊은 데가 있어 다방면의 현자와 호걸들이 그를 맞아 주었다. 연나라에 갔을 때에는 고점리(高漸離)와 절친한 사이가 되어 함께 다녔다. 고점리는 대나무로 만든 축이라는 악기의 명연주가였다.

두 사람이 술을 마시다가 취기가 돌면 고점리는 축을 연주하고, 형가는 노래로 화답을 했다.

그러다가 감정이 극에 달하면 서로 부여잡고 울기도 했는데 마치 곁에 사람이 없는 듯하였다(傍若無人).

이러한 두 사람이 헤어져야 할 때가 왔다.

연나라 태자 단(丹)이 형가에게 청탁을 한 때문이었는데, 진나라 왕을 암살하는 일이었다. 형가가 진나라로 떠나는 날, 역수의 강가에는 이상한 일이 벌어졌다. 태자며 환송객들 모두가 상복을 입고 나와 형가를 전송했던 것이다.

고점리가 축을 연주하며 배웅을 뜻을 실어 보내자 형가가 이에 화답하며 다음과 같이 노래했다.

바람은 쓸쓸하고, 역수의 물은 차가운데
장사는 한번 가면 다시 돌아오지 못하노라.

노래에서 예견이나 한 듯, 형가의 진왕 암살 임무는 실패로 돌아갔다. 형가는 죽임을 당했다.

그런데 뒷날 진왕이 소문이 자자한 고점리를 초청해 그의 축연주 솜씨를 들으려고 했다. 고점리는 진나라로 들어갔다. 그런 그의 가슴에는 비수가 숨겨져 있었다. 축을 연주하는 자리에서 진왕을 암살하려는 것이었다. 그러나 뜻은 가상했다

해도 실패하고 말아 죽임을 당했다. 친구 형가의 원수를 갚으려고 했던 것이었다.

杯盤狼藉(배반낭자)
술잔과 그릇들이 어지럽게 흩어져 있다. 향연의 자리가 한창 흥겹거나 그 향연의 자리가 끝난 뒤의 어지럽혀져 있는 것을 가리키는 말이지만, 숨겨져 있는 다른 뜻은 어떤 상황이 극에 다다르면 쇠퇴하게 마련이라는 의미를 암시하고 있다.

사기(史記) 골계열전(滑稽列傳)

일화

제나라 위왕은 다급했다.

초나라의 침공을 막을 자신이 없었던 것이다. 위왕은 서둘러 조나라에 구원을 요청했고, 이에 조나라는 10만 군사와 전차 1천대를 빌려 주었다. 빌려 주는 대가로 조나라는 제나라에게서 엄청난 황금과 소중한 공물을 받았다.

초나라는 제나라의 이러한 움직임을 보자 침공을 멈추고 그날 밤으로 철수해 버렸다. 위왕은 기뻤다. 조나라에 구원 요청의 사자로 다녀왔던 순우곤을 초대해 주연을 베풀었다.

술좌석이 무르익을 때였다. 왕이 순우곤에게,

"그대는 얼마큼 마셔야 취하는가?"

하고 묻자,

"한 말로도 취하는가 하면 한 섬으로도 취합니다."

대답하는 게 아닌가? 왕은 의아했다.

"한 말에 취하는 주량이라면 한 섬을 마신다는 건 있을 수 없다. 무슨 뜻에서 그런 말을 한 것인가?"

순우곤은 공손히 대답하기 시작했다. 제법 긴 답변이었다.

"존귀하신 왕 앞에서 술을 마실 때면 한 말도 마시지 못해 취하고 맙니다. 고관대작이 앞뒤로 서서 버티고 있기 때문입니다.

집안의 대소사로 손님을 접대하게 될 때면 두 말도 안 되어서 취해 버립니다. 공경히 술을 받아먹거나 상대의 장수를 기원하면서 마시기 때문입니다.

친구와 만나서 마시게 되면 여섯 말을 마셔야 취해 버립니다. 오랜만에 만나 이야기를 주거니 받거니 하면서 마시기 때문입니다.

하지만, 남녀와 어울려 마실 때면 여덟 말 정도는 마셔야 취해 버립니다. 남녀가 뒤섞여 즐겁게 가시기 때문입니다.

그런데, 해가 떨어지고 술 또한 거의 바닥이 나며, 합석한 남녀의 신발이 뒤섞이고, 술잔과 그릇들이 마구 뒤섞여 흩어지면서(杯盤狼藉) 어느 덧 집안의 등불도 꺼져 갑니다.

이제 안주인은 손님들을 떠나보내고 저 혼자 머물게 한 뒤, 비단 적삼을 풀어헤칩니다. 그러면 은은하기 짝이 없는 향기가 흘러나옵니다. 이럴 때야말로 제 마음은 희희낙락 바로 그것입니다. 그리하여 마시는 술은 한 섬까지 마실 수 있게 됩니다.그래서 이르기를 '술이 극에 달하면 흐트러지고, 즐거움이 극에 달하면 슬퍼진다'라고 했습니다.

모든 일이 다 이러합니다."

참으로 긴 순우곤의 말이 품고 있는 핵심은 무엇이었던 것일까? 그것도 왕 앞에서였다.

위왕은 그날로 밤새워 연회하는 것을 중지했다. 세상의 사물과 상황이 그 극에 다다르면 쇠퇴하기 마련이라는 사실을 순우곤의 말에서 새삼 깨닫고 내린 조치였던 것이다.

杯中蛇影(배중사영)
잔 속에 비친 뱀 그림자. 헛것을 보고 쓸데없는 걱정이 들어 스스로 병을 얻는다는 뜻이다. 괜한 것으로 근심 걱정한다는 의미로 쓰인다.

응소(應邵)의 풍속통(風俗通)

일화

때는 초여름의 하지를 맞을 무렵이었다.

현령으로 있는 응빈에게 두선이라는 손님이 찾아왔다. 두선은 주부(主簿) 벼슬을 하고 있는 사람이었다.

술자리가 베풀어졌다.

잔이 오가다가 두선이 술잔을 들어 비우려 할 떠였다. 두선은 깜짝 놀랐다. 손에 든 술잔 속에 뱀 모양이 어리어 있는 것을 보았던 것이다. 무서웠지만 상사 앞이라 이러지도 저러지도 못한 채 그 술을 마셨다.

귀가한 두선은 그날부터 설사를 하는 일이 생겼다. 가슴과 배가 아파 오더니 아예 음식도 먹을 수 없었다. 백방으로 치료를 받았지만 낫지를 않았다.

응빈이 이것을 알고 찾아가 물어 보자 두선이,

"뱀이 무섭습니다. 그날 술잔 속에서 뱀의 그림자를 보았던 것입니다. 뱀이 몸속에 들어갔나 봅니다."

말하는 것이었다. 집에 돌아온 응빈이 곰곰이 생각해 보았다. 두선이 뱀을 보았다니 아무래도 이상했다. 술자리가 있었던 방안을 둘러보다가 문득 벽에 걸린 활이 눈에 띄었다. 응빈은 무릎을 쳤다.

응빈은 재차 두선을 집으로 불러 그 자리에 술상을 차렸다. 두선에게 잔을 건네 술을 따른 뒤 응빈이,

"자, 보게나. 술잔에 떠오른 그림자가 뱀의 모양을 하고 있지만, 실제는 이것 때문일세. 벽에 걸린 활의 그림자가 비쳤던 것뿐이라네."

말하며 활을 벽에서 치워 보았다. 뱀의 그림자가 술잔에서 사라진 것은 물론이었다.

"그럼, 그동안 헛것에 시달렸다는 말이군요."

두선이 이렇게 어이없어 하자, 응빈은 고개를 끄덕이며

"달리 괴이한 것은 없는 것이라네."

위로해 주었다. 두선의 응어리는 풀렸다. 마음이 편안해 졌으니 곧 병도 사라졌다.

百年河淸(백년하청)
백년의 세월이 흐른다 해도 황하의 탁류는 맑아지지 않는
다. 아무리 오랜 시간을 두고 기다린다 해도 아무 소용이
없다는 뜻으로 쓰인다.

춘추좌씨전(春秋左氏傳) 양왕(襄王) 8년

일화

춘추 시대 때, 정나라가 위기에 빠졌을 때의 일이었다.

그 무렵 초나라의 속국인 채 나라를 건드린 일로 초나라의
침공을 받게 되었다.

정나라는 대책 회의를 열었지만, 의견이 둘로 갈라졌다. 항
복을 주장하는 쪽과 동맹국인 진나라에 구원을 청하자는 쪽이
었다.

항복 편에 선 자사(子駟)가,

"우리가 언제 진이 도와주러 오리라 기다릴 수 있겠습니까?
그건 마치 옛 시에 '황하의 탁류가 맑아지기를 기다린다고 해
서 어떻게 사람의 수명으로써 기다리겠습니까?' 라고 했습니
다. 이렇듯 논의만 하다가 일은 더 어려워질 것이며, 백성들
또한 위급에 몰릴 것입니다. 잠시 초나라에 항복해 있다가 진
나라가 오면 진에 항복하자는 것입니다. 진나라와 초나라의
경계를 이루는 국경에서 기다리고 있다가 강한 쪽에 붙어야
합니다. 그래야 백성들도 다치지 않게 하는 좋은 방법이 아니
겠습니까?"

주장했다. 진나라에 도움을 요청하는 구원 편에 선 자전(子

展)은,

"우리는 작은 나라입니다. 그런 우리에게 중요한 것은 신의입니다. 큰 나라인 진나라를 섬기는 데에도 신의를 지켜야 망하지 않는 것입니다. 우리 정나라는 그동안 진나라와 다섯 번이나 만나서 동맹을 맺어 온 터인데 지금 신의를 저버린다는 것은 초나라의 구원도 소용없게 하는 일입니다. 그렇게 되면 진나라도 우리와의 관계를 끊을 것이고 초나라는 우리를 얕보아 속국으로 삼을 게 분명합니다. 이런 지경에 진나라의 구원을 기다리기로 합시다."

하고 항복파에 반박의 의견을 내놓았다.

항복파의 자사가 다시 나서서 단호하게 말했다.

"논의만 분분하다가는 아무 것도 얻지 못합니다. 일단 초나라에게 항복합시다."

반반으로 팽팽하던 논의는 자사의 의견으로 기울었다. 초나라와 화친을 맺은 것이다. 이렇게 함으로써 정나라는 일단 위기를 모면할 수 있었다.

伯樂一顧(백락일고)

백락의 한번 돌아봄. 백락이 뛰어난 말을 잘 알아보듯이 뛰어난 사람도 그를 알아주는 사람이 있어야 한다는 뜻으로 쓰인다.

전국책(全國策)

일화

요즘 말로 하자면 준마(駿馬) 평가사(評價士)라 해야 할 것이다. 백락은 그런 인물이었다.

그가 말을 감정하면 틀림없었다.

어느 날, 마을 사람이 백락을 찾아와 부탁을 했다.

"기르던 준마 한 마리를 사정이 생겨 팔려고 시장에 내놓았습니다. 그런데 사흘이 지나도록 팔리지 않았습니다. 선생께서 오셔서 제 말을 살펴봐 주시면 고맙겠습니다. 후히 사례를 하겠습니다."

다음 날, 백락은 시장에 나가 부탁받은 말을 살펴보았다. 그런 뒤 그가 돌아갔다. 그러자 사람들은 서로 다투어 그 말을 사려고 했다. 말 값이 순식간에 열 배나 치솟았고, 부르는 값에 지체 없이 팔렸다.

백락이 도대체 어떻게 살피고 간 때문이었을까? 그가 한 일은 단 두 가지 태도였을 뿐이다. 하나는 말 주위를 천천히 돌면서 감탄의 눈길로 살폈다는 것이다. 또 하나는 다 본 뒤 발길을 돌려 돌아가다가 다시 돌아와 미련이 남은 듯한 시선으로 말을 재차 살펴 본 것뿐이었다.

그런 뒤 백락은 한 마디 말도 하지 않고 돌아갔다. 사람들은 백락의 태도만 보고도 이 말을 명마로 인정한 것이었다.

이런 백락에 대한 기록은 한유가 지은 '잡설(雜說)'에도 나와 있다. 한유는,

"천리마는 언제나 있지만, 이를 알아보는 백락이 언제나 있는 것은 아니다."

라고 했다.

자신을 알아주는 사람을 만나지 못하면 제 아무리 뛰어난 사람이라 해도 빛을 보지 못하는 게 세상의 일이다.

百聞不如一見(백문불여일견)

백번 듣는 것이 한번 보는 것만 못하다. 직접 보거나 체험해 보는 것이 말로만 듣는 것보다 확실하다는 뜻으로 널리 쓰이는 말이다.

한서(漢書) 조충국전(趙充國傳)

일화

한나라 선제(宣帝) 때, 변방 유목민족인 강(羌)족이 난을 일으킨 일이 있었다. 지금의 티베트 계통 족속인 이들을 토벌하려고 했지만 여의치 않았다. 선제는 염려되었다.

이때에 그 평정을 스스로 맡고 나선 인물이 조충국(趙充國) 장군이었다. 지난날 무제 때 흉노족 토벌에 참가해 혁혁한 공을 세운 사람이었다. 그는 이미 나이가 70이 넘어 있었다.

조충국이 선제 앞에 섰다. 선제는 조충국이 용맹한 장군이며 지모와 병법에 뛰어난 인물임을 알고 있었다. 그러나 궁금한 것이 있어 물었다.

"강족을 평정하려는 그대는 어떤 전략을 쓸 것인지 궁금하오. 또 병력은 얼마나 필요한지 말해 보오."

조충국이 대답했다.

"백 번 듣는 것은 한번 보는 것만 못합니다(百聞不如一見). 전쟁을 수행하는 일이란 현지 사정을 살피지 않고서는 방책을 세우기 어렵습니다. 그렇기에 속히 떠나게 해 주시면, 그곳 실정을 살펴 대책을 세워 말씀 드리겠습니다. 폐하께서는 노신을 믿고 일임해 주십시오."

선제는 승낙했고, 현지에 달려간 조충국은 둔전책(屯田策)을 써서 1년 남짓에 걸쳐 강족의 반란을 평정했다.

白眉(백미)
하얀 눈썹. 어떤 분야에서 뛰어난 사람을 일컫거나 훌륭한 작품을 이를 때에 이 말이 쓰인다.

삼국지(三國志) 마량전(馬良傳)

일화

삼국 시대의 한 인물이 그 초점이 된다. 마량은 촉나라 양양 사람이었다. 그는 유비를 섬긴 사람인데 문무를 겸비한 인물이었다. 제갈량과도 마음을 주고받는 친교를 나눈 그였다.

마량의 형제들은 모두 뛰어난 재주를 가졌는데, 그 중 마량이 가장 뛰어났다. 그래서 사람들은 마량을 가리켜,

"마씨 형제들은 모두가 뛰어나지만 그 중에서도 백미(白眉)가 제일이다."

라고 칭찬을 아끼지 않았다.

마량을 백미(白眉)라 부른 데에는 그의 신체적 특징 때문이었다. 그의 눈썹은 어려서부터 흰털이 섞여 있어 별명이 백미(白眉)였다.

이 '흰 눈썹'이라는 별명이 후대에 오면서 마량의 별칭으로만 남지 않고 뜻의 범위를 넓혀 오늘에 이른 것이다. 마량의 훌륭한 인물됨이 이 말에 깊이 스며 있는 것이다.

그래서 출중한 인물 또는 작품을 지칭하는 쓰임으로 백미는 곧잘 오르내린다.

百發百中(백발백중)

백 번을 쏴서 백 번을 모두 맞춘다. 활을 쏘는 일에서 온 말인데 무엇을 잘 맞추는 실력을 뜻하는 외에 놀이나 게임, 답을 맞추는 데에도 쓰인다.

사기(史記) 주기(朱記)

 일화

춘추 전국 시대.

진나라 장군 백기(白起)는 주변 나라를 무찔러 나가며 승승

장구하고 있었다. 한나라와 위나라를 격파한 뒤에 위나라의 사무(師武) 장군을 죽이고, 그 파죽지세로 주나라 수도 양(梁)을 치려고 할 때였다.

주나라 난왕은 나라의 위태로움이 걱정이 되었다. 그래서 생각해 낸 것이 당대의 뛰어난 변설가 소진의 동생인 소려(蘇勵)를 백기 장군에게 보내 설득해 보려 했다.

다음이 소려가 백기 장군에게 말한 내용이다.

초나라에 활을 잘 쏘는 양유기(養由基)라는 자가 있었다. 그는 백보 떨어진 곳에서 활을 쏘아 백 번 쏘면 쏘는 대로 백 번을 다 맞추었다(百發百中). 그의 활 쏘는 솜씨를 바라본 수천 관중들이 잘 쏜다 하는데, 한 사람이 나서서 양유기의 기를 꺾는 소리를 했다.

"쏘기는 잘 쏘는군. 어디 활 쏘는 법을 가르칠 만한데."

양유기는 듣기에 거북해서 화를 냈다. 거기에서 끝나지 않고 활을 버리고 칼을 잡더니,

"도대체 당신은 어떤 방법으로 내게 활 쏘는 법을 가르쳐 주겠다는 건가?"

하고 쏘아붙였다. 그 사람은 다음과 같이 대답했다.

"나는 활 쏘는 기술을 가르치겠다고 말한 것은 아니라오. 백보 떨어진 곳에서 백발백중 맞춘다고 해서 사람들의 칭찬에 쏠려 계속하는 것을 그만두는 게 좋다는 것을 말하고 싶소. 왜냐하면 계속 쏘다가 기운이 떨어져 팔에 힘이 없어지면 화살이 빗나가지 않으리라 장담할 수 없을 것이오. 만일에 하나라도 빗나가면 지금까지 백발백중은 다 헛된 일이 되고 마는 게 아니겠소?"

이 일화의 핵심은 백기 장군의 공략을 막자는 데 있다. 주나

라 수도 양을 향한 출정을 그만두라는 우회적 권고의 내용인 것이었다. 여러 나라를 빼앗아 나아가다가 이번에 만에 하나라도 빼앗지 못한다면 지금까지의 전공이 소용없게 된다는 뜻이었다.

伯牙絕鉉(백아절현)
백아가 거문고 줄을 끊다. 자신의 음악을 알아주는 친구 종자기가 죽자 더 이상 음악을 할 의미가 없다며 거문고 줄을 끊고 다시는 타지 않았다. 절친한 친구의 죽음이나 그 죽음을 슬퍼할 때에 쓰이는 표현이다.

순자 권학편(勸學篇)

일화

춘추 전국시대 때 거문고의 명인이라면 백아(伯牙)를 꼽았다. 그 뛰어난 솜씨를 가장 잘 알아주는 사람이 친구 종자기(種子期)였다.

백아가 높은 산을 묘사한 곡을 탄주하면 종자기는 태산 같은 높은 산이라고 알아 맞추었고, 흐르는 황하의 강물을 묘사하면, 도도히 흐르는 황하라고 맞추곤 했다.

한번은 둘이서 태산에 놀러 갔다가 소나기를 피해 바위 아래 들어간 적이 있었다. 비가 빨리 그치지 않자 무료함을 달래기 위해 백아가 거문고를 탔다.

소나기가 퍼붓는 광경을 묘사하고, 흙더미가 빗물에 무너져 내리는 장면을 묘사하는 곡을 탄주했는데, 종자기는 그 곡이 무엇인지 어긋남이 없이 알아맞혔다.

백아는 잡고 있던 거문고를 놓으면서,

"정말 자네는 잘도 맞추네. 어쩌면 그리도 자네 마음이 내 마음과 꼭 들어맞는가!"

종자기를 친구로서 극찬했던 것이다.

그런 친구인 종자기가 죽었다. 백아는 자기를 알아주는 친구를 잃은 게 원통해 슬퍼하였다. 슬픔이 컸기에 백아는 거문고의 줄마저 끊어버렸다. 자기의 음악을 진정으로 알아주는 친구가 없는데 그 음악이 무슨 소용이 있겠는가! 백아는 거문고를 다시는 타지 않았다.

이 두 친구의 일화는 감동적이다. 이때 생겨난 것 중에 지음(知音)이라는 것도 있다. 음악을 이해한다는 뜻의 지음이라는 말은 '서로 마음이 통하는 친구'로서의 의미로도 통한다.

白眼視(백안시)

눈을 흘기며 보다. 상대가 못마땅하거나 싫어 눈을 흘기며 보는 것을 뜻한다.

진서(晋書) 완적전(阮籍傳)

 일화

남북조 때에 죽림칠현이 있었다.

완적(阮籍)이 그 한 사람이었다. 그는 기인과 다를 바 없었다. 독서량이 많은 가운데 노자와 장자를 흠모하였고, 특히 술을 좋아했고 거문고 솜씨도 뛰어났다.

하지만 무엇보다도 예의범절의 세속적인 것에 구애받기를 무엇보다도 싫어했다.

모친의 장례 때였다. 조문객이 찾아와도 침상에 앉아 바라볼 뿐, 곡을 하지도 않았다.

그는 감정의 변화를 얼굴에 잘 나타내지 않았지만 아주 특이한 버릇이 한 가지 있었다.

예절에 필요 이상으로 사로잡힌 사람을 대하면 흘깃 흘겨보았다(白眼視).

한번은 혜희라는 사람이 완적을 찾아왔다. 죽림칠현의 한 사람인 혜강의 형이었다. 그런데도 완적은 백안시하며 상대를 해 주지 않았다.

얼마 후, 혜강이 찾아왔다. 그의 손에는 완적이 좋아하는 술과 거문고가 들려 있었다. 그날 완적은 몹시 기뻐하며 혜강과 즐거움을 나누었다.

완적의 파격적인 생활은 선비들에게는 눈살 찌푸리게 하는 것이었다. 당연히 완적을 원수처럼 미워하며 헐뜯었던 것은 물론이다.

百藥之長(백약지장)
술은 백 가지 약 중의 으뜸. 술을 찬양하며 일컫은 술의 별칭으로 쓰이는 말이다.

왕망(王莽)의 조서(詔書)

전한(前漢)과 후한(後漢)의 두 시대 사이를 신(新)나라가 이었는데 불과 14년의 명맥을 유지한 나라였다.

이때의 왕이 왕망(王莽)이었다.

그가 재위 기간 중 다음과 같은 조서를 내렸다.

"소금은 반찬의 장수, 술은 백 가지의 약의 으뜸(百藥之長), 철은 농경기구의 근본이다."

또한 다음과 같은 내용도 있었다.

"술은 하늘이 내린 아리따운 봉록(俸祿)이므로 제왕은 이것으로 천하의 백성을 기르고, 그 복을 빌며, 쇠약한 사람에게 힘을 주며, 병자를 회복하게 할 수 있다. 또한 여러 의식의 집회에서도 술이 없다면 순조롭게 진행이 되지 않는다."

覆水不收(복수불수)

엎질러진 물은 담지 못한다. 엎질러진 물을 다시 담을 수 없는 것과 같이 지난 일이나 한번 잘못된 일은 되돌릴 수 없다는 뜻으로 쓰인다.

습유기(拾遺記)

일화

낚시광의 대명사로 불리는 강태공(姜太公)은 공부를 열심히 한 사람이었다.

그는 젊은 시절 결혼하고서도 공부에만 열심이었다. 일을 하지 않으니 궁핍한 살림을 면할 수 없었고, 아내 마씨 부인은 견디지 못하고 친정으로 돌아갔다.

강태공은 때를 기다리며 낚시로 세월을 보내다가 주나라 문왕을 만났다. 문왕은 그를 제나라 땅의 제후로 앉혔다. 이 소식을 들은 마씨 부인이 강태공에게 되돌아와 아내로 맞아줄 것을 청했다.

강태공은 자리에서 일어서더니 그릇에 물을 가득 담아와 그것을 마당에 부었다.

무슨 일인가 하는 부인을 향해 강태공은,

"내가 마당에 쏟은 물을 다시 그릇에 담아 보시오."

빈 그릇을 건네어 주었다.

잠시 후 부인이 담아 온 것은 물을 잔뜩 먹은 진흙뿐이었다.

강태공이 그것을 가리키며,

"이와 같이 엎질러진 물은 다시 담을 수 없소이다(覆水不

收). 헤어진 부부가 다시 합치기는 어려운 것이오."

이런 말로 자신의 뜻을 표명했다.

마씨 부인은 더 이상 애원하기를 그만두고 떠났다.

駙馬(부마)
임금의 사위. 본래는 천자가 타게 될 예비수레를 끄는 말을
이르는 말에서 온 말이다.

간보(干寶) 수신기(授神記)

일화

신도탁이라는 사내가 판타지 같은 일화를 겪은 일이다.

그는 진나라 수도인 옹주에 있는 한 스승 아래서 배우기 위해 찾아가는 길이었다.

해가 저물었다. 근처 커다란 저택의 문을 두드렸다. 문을 연 한 어린 소녀에게 하룻밤 묵기를 요청했다.

이렇게 해서 신도탁은 그 집의 젊은 안주인과 인사를 하고 저녁상도 받았다. 음식을 다 먹고 나자 안주인이 할 말이 있다며 신도탁을 가까이 불렀다. 그리고 뜻밖의 부탁을 했다.

"오늘 이곳을 찾으신 것도 인연이라 생각합니다. 본래 저는 진나라 민(閔)왕의 딸이었습니다. 조(曹)나라로 시집을 가기로 약정되어 있었지요. 그런데 죽음이 닥쳐 처녀의 몸으로 불귀의 객이 되고 말았습니다. 혼자 23년간이나 이곳에 있어 온

셈이지요. 부탁이라면 이곳에 사흘 밤만 머물러 부디 저와 부부의 연을 갖게 해 주세요."

신도탁은 선뜻 수락할 수 없어서,

"왕의 딸이면 공주이신데 어떻게 부부의 인연을 가질 수 있겠습니까? 그럴 수 없는 일입니다."

사양을 했다. 하지만,

"제 청을 거절하지 마십시오. 꼭 들어 주셔야 합니다."

젊은 여인의 간청이 집요해 신도탁은 더는 뿌리칠 수 없었다. 그는 낯선 공주와 사흘 밤을 같이 지냈다.

사흘째 밤이 끝나 가자 여인은 슬픈 표정을 짓더니,

"저는 죽은 사람이고 당신은 산 사람입니다. 전생에 무슨 인연이 있었기에 이렇듯 사흘을 함께 지낼 수 있었던 것이 아닐까요. 그렇지만 사흘의 한정된 시간에 불과했으며, 이제 서운하지만 헤어져야 합니다. 더 이상 머물렀다가는 무슨 일이 생길지 알 수 없기 때문입니다."

거기까지 말을 하고 잠시 머뭇거리다가,

"추억이 될 만한 물건이라도 드리고 싶습니다."

그녀는 침대 밑에서 상자 하나를 꺼냈다. 그것을 열어 꺼낸 물건은 황금으로 만든 금베개였다. 여인은 눈물을 머금고 그것을 신도탁의 손에 쥐어 주었다.

신도탁은 여인의 정표로 받아 가지고 집을 나왔다. 몇 걸음 걷다가 뒤돌아보고는 깜짝 놀랐다. 집은 흔적도 없고 그 자리에는 무덤 하나만 놓여 있는 게 아닌가!

믿겨 지지 않아 품속을 더듬어 보았다. 받아 가지고 나온 금베개가 있었다.

옹주에 도착해 신도탁은 정표의 금베개를 팔게 되었다.

때마침 진나라 왕비가 지나가다가 이것을 목격하고,

"금베개를 훔친 모양이군. 잡아들여라."

느닷없는 문초에 전말을 이야기했지만, 왕비는 믿지 못했다.

"거짓말 마라."

"사실입니다."

신도탁의 거듭되는 설명에 왕비는 사람을 보내어 그 무덤을 파 보게 했다. 무덤 속에 들어 있는 부장품 중 다른 것은 다 있는데 금베개만 없었다.

그리고 또 한 가지,

"부부의 연을 맺었다는데 그것도 알아보라."

왕비의 명에 따라 수의를 풀어 시체를 조사해 보았다. 정사를 나눈 흔적이 남아 있었다.

보고를 받은 왕비는,

"안 믿을 수 없는 일이야!"

비로소 신도탁이 겪은 일을 사실로 받아들였다.

왕비는 그를 부마도위(駙馬都尉)에 임명하고 고향으로 돌아가게 했다. 돌아갈 때 황금과 비단, 수레를 이끌고 귀향했다.

이후, 사람들은 왕의 사위를 부마(駙馬)라 부르기 시작했다.

釜中之魚(부중지어)
솥 안에 든 고기. 솥 안에서 헤엄치고 있어 봐야 곧 삶아지
게 된다. 생명이 오래 남지 않았다는 뜻이다.

자치통감(資治通鑑)

후한의 순제 때의 일이다.

양익은 임금의 외척이라는 혈연을 등에 없고 권력을 휘둘렀
다. 20여 년간의 횡포는 그 끝이 보이지 않았다. 자신이 대장
군이 되고, 동생을 하남의 태수로 앉히며 제멋대로였다.

그런데 이러한 양익이 8명의 요원을 선발해 마을을 감찰하
는 요직에 임명했다. 그들 중 장강(張綱)이 그 한 사람이었는
데,

"이리 같은 양익 형제가 권력을 쥐고 있다. 8명을 임명했다
지만 여우나 삵쾡이 같은 지방 관리들을 조사한다고 한들 제
대로 될 리 없다"

비판했다. 장강은 거기에서 그치지 않고 상소문을 써서 양
익 형제의 탄핵을 호소했다. 그의 탄핵안은 받아들여지지 않
았고, 양익의 미움을 받게 되었다.

장강은 광릉군 태수로 밀려났다. 그곳은 도적떼가 우글거리
는 곳이었다.

장강은 광릉군에 부임하자 도적떼의 소굴을 찾아갔다. 위험
을 무릅쓴 혼자의 몸이었다. 그는,

"이런 식으로 산다면 마치 솥 안에서 물고기가(釜中之魚) 헤

엄치는 것과 같소이다. 설령 목숨을 부지한다고 해도 결코 오
래 가지 못하지 않겠습니까?"

하고 도둑들을 설득했다. 세상과 사물에 대한 도리를 설명
했던 것이다.

"솥 안에 든 물고기라."

도적떼의 우두머리가 장강의 말을 거듭 되새겨 보더니,

"너희들 생각은 어떤가?"

도적의 무리들에게 물었다.

자신들이 솥 안에 든 물고기라는 생각에 미치자 생명이 얼
마 남지 않았다는 것을 깨달았다. 1만 여명의 도둑들은 장강
에게 항복했다.

장강은 잔치를 베풀어 그들의 마음을 편안케 해 준 뒤, 모두
풀어 주었다.

附和雷同(부화뇌동)
우레가 치면 덩달아 울리는 것처럼 남의 말이나 생각, 행동
을 덩달아 따르는 것을 뜻한다.
예기(禮記) 곡례편(曲禮篇)

일화

뇌동(雷同)이란 우레가 치면 지상의 모든 것들이 덩달아 울
리는 것을 말한다. 이런 비유를 놓고,

"남이 한 말을 가지고 자기 말처럼 하지 말고, 주견 없이 타인의 생각에 동조하지 말고(雷同), 옛 성현의 가르침을 규범으로 삼고, 선왕의 본보기를 들어서 말하도록 하라."

라고 가르쳤다.

不得要領(부득요령)

요점을 얻지 못하다. 요령에는 요점의 뜻도 들어 있는데 본래 소기의 목적을 얻지 못하는 뜻으로 쓰였다. 지금은 그 뜻이 파생되어 '요령을 피운다'라든가 '요령이 좋다'라는 등의 뜻으로도 확장되어 쓴다. 요령부득으로도 쓰인다.

사기 대원전

일화

한무제 때, 한나라가 숙적인 흉노를 멸하기 위해 쓴 방책이 대월지국과 손잡는 일이었다. 대월지국은 지리적으로 서역에 위치하고 있었다. 그래서 사신으로 갈 사람을 모집하게 되어 장건이라는 인물이 이 일을 맡고 나섰다.

BC 139년, 장건은 흉노 출신의 갑부를 안내자로 해서 출발했다. 1백여 명의 일행이 뒤를 따랐다. 그러나 농서를 지나 흉노의 땅에 들어선 직후 흉노군에게 잡혔다. 흉노군은 그들을 왕 앞으로 압송하였다.

이렇게 해서 흉노 땅에서 10년의 세월이 흘렀다. 장건 일행의 억류 생활 동안 장건은 흉노의 여자와 사귀어 아이까지 낳았다. 그런 처지였지만 장건은 자기의 임무를 잊지 않았다. 어느 날 그는 탈출을 도모해 대원국에 도달할 수 있었다.

대원국의 왕은 한나라와 교역을 바라고 있던 차라 장건을 맞아 주었다. 그런 한편 그의 본래 임무를 수행할 수 있도록 안내자를 붙여 대월지국까지 보내 주었다.

그 무렵 대월지국은 상황이 전과 다르게 바뀌어 있었다. 왕이 흉노와 싸우다 전사하고, 태자가 왕위에 올라 있었다. 이 신임 왕은 때마침 대하국(大夏國)을 쳐서 정복한 터라 그곳에 거처를 정하고 있었다.

대하국은 땅이 비옥하고 생산이 많은 지역이었다. 태자는 이것에 흡족해 하는 바람에 흉노에 대한 복수심 같은 건 뒷전으로 밀려나 있었다. 이런 때에 장건이 찾아온 것이었다.

"함께 흉노족을 칩시다."

장건의 요청에 태자는 시들한 표정을 지었다.

"한나라와도 국교를 맺읍시다."

역시 태자는 묘한 표정을 짓다가,

"한나라는 너무도 먼 곳에 있소이다."

하는 말을 뱉을 뿐이었다.

장건은 답답했다. 10여년의 세월과 간난 끝에 기껏 부득요령(不得要領)이었다. 별수없이 대하국에 머물기를 1여년 있다가 귀국길에 올랐다. 그러나 도중에 또다시 흉노에게 잡혀 다시 1년을 허송했다.

장건이 탈주할 수 있었던 것은 흉노의 왕이 죽은 덕택이었다. 혼란한 틈을 타 겨우 한나라로 돌아올 수 있었던 것이다. 수도 장안을 떠난 지 13년만이었다.

출발할 때 데리고 간 1백여 명의 수행원은 다 죽고 흉노 출신의 아내와 장인을 합친 세 사람만의 귀국이었다.

하지만 그에게 뜻하지 않은 보람도 있었다. 대하국에서 머물고 있을 때 그의 임무는 한낱 부득요령이 되고 말았지만, 이때에 넓힌 견문이 적잖았다.

장건은 서역문명을 한나라에 소개했다. 청사에 길이 남길 업적이었다.

焚書坑儒(분서갱유)
책을 불태우고 유생을 땅에 묻다. 천하를 통일한 진시황이 옛 책을 불사르고 학자들을 탄압해 죽인 사건을 말한다.
사기(史記) 진시황본기(秦始皇本紀)

일화

BC 221년은 진(秦)이 중국을 통일한 해다.

열국(列國)이 병립해 5백여 년 동안 다투던 춘추·전국 시대가 그 막을 내린 것이다.

새 시대가 열렸다. 지방 제후국을 없애고 군현제를 채택, 중앙집권제로 바뀐 세상이었다.

하지만 반발이 들끓었다. 대개 두 부류의 저항이었는데 하나는 멸망당한 유민들에게서 나온 반발이었다. 그리고 또 하나는 지식인들의 비판이었다.

문제는 이들 지식인들이었다. 그들은 이상(理想)을 언제나 과거에 두는 특성에 따라서 사고의 기준을 옛 성왕(聖王)의 행적에서 찾았다.

지난날 열국이 병립되어 각국이 다툴 때에는 지식인은 곧 국력이었다. 나라마다 우대해 서로 모시려고 했다. 천하가 통일된 지금, 지식인은 전처럼 필요하지 않게 되었다.

그러자 그들 중 학자 순우월(淳于越)이 나서서,

"옛날을 거울로 삼지 않는다면 황실의 무궁한 보존은 어렵습니다."

진시황에게 진언하였다. 이때에 재상 이사(李斯)가 이에 맞서 나섰다. 그는 지식인 탄압의 중심인물이었다.

"순우월의 말은 하, 은, 주나라 삼대 때의 이야기에 불과한 것으로 부족하기 그지없습니다. 그때는 제후들이 서로 명철한 자를 불러들였지만, 지금은 통일이 된 데다가 법령도 한결같게 되었습니다.

이제 학자들은 지금을 스승으로 삼아야 합니다. 그런데 옛날을 배운다 하며 저들은 황제를 배척하고 있습니다. 따라서 이것을 금하지 않으면 황제의 권위가 떨어질 뿐 아니라 위태로움을 불러들이는 일입니다."

"그렇다면?"

진시황의 눈이 찢어졌다. 그러자 이사가 들려주는 대책에 고개를 끄덕여 허락했다. 그것은 다음과 같았다.

· 사관이 보관하는 진나라의 기록 외에는 다 소각할 것.

· 박사가 직무상 다루는 것 이외에 시경, 서경과 백가서를 간직하고 있는 자는 다 군(郡)의 수위에게 제출하여 이 모두를 소각할 것.

· 감히 시경, 서경에 대해 말하는 자가 있을 때에는 처형하여 시체를 저자에 버릴 것. 또한 관리로서 이런 자를 알고도

검거하지 않는 자도 같은 형벌에 처할 것.

· 이 금령이 내린 지 40일 이내에 소각하지 않는 자는 몸에 문신을 새겨 유형에 처할 것.

· 이러한 처분에서 제외되는 것은 의약서와 점치는 책, 농경서에 한할 것.

드디어 BC 213년, 진시황이 허락한 시행령이 떨어지자 모든 책들이 소각되어 지상에서 사라졌다.

이것이 바로 분서(焚書)였다.

갱유(坑儒)는 이듬해에 일어났다.

지식인들을 구덩이에 파묻어 죽인 일이었다. 이 끔찍한 일은 진시황이 신선(神仙)의 세계에 관심을 기울인데서 비롯되었다. 도를 닦는 방사(方士)들을 우대하였고, 불로장생하겠다는 진시황의 집착은 특히 후생과 노생 두 방사를 총애하는데 나타났던 것이다.

그런데 두 방사는 여간 걱정이 되는 게 아니었다. 진시황이 바라는 불로장생이 이뤄지지 않을 경우 닥칠 처벌이 무서웠던 것이다. 두 사람은 그 동안 모은 재산을 싸들고 야반도주했다. 그런데 진시황을 격렬히 비난하고 사라져버린 것이었다.

진시황이 어떤 황제인가. 불길처럼 격노했다. 때마침 괴상한 말로 사람들을 현혹하는 학자들이 있다는 보고까지 들어왔으니 부채질한 격이었다.

"남김없이 잡아들여 심문하라!"

진시황의 어명은 불덩어리 그 자체였다. 이때의 기록은 다음과 같이 전해 온다.

"학자들은 죄를 서로 전가하기에 바빴으며, 다른 자를 고발하여 제 몸을 구하려 했다. 그리하여 금령을 어겼다고 판정이

난 자가 460여 명이나 되었다. 이들에 대한 처리는 함양에서 구덩이를 파고 거기에 생매장해 죽였다. 이렇게 한 것은 천하가 알도록 징벌로 삼은 일이었다."

후세 사람들이 이를 놓고,

"불로장생이라는 허황된 꿈의 진시황이 애꿎은 학자들만 죽였다."

두고두고 탄식했다.

不入虎穴 不得虎子(불입호혈 부득호자)
호랑이 굴에 들어가야 호랑이 새끼를 얻는다. 목적을 이루려면 그에 따르는 위험을 감수해야 한다는 뜻으로 쓰인다.
후한서(後漢書) 반초전(班超傳)

한나라 반초(班超)는 서역 정벌로 이름을 날린 장군이었다. 그가 36명의 장사를 데리고 선선국에 갔을 때의 일이었다.

서역에 위치한 선선국의 왕은 반초 일행을 극진히 대접했다. 그런데 갑자기 싸늘하게 대하는 것이었다. 반초는 이유를 몰라 하다가,

"그렇지. 흉노에서 누군가 찾아온 게 틀림없어. 우리에게 숨기고 있지만."

무릎을 탁 쳤다. 반초의 짐작은 맞았다.

선선국은 천산북로와 천산남로의 분기점에 있던 나라였다.

한나라나 흉노 쪽에서나 선선국은 전략상 요충지였다.

그렇다면 머리를 쓰지 않을 수 없었다. 반초는 장사 36명을 불러들여 사태를 설명했다.

"지금 흉노의 사자가 선선국에 와 있다. 이 때문에 우리가 냉대를 받고 있는데 가만히 있을 수 없다. 우리 일행이 흉노의 손에 넘겨질지도 모른다. 그렇게 되면 이리와 늑대의 밥이 될 게 뻔하다. 무슨 대책을 내놓아 보아라."

"보아 하니 사태가 위급합니다. 그러니 죽든 살든 대장님의 명령을 따르겠습니다."

부하들의 뭉쳐진 마음을 본 반초는 단호히 말했다.

"호랑이 굴에 들어가지 않는다면 호랑이 새끼를 얻을 수 없다(不入虎穴 不得虎子). 한밤중에 화공을 써서 이때를 틈타 소탕을 하자. 치솟는 불길을 보고 저들이 우리가 막강한 것으로 보고 두려워할 것이다."

반초의 작전은 적중했다. 흉노의 사자들을 모두 죽이고, 선선국도 한나라에 무릎을 꿇었다.

서역 정벌의 명장 반초다운 공적이었다.

不惑(불혹)

미혹되지 않는다. 이런 저런 일로 더 이상 미혹되지 않는 나이를 뜻한다. 즉 40세를 말한다.

논어(論語) 위정편(爲政篇)

어느 땐가 공자는,

"내 나이 열다섯 살에 학문에 뜻을 두었고, 서른 살에 그 학문의 방향이 섰다."

라고 입을 열어 말하면서,

"마흔 살에는 더 이상 미혹되지 않았고, 쉰 살에는 천명을 알았다."

라고 했다. 이래서 나이 40을 불혹(不惑)이라고 하고 50을 천명(天命)이라고 하게 되었다.

"예순 살에는 사람의 말을 들어도 거스름이 없었다(耳順)."

70에 관한 말에서는 연령에 관한 이칭은 생겨나지 않았다. 공자는,

"70에 마음의 하고자 하는 바를 좇아도 법도를 넘음이 없게 되었다."

라고 했다. 공자가 백세를 넘도록 살았다면? 그때까지 파킨스 병에 걸리지 않았다면 참으로 행복한 분일 것이다.

늙음은 깨달음에 이르게 한다. 하지만 경우에 따라 그 노쇠함으로 망령이 들게도 하는 것을 우리는 주변에서 본다.

髀肉之嘆(비육지탄)
넓적다리에 살이 붙은 것을 개탄하다. 세월은 흐르고 몸은
예전만 못한 채 뜻을 펴지 못하니 이를 한탄하지 않을 수
없다는 뜻의 말이다.

삼국지(三國志) 선주전주(先主傳注)

일화

삼국시대 때, 세 나라가 정립되기 전 권력 투쟁은 마치 풍전
등화 같았다.

조조가 조정의 실권을 장악하자 스스로 대장군이라고 이름
했다. 이 무렵, 유비는 조조와 협력하고 있었다. 여포를 하비
에서 격파하고 조조의 주선으로 좌장군에 임명되었다.

하지만 유비는 조조의 휘하에 있는 게 싫었다. 그를 떠나 정
처없이 떠돌다가 6년만에 겨우 정착할 수 있었다. 형주 땅의
유표가 유비를 받아주었던 것이다. 이 일은 유비에게 새로운
전기가 되었다.

한편 조조는 하북을 평정했고, 이 무렵 유비는 작은 성 신야
(新野)를 지키며 그저 세월에 의탁하는 신세였다.

어느 날 유비는 유표가 베푼 술좌석에 앉았다가 변소에 가
게 되었다. 자신의 넓적다리가 유난히 눈에 띄었다. 살이 두둑
이 붙어 있는 걸 발견하고 탄식을 했다.

변소에서 돌아오는 유비의 표정을 보고 유표가,

"안색이 좋지 않아 보입니다."

묻자, 유비는 자신의 심정을 털어놓았다.

"오늘 보니 넓적다리에 살이 가득 붙어 있었습니다. 늘 말을 타고 다닐 때는 살이 붙을 새가 없었지요. 요즘 말을 타지 않으니 이 모양입니다. 제 나이 벌써 50, 몸은 늙는데 아무런 공도 세우지 못했습니다. 이런 자신이 서글펐던 것입니다."

이 날 이후 유비는 버릇처럼 비육지탄을 들먹이며 쓸쓸한 나날을 보냈다.

그런 유비에게도 때가 왔다. 적벽 싸움에서 명성을 떨쳤던 것이다. 이 기세를 몰아 양자강 중류의 강릉까지 세력을 뻗어 나갈 수 있었다. 그곳은 요충지대였다. 조조가 이 소식을 접하고 얼마나 놀랐던지 들고 있던 붓을 다 떨어뜨렸을 정도였다.

유비는 그 뒤 촉한을 세웠다.

貧者一燈(빈자일등)
가난한 사람이 가진 등불 하나. 즉 성실하고 참다운 태도가 소중하다는 뜻이다. 가난하지만 부처님에게 바친 등불 하나에 정성이 깃들어 있음으로 부자가 바친 만 개의 등불보다 공덕이 크다는 일화에서 온 말이다.

현우경(賢愚經)

일화

한 가난한 여인의 불심(佛心)에 얽힌 이야기다.

석가가 사위국(舍衛國)에 와서 어느 정사(精舍)에 머물고 있을 때였다.

사람들이 몰려가 부처와 그 제자들에게 공양을 했다.

이것을 본 난타(難陀)라는 여인은 한숨을 지었다.

"전생에 무슨 죄가 많았기에 이리도 가난한가? 부처님이 가까이에 계신데 어쩌다 아무런 공양도 드리지 못하게 되었는가!"

혈혈단신으로 가난하게 사는 처지였던 것이다.

그러나 난타의 마음은 부처를 향해 꺾일 줄 몰랐다.

다음 날 난타는 하루 종일 구걸하여 얻은 한 푼의 돈을 들고 기름 가게를 찾아갔다. 기름집 주인은,

"이 한 푼으로 기름을 사야 얼마 되지도 않는다. 무엇에 쓰려고 하는가."

하고 묻자 난타는,

"부처님께 공양하려는 것입니다."

공손하게 대답하는 것이었다. 주인은 난타를 기특히 여겨 기름을 배나 더 주었다.

그렇게 해서 그녀의 가난한 등불도 어엿이 불단 앞에 놓인 수많은 부자들의 등불 속에서 나란히 빛을 발했다.

새벽녘이 되었다.

다른 등불들은 다 꺼져 갔다. 유독 등불 하나만 초롱초롱하게 불을 밝히며 빛났는데 난타의 등불이었다.

석가가 이 사실을 알게 되었다.

"참으로 정성이 대단하다. 그 여인을 비구니로 삼겠다."

그 길로 난타는 비구니가 되었다.

四海兄弟(사해형제)
세상의 사람들이 모두 형제다. 사해란 세상을 뜻한다. 세상
사람들이 형제처럼 지내야 한다는 뜻으로 쓰인다.

논어(論語)

　반란에 실패한 형이 다른 나라로 도망친 일을 보고 그 동생
이 걱정하지 않을 수 없었다.

　형은 결국 죽게 될 것이라고 생각한 동생은 탄식했다.

　"사람들은 다 형제가 있는데, 나만 없구나."

　이 말을 들은 공자의 제자 자하가,

　"내가 듣기에 이런 말이 있소.

　'죽고 사는 데에는 명(命)이 있는 것이고, 부귀라는 것은 하
늘에 달려 있다. 군자가 항시 경건을 다하여 잘못이 없고, 다
른 사람에게는 공손을 갖춰 예의가 있다면, 사해의 안이 모두
가 형제가 된다.'

그러니 군자가 어찌 형제가 없다는 걸 가지고 근심하겠소."

殺身成仁(살신성인)

자기 목숨을 죽여 인덕을 이룬다. 즉 세상 이익이나 자기 욕망보다는 대의명분이 분명한 큰 뜻을 위해 자신을 희생하는 것을 뜻한다.

논어(論語) 위령공(衛靈公)

 일화

공자가 이런 말을 했다.

"도의를 지향하는 사람과 인덕(仁德)이 갖추어진 사람은 생명을 소중히 여기는 것 때문에 인(仁)을 손상함이 없다. 오히려 때에 따라서는 자기의 생명을 희생해서라도 인을 달성하려고 하는 것이다."

뒷날 명나라의 학자 왕양명(王陽明)이 이 말의 뜻을 다음과 같이 풀이했다.

"세상의 사람들은 자신의 육체적 생명만을 너무 소중히 여기는 경향이 있다. 그렇기 때문에 사람으로서의 도를 다하지 않는 일이 있다. 그 도를 위해서 죽어야 할 것인가, 어떻게 해야 할 것인가의 문제 앞에서 그런 것에 마음을 두지 않는다. 그래서 교묘히 난국을 헤쳐 나가 생명을 보존하려고만 생각하므로 양심을 굽히고, 의리를 해치는 일도 거리낌이 없다. 만일 천리를 어긴다면 금수와 다를 바 없다. 비록 살아 남아서 이 세상에 백년 천년 살아간다고 해도 하는 일은 백년 천년 금수 노릇을 하는 것에 지나지 않는다. 학문을 배우는 사람은 이 점을 똑똑히 이해해야 하는 것이다."

생명은 소중한 것이다. 그러나 때에 따라서는 사람으로서의 도의를 위하여 그 생명조차 희생할 줄 알아야 한다는 것이 공자가 말한 진정한 뜻이라고 해석하고 있는 것이다.

三顧草廬(삼고초려)

세 번 초가집을 돌아보다. 즉, 군왕이 신하를 찾아가 출사를 종용하는 것을 말함인데, 사람을 영입하고자 할 때 정성을 다함을 뜻한다.

삼국지(三國志) 제갈량전(諸葛亮傳)

일화

조조에 쫓긴 유비는 형주로 찾아 들었다. 때마침 유표가 그를 따뜻하게 맞아 주었고, 조그마한 성 신야까지 주었다. 그 덕택으로 유비는 그곳을 근거지로 머물게 되었다.

하루는 서서(徐庶)라는 사람이 찾아왔다. 대화 끝에 인재에 대한 화제를 꺼냈다.

"제갈공명은 와룡(臥龍)입니다. 장군께서 만나 보시지요."

"숨어 있는 용이라 하니 당신이 모시고 오시지요."

유비가 관심을 보이며 대답했다.

"그분은 불러 모실 수 없습니다. 이쪽에서 찾아 가야 만날 수 있습니다. 친히 가 보시지요."

조조에 쫓기는 유비라고 하지만 조그마한 성의 어엿한 군주였다. 자기 쪽에서 찾아간다는 게 못마땅했다. 하지만 뛰어난 신하가 필요한 처지였다.

"찾아가 보기로 하지요."

유비는 두 번 찾아가서도 코빼기조차 볼 수 없었다. 유비 입장에서 보면 무엄한 일이었다. 그러나 그 정도 무례는 참기로 했다. 그러기를 세 번째에 제갈양을 만날 수 있었다.

세상 사람들은 이것을 두고 화제로 삼았다.

세 번 찾아간 유비가 보통 군주가 아니었다. 하지만 왕이 찾아왔다고 해서 냉큼 몸을 드러내지 않은 제갈양도 남달랐다. 그런 두 사람이 힘을 합쳤으니 조조의 간담을 서늘케 할 수 있었던 것이라고.

본래 삼고초려(三顧草廬)는 삼왕초려(三往草廬)가 원말이었다. '찾아가다'의 말로 '왕(往)' 자가 쓰였던 것인데, 제갈양이 유비에게 출사표를 올리면서 '돌아보다'라는 뜻의 '고(顧)' 자로 바꾸었다.

이러한 차이가 생겨난 것은 삼고초려는 '삼국지'의 객관적 관점에서의 서술이었고, 삼왕초려는 제갈양이 자신의 신하라는 관점에서의 서술이었기 때문이었다. 왕이 자신을 찾아온 것에 대한 겸손의 표현을 제갈양은 고려했던 것이다. 그의 인품이 잘 드러나는 대목이라 할 수 있다.

三十六計 走爲上策(삼십육계 주위상책)

서른 여섯 가지 계책에서 도망치는 것이 가장 뛰어난 계책이다. 삼십육계 줄행랑이라는 말로 많이 사용되고 있는 이 성어는 원래는 적절한 후퇴 작전의 필요성에서 생겨난 말이다. 그러나 도망치는 군인을 조롱하는 말로 쓰이다가 후세에는 비겁하게 도망치는 자를 말할 때도 사용되고 있다.

제서(齊書) 왕경칙전(王敬則傳)

일화

남북조 시대 때에 권력에 휩싸인 살육은 허다했고, 그 극치가 다음 이야기이다.

"영원토록 다시는 왕가(王家)에 태어나지 말기를!"

남조 송나라의 마지막 천자인 순제가 대궐에서 쫓겨나면서 눈물 뿌리며 한 말이 이것이었다.

이토록 가슴 저린 유언을 남기게 한 장본인은 소도성(蕭道成)과 왕경칙(王敬則)이라는 두 인물이었다. 순제를 쫓아낸 야욕대로 소도성은 제나라를 세워 그 첫 왕자리에 앉을 수 있었다.

"다시는 피 뿌리는 일이 없기를 바란다."

소도성이 이런 유언을 남긴 데에는 그가 무너뜨린 송나라 황실의 골육상쟁을 두 눈으로 보았던 때문이었다. 그러나 그 자신은 그러한 왕조의 왕위 찬탈의 보람도 없이 오래 살지 못하고 죽었다. 그리고 그의 유언도 별 쓸모없이 되고 말았다. 그의 후손들이 골육상쟁을 벌였던 것이다.

소도성의 뒤를 이어 무제가 2대 왕으로 앉았다고는 하지만 얼마 있지 않아 죽었다. 이때에 죽은 소도성의 형에게는 소란(蕭鸞)이라는 아들이 있었다. 소도성에게는 조카인 소란은 잔인한 자였다. 그는 어리석은 태자 소업을 3대에 앉힌 뒤, 7개월만에 목졸라 죽이고, 4대인 소업의 동생 소문을 앉혔다가 3개월만에 독살해 버렸다.

소란이 야욕대로 왕위에 올랐지만 무슨 까닭인지 갑자기 병이 들었다. 아들 중에서 둘째 보권을 태자에 앉혔는데 변변치 못한 자식이었다.

"이를 어떻게 하나!"

병석에 누운 소란이 걱정되었다. 그것도 한두 가지가 아니었다. 문득 제나라를 세운 큰아버지 소도성의 자식들에게 생각이 미치게 되었다. 살려두었다가는 위험한 인물들이었다. 소란은 병상에서 그날로 심복을 시켜 10명이나 되는 큰집 조카들을 죽여 버렸다. 이렇게 해서 소란이 죽인 형제와 조카만도 모두 14명이나 되었다.

황실의 피 비린내는 제나라의 건국공신들에게 불안을 안겨 주는 일이었다. 그 중 왕경칙에게는 더욱 컸다. 그는 소도성과 함께 송나라를 무너뜨린 특공의 인물이었다. 비록 대사마와 회계태수라는 융숭한 대접을 받고 있었지만 포악한 소란의 마수가 언제 자기에 닥칠지 몰랐다.

"이러다가 아무 소리 못하고 죽임을 당하겠구나!"

왕경칙은 경계태세를 갖추었다. 반면,

"왕경칙이 반란을 일으킬지도 몰라. 무슨 수를 써야겠군!"

이렇게 반사적으로 걱정한 것은 소란이었다. 상대적이라 할 두 권력의 두려움과 불안이 왕경칙과 소란 사이에 흐르는 사태로까지 번져 갔다.

더욱 악화된 일은 소란이 취한 모종의 조치에 대해 왕경칙에서는 불순한 일로 보았던 것이다.

"이건 나를 노리고 하는 게 분명하다."

왕경칙은 크게 노하여 군사를 일으켰다. 1만명 군사가 수도인 건강(建康)으로 쳐들어 갈 때에는 10여만명으로 불어났다. 행군 도중에 괭이나 막대기를 든 농민들이 대거 합류했던 것이다.

놀란 조정은 어쩔 줄 몰랐다. 시시각각 조정으로 들어오는 보고는 불리한 것뿐이었다. 왕경칙이 아직 수도에 이르기 전, 성 북쪽에서 느닷없이 불길이 일어났다.

"정로정이 불타고 있다!"

이런 보고에 대궐 안은 일대 혼란에 빠졌다. 왕경칙이 공격한 줄로 알고 태자와 대신들이 도망칠 궁리에 여념이 없었다.

왕경칙이 이 소식을 들었다. 유쾌한 듯 크게 웃으며,

"서른여섯 가지 계책 중에서 도망치는 게 상책이라더니(三十六計 走爲上策), 송나라 명장 단도제가 이 말을 한 게 새삼스럽구나. 너희 두 부자(父子)가 할 수 있는 거라고는 도망치는 것뿐이다."

득의만만했지만, 왕경칙의 군대는 예상을 깨고 패하고 말았다. 관군이 후위를 치고 들어온 습격 때문이었다. 10만이라고 했지만, 훈련이 안 되어 있었고, 무기 또한 부족한 상태였다. 금새 왕경칙의 군대는 혼란이 가중되면서 일순간에 무너져 버렸던 것이다.

70 노장의 왕경칙도 목이 떨어지고 말았다. 며칠 전 상대가 도망치는 것을 보고 비웃은 그였다. 하지만 그 자신이 진정 도

망칠 때를 알지 못했던 것이다.

　그건 그렇고 골육상쟁을 불러일으킨 잔악한 소란의 재위기간은 3년에 불과했고, 제나라의 운명도 30년만에 그 끝을 다하고 망하고 말았다.

三人市虎(삼인시호)

세 사람이 말하게 되면 시장에 호랑이도 있게 된다. 근거도 없는 말이지만 그것이 여러 사람이 말하게 되면 진짜로 믿게 된다는 뜻으로 쓰인다.

전국책(全國策)

일화

　위나라 신하인 방총(龐蔥)이 태자와 함께 볼모가 되어 조나라에 가게 되었다. 떠나기 며칠 전, 방총은 혜왕 앞에 나아가 인사를 드렸다. 그런 뒤,

　"지금 시장에 호랑이가 나타났다는 말을 듣게 된다면, 대왕께서는 그 말을 믿으시겠습니까?"

　수수께끼 같은 질문을 했다.

　"믿지 않는다."

　"또 다른 사람이 시장에 호랑이가 나타났다는 말을 전해 온다면, 대왕께서는 그 말을 믿으시겠습니까?"

　"반신반의하게 되겠지."

　"세 번째 사람이 나타나 시장 바닥에 호랑이가 나타났다고

말한다면 왕께서는 믿으시겠습니까?"

혜왕은 망설이지 않고,

"그야 믿게 될 것이다."

방총은 예상했던 터라 생각해 뒀던 심중을 털어놓았다.

"시장에 호랑이가 나타나지 못할 것은 뻔한 사실입니다. 그렇긴 하지만 세 사람이 똑같이 주장하게 되면 호랑이가 나타난 것이 됩니다. 지금 제가 태자를 모시고 가는 조나라의 수도 한단은 먼 곳이기에 결코 시장에 가는 거리가 아닙니다. 게다가 신하를 비방하는 자도 어디 세 사람 정도에서 그치겠습니까? 대왕께서는 이 점을 살펴 주십시오."

이렇게 부탁하고 떠난 방총이 태자를 모시고 한단에 도착하기도 전에 하나 둘 중상모략하는 자가 있었다.

얼마 후 태자는 볼모에서 벗어나 귀국했다. 이때에 방총은 동행하지 못했다.

"걱정하지 말라. 내가 일일이 확인한 것만 믿겠다."

분명 이렇게 혜왕이 방총에게 다짐해 주었었다. 이 말이 무색하게도 혜왕은 방총을 의심하고 귀국하지 못하게 했던 것이다. 왕은 어느 새 주변의 참언을 믿고 있었던 것이다.

여러 사람이 말하게 되면 사실처럼 믿게 된다는 삼인시호는 삼인언이성호(三人言而成虎)로도 쓰인다.

三寸之舌(삼촌지설)

세 치의 혀. '낭중지추' 고사성어의 모수의 이야기다. 그가 세 치의 혀로 나라를 구한 일화는 유명하다. 세 치의 혀가 백만대군보다 강했던 것에서 유래된 말로 어렵거나 불리한 상황을 한 마디 말로 바꾸어 놓은 것을 이름에 쓰인다.

사기(史記) 평원군열전(平原君列傳)

일화

이 이야기는 '낭중지추(囊中之錐)' 고사성어와 관련이 깊다.

전국 시대는 인재를 구한다는 명분으로 실력자의 집에 식객들이 많았다. 조나라의 평원군에게는 무려 3천명이나 모여들었다. 그 조나라가 강대한 진나라의 위협으로 풍전등화의 처지가 되자 초나라에 구원을 요청하기로 했다.

평원군이 초나라 도착해 효열왕과 교섭을 벌였다. 3천명의 식객에서 선발해 간 20명 중 19명이 차례로 묘책을 내어놓았지만 동맹이 이뤄지지 않았다. 아무런 성과도 얻지 못하고 돌아서야 할 판에 누군가가 나섰다.

"제가 결판을 내겠습니다."

모두들 그가 모수라는 걸 알자 코웃음을 쳤다. 볼품도 없는데다가 평소 뛰어난 데가 없었기에 거들떠보지 않았던 인물이었다. 그 모수가 협상장소로 들어갔다.

"아침부터 반나절이 지났습니다. 그런데도 결론이 나지 않고 있으니 어떻게 된 일입니까?"

이렇게 말하는 모수는 한 손으로 칼의 손잡이를 꽉 쥐고 있었다.

"무엄한 소리를 하고 있다."

효열왕이 어이없다고 꾸짖었다. 모수는 아랑곳하지 않고 당당히 맞섰다.

"초나라는 대국입니다. 그런데도 한번도 겨뤄 보지 않고 진나라를 섬긴다면 세상이 비웃습니다. 지금 이렇게 제후국들간의 합종책을 권하는 것도 모두 초나라를 위해서입니다."

듣고 보니 모수의 말이 틀리지 않다고 효열왕은 생각되었다. 모수의 제안을 받아들였다. 덕분에 조나라는 멸망의 위기를 넘기게 되었다.

귀국길에 평원군은 모수를 곁으로 불러 말했다.

"선생은 단지 세 치의 혀만(三寸之舌)으로 백만 군사보다 더 큰 일을 하셨습니다. 지난날 사람 대하기를 경솔히 한 것을 반성하지 않을 수 없습니다."

인물의 평가에 시야가 좁았던 것을 사과했다.

喪家之狗(상가지구)

상갓집의 개. 초상을 치르느라 집의 개를 돌볼 새 없어 초라해진 개의 몰골을 두고 비유한 달이다. 특히 좌절을 겪거나 실의에 빠진 경우, 그 힘없는 모습을 일컬어 이 말을 쓰기도 한다. 단순히 초라한 모습에 대해서도 쓰인다.

사기(史記) 공자세가(孔子世家)

 일화

귀공자풍이라 여겨질 만도 한 공자에게,

"상갓집 개 같소."

말했던 일이 있었다면? 그런 일이 실제로 있었다.

자신이 추구하는 도덕정치를 실현해 보려고 여러 나라를 찾아 제후들을 설득하던 그 어느 때였다. 어느 누구도 그의 정치이념을 받아 주지 않았다.

공자에게는 실의의 나날이 연속되고 있었다.

한번은 정나라를 방문했다.

무슨 일 끝에 공자는 제자들과 헤어진 뒤, 성의 동문에서 제자들을 기다렸다. 제자들 중 자공이 그 나름으로 공자를 찾아 나섰다가 한 정나라 사람과 마주쳤다.

"동쪽 문에 어떤 사람이 서 있는 걸 보았지요. 몹시 지쳐 보인 모습이 마치 상갓집 개(喪家之狗) 같았습니다. 그렇긴 하지만, 이마는 요임금 같고, 목은 순나라 재상인 고요 같았습니다. 그리고 어깨는 정나라 재상인 자산과 비슷하다면, 허리 아래는 우임금보다 세 치 정도 짧았습니다."

나중에 자공은 이 정나라 사람의 말을 공자에게 그대로 전해 주었다. 공자는 듣다가 웃으며,

"상갓집 개라는 표현은 정말 딱 들어맞는 말이다. 다만 내 용모를 그분들과 비긴다는 것은 말이 안 된다."

방랑에 지친 자신의 모습에 대해 공자다운 태도였다.

塞翁之馬 (새옹지마)

새옹의 말. 새옹이 기르던 말에게서 일어났던 일들에 대해 새옹이 취했던 긍정적 자세에서 유래된 말이다. 미래는 예측할 수 없지만, 복이라고 해서 기뻐할 것도 없고 화라고 해서 슬퍼할 것도 없다. 복이 화가 되고 화가 복이 될지도 모를 일이 인간의 앞날에 있다는 데에 쓰이는 말이다.

회남자(淮南子) 인간훈편(人間訓篇)

일화

변방에 사는 한 노인에게 원치 않는 일이 생겼다. 애지중지 기르던 말이 국경을 넘어 오랑캐 땅으로 달아난 것이다. 이웃 사람들이 이것을 보고,

"그 놈의 말이 주인의 은덕도 모르고 달아나다니! 참 안됐소이다."

위로를 했다. 노인은 슬퍼하는 기색도 없었다.

"앞날은 알 수 없는 일이오. 말이 달아나긴 했지만, 이 일이

복으로 바뀔지 어떻게 알겠소?"

과연 노인의 말대로 되었다. 몇 달 후, 달아난 말이 오랑캐의 준마를 거느리고 돌아왔다. 이웃 사람들이 놀라워하며 축하했지만, 노인은 또 뜻밖의 말을 했다.

"앞날은 알 수 없는 일이오. 이 일이 재앙이 되지 않는다고 할 수 없지 않겠소?"

이런 말에도 불구하고 당장 불길한 조짐은 없어 보였다. 말들이 새끼를 치며 불어났고, 노인의 아들은 말을 타며 즐거워했다. 그러다가 아들이 말에서 떨어져 다리가 부러졌다.

이웃 사람들은 절름발이가 된 아들을 두게 된 노인을 불쌍히 여겼다.

노인은 또 말하기를,

"앞날은 알 수 없는 일이오. 이 일이 복이 되지 않는다고 할 수 없지 않겠소?"

1년이 지났다. 오랑캐가 국경을 넘어 공격해 왔다. 징집된 젊은이들은 모두 전쟁에 나가 열에 아홉이 죽었다. 노인의 아들은 불구라 전쟁에 나가지 않아 무사했다.

본래 노인은 도(道)를 아는 사람이었다. 이런 노인에게는 인생을 바라보는 따뜻한 시선이 있었다.

길흉화복을 예측할 수 없는 인간 삶을 함부로 예단하지 않았다.

다만 겸허한 마음을 갖고 인생을 대한 노인이었던 것이다.

桑田碧海(상전벽해)

뽕나무 밭이 바다로 바뀌다. 즉 세상이 몰라보게 바뀐 것을
뜻하는 말이다.

유정지(劉廷芝) 대비백발옹(大悲白髮翁)

일화

당나라 초기에 유정지라는 시인이 살았다. 24세에 진사가
되긴 했어도 시대의 흐름에 편승하기를 싫어했다. 일생을 시
와 술에 묻혀 살았는데, 그가 남긴 시 가운데 하나에,

낙양성에 도리화가 하롱하롱 지는 봄날
곱디고운 제 얼굴이 스스로에게도 아까운지
꽃잎 지는 걸 바라보며 한숨짓는 처녀여.

올해의 꽃잎 다 지고 나면 얼굴은 더욱 주름지리니
내년에 피어나는 꽃은 그 누가 보려는가.
상전도 벽해가 된다는 그거야 정녕 옳은 말이구나.

오늘에도 울림이 있는 시로 읽힌다. 시에서는 상전변성벽해
(桑田變成碧海)로 되어 있다. 뜻에서는 변함없이 상전벽해(桑
田碧海)와 같다.

마고(摩姑)라는 선녀가 있었다. 하루는 신선인 왕방평(王方
平)과 같이 한 자리에서,

"곁에 모신 이후, 저는 동해바다가 세 번이나 뽕나무로 바뀌는 걸 보았습니다. 이번에는 봉래에 갔다가 본 바다는 다시 얕아져 이전의 반밖에 되지 않았습니다. 그렇다면 육지가 되려는 가 보지요?"

"그러기에 성인들께서 이렇게 말씀하셨던 것이오. '바다에서 먼지가 인다'고 말이오."

하고 왕방평이 마고의 말에 대답을 했다 한다.

噬臍莫及(서제막급)
배꼽을 물려고 해도 입이 미치지 않는다. 배꼽은 그 생김으로 해서 입으로 물기가 쉽지 않다. 이를 비유로 기회를 잃으면 그때 가서는 소용이 없다는 뜻으로 쓰인다.
춘추좌씨전(春秋左氏傳) 장공편(莊公篇)

일화

초나라 문왕이 신(申) 땅을 빼앗으려고 마음먹었다. 신을 침공하려면 이웃 등(鄧)나라를 거쳐 가야 했다. 등나라의 기후는 문왕을 극진히 대접했다.

이를 보고 기후의 조카들이 반대하고 나섰다.

"알다시피 문왕은 내 조카다."

"그건 알고 있습니다. 대접할 일이 아니라 문왕을 죽여야 합니다."

오히려 제거론을 내세우는 게 아닌가? 기후는 말을 듣지 않았다. 조카들은 거듭 진언을 했다.

"오히려 문왕이 등나라를 치게 될 것입니다. 그 날이 멀지 않습니다. 지금 그를 없애지 않는다면 나중에는 배꼽을 물려고 해도 입이 미치지 않는 경우를 당하게 됩니다."

기후는 단호히 거절했다.

"내가 조카를 죽인다면 어떻게 될 것인가? 사람들이 나를 상대하지 않을 것이다."

조카들은 거듭,

"저희의 말을 듣지 않으시면 등나라 사직이 위태롭게 됩니다."

주장한 대로 되고 말았다. 10년 뒤, 초나라 문왕은 등나라를 쳤고, 멸망시켰다. 역사는 누구의 말을 들었어야 옳았을까?

席卷(석권)

자리를 말다. 자리를 말듯이 남의 땅을 차지하는 것을 말함이 본뜻이고, 지금은 어떤 분야에서 자기의 세력으로 차지하는 뜻으로 쓰인다.

사기(史記) 위표(魏豹) 팽월(彭越)

일화

팽월은 한나라 군대에 들어가 초나라와 싸웠다. 유방은 그의 인물됨을 보고 양왕(梁王)으로 삼았다. 초나라 항우와 대항해 싸운 팽월은 해하성에서 그를 격파했다.

그런데 나중에 반란이 일어나 평정하려는 유방의 병력 지원 요청에 응하지 않는 태도를 보였다. 이 때문에 팽월은 죽음을 당했다.

위표라는 인물도 팽월과 비슷한 데가 있었다. 한나라와 초나라가 다툴 때, 위표는 초나라 편에서 싸워 위나라를 평정하자 항우는 그를 위왕의 자리에 앉혔다. 얼마 뒤 한나라 유방이 쳐들어오자 위표는 한나라 편에 들어가 초나라를 쳤다. 그런데 유방이 패했다. 그러자 다시 초나라에 붙었다.

하지만 위표는 한나라 장군 한신에게 잡혀 있다가 죽임을 당했다.

사기의 저자 사마천은 이 두 사람을 평하여 말하기를,

"팽월과 위표는 비천한 집안 출신이다. 그런 두 사람이 천리의 땅을 석권(席卷)했다."

이것이 석권의 유래이다.

선즉제인(先則制人)
선수를 쳐서 상대를 제압한다. 먼저 기선을 잡으면 이길 수 있다는 뜻으로 쓰인다.

사기(史記) 항우본기(項羽本紀)

일화

불로장생을 바라던 진시황이 죽었다. 이에 반사적으로 각지에서 반란이 일어났고, 회계군수 은통(殷通)도 나서며,

"이때다. 나라고 가만히 있을 수 없지."

야욕을 품고 공모자를 찾았다. 오중 땅의 실력자인 항량이 동조해 줄 것 같았다.

"지금 강서 일대에서 반란이 일어나고 있소. 이거야말로 하늘이 진나라를 멸하게 하는 때라고 보오. 내 듣기로는 '선수를 치면 상대를 제압하고(先則制人), 뒤지면 상대에게 제압당한다' 라고 했소이다. 나는 군대를 일으켜 그대와 환초를 장군으로 삼고 있는데 어떻게 생각하시오?"

은통의 이러한 제안을 항량이 꿰뚫어 보았다. 자신을 이용하려는 것이다. 그렇다면, 하고 항량은 궁리했다.

"알겠소이다. 환초가 있는 것을 아는 자는 항우이니 잠시 기다려 주시오."

밖에 나와 항우를 부른 항량은 그의 귀에다 대고 뭐라고 속닥였다. 항우가 고개를 끄덕였다.

항량이 항우를 데리고 들어가 은통에게 인사시켰다. 항우가

인사를 마치자 항량이 눈짓을 했다. 그 순간 항우는 은통에게 달려들어 목을 쳤다.

"내가 눈짓을 하는 때에 먼저 은통의 목을 베라."

조금 전 밖에서 귀에 대고 했던 항량의 말은 이것이었다. 이렇게 해서 선즉제인(先則制人)의 수법을 항량이 은통보다 먼저 실시했다고 전해 온다.

歲月不待人(세월부대인)

세월은 사람을 기다리지 않는다. 시간은 쉬이 지나가고, 단 한순간이라도 머물지 않으므로 아껴야 한다는 교훈의 뜻이 담겨 있다.

도연명 잡시(雜詩)

일화

인생은 뿌리가 없으므로
마치 길 위의 티끌 날리듯 흩날리는구나.
죽어 흙이 되면 바람 따라 흩날리고
이렇듯 영원한 몸이 아닌 이 몸이르구나.
사람으로 태어났기에 형제가 된다는 것이
골육만이 꼭 형제인 것은 아니리니,
기쁨을 누리며 즐거움을 취하는 데에 있어서
한 말의 술로써 이웃들 불러 모을 수 있음이라.

한창 때의 세월은 다시 오지 않고
새벽은 하루에 두 번 오지 않는 것이다.
때에 맞추어 늘 힘쓰고 노력해야 할 것이니
세월은 사람을 기다려 주지 않는다(歲月不待人)

首鼠兩端(수서양단)
쥐가 쥐구멍에서 머리를 내밀고 이리 기웃 저리 기웃 둘러
보다. 사람이 분명한 태도를 취하지 않고 여기 붙을까 저기
붙을까 기회를 엿보는 것을 쥐의 생태적 모습에 비유해 쓰
이는 말이다.

사기(史記) 위기무안후열전(魏其武安候列傳)

일화

한나라 경제(景帝) 때, 재상 전분이 연나라 왕녀를 아내로
맞아 연회를 열었을 때의 사건이다. 성대한 축하연이었지만
그 끝이 좋지 않았다.

그 날의 주인공 전분이 술잔을 권하며 돌아다니자 모두들
일어나 공손히 술잔을 받았다.

잠시 후, 그의 황실 인척인 두영이 역시 술잔을 권하며 돌아
다녔는데 아무도 일어나지 않은 채 술잔을 받았다. 두영은 전
분과 앙숙으로 으르렁거리는 사이였던 터라 사람들이 이것을
의식했던 것이다.

　이 광경을 두영의 측근 관부(灌夫) 장군이 보고 못마땅히 여겼다. 앞으로 나아가 전분에게 술잔을 권했으나 이를 받지 않자 관부는 술주정을 부렸다.

　소란스러운 분위기가 일자 손님들은 돌아가고 축하연은 엉망이 되었다. 전분은 화가 났다. 관부를 감옥에 처넣었는데도 그는 한마디 사과하려 들지 않았다.

　이 일이 조정에 알려졌다. 황제는 시비를 가리기 위해 대신들을 불러 생각을 물었다.

　이에 어사대부 한안국(韓安國)이,

　"두영과 관부는 나라에 크게 공을 세운 사람입니다. 이 일은 술좌석에서 있었던 일입니다. 또 전분이 관부와 마찰을 일으키는 것도 위험합니다. 그러니 폐하께서 바른 판단을 내려 주시기 바랍니다."

　흐리멍텅한 대답을 했다. 다른 대신들도 한안국과 크게 다를 게 없었다. 황제는 화가 나 더 이상 묻기를 그만두었다.

　"내가 황제의 마음을 괴롭혔군."

　전분은 탄식하며 부끄러워한 나머지 재상직을 내놓았다. 그가 밖으로 나오려는데 한안국과 마주쳤다. 대뜸,

　"무슨 말이 그런가? 시비곡직이 분명한 일이었소."

　이렇게 호통을 치며

　"그대는 어찌하여 쥐구멍에 머리만 내민 쥐처럼 이리 기웃저리 기웃거리기만 하고(首鼠兩端) 분명한 입장을 취하려 하지 않았소이까?"

　거듭 나무랐던 것이다.

水魚之交(수어지교)

물과 물고기 같은 사이. 그 관계가 뗄 수 없는 것을 뜻한다.
본래는 임금과 신하 사이의 관계에서 시작되었지만, 지금은
일반적인 관계에서의 절친한 사이로도 널리 쓰이고 있다.

삼국지(三國志) 촉지(蜀誌)

일화

때는 삼국시대.

조조는 강북 땅을 평정하고, 손권은 강동에서 세력을 얻고 있던 무렵이었다.

이 두 사람은 한창 기반을 닦아 나가고 있었지만, 유비는 여러 모로 빈약했다. 그에게 있는 것이라곤 관우와 장비 두 장수였다. 지략이 뛰어난 재사가 없었다.

그러다가 제갈공명을 얻었다. 야인으로 있는 와룡을 삼고초려의 공을 들여 재상으로 삼은 것이다. 이에 제갈공명은 다음과 같은 것들을 제안하고 신명을 다해 유비를 섬겼다.

형주와 익주를 손에 넣어 이곳을 근거지로 삼을 것, 서방과 남방의 오랑캐들을 위무하여 뒷날의 염려를 없앨 것, 내정을 정비하여 부국강병을 쌓을 것, 손권과 손을 잡고 조조를 고립시키고 있다가 적절한 때에 칠 것 등이었다.

유비는 제갈공명의 인물됨을 알아본 터라 그를 전적으로 신임했다.

"형님, 나이가 어린 자입니다."

"아랫사람인 제갈공명을 너무 극진히 대하십니다."

두 관우와 장비가 이렇듯 유비에게 불만을 터뜨리기까지 했다. 제갈공명은 나이도 군주인 유비보다 어렸던 것이다.

"아우들, 그런 것에 개의치 말게. 천하를 얻으려면 지략이 뛰어난 제갈공명같은 인물이 절대 필요하네. 나는 그를 스승으로 여기는 마음일세."

유비는 자신의 말대로 제갈공명을 대했다. 침식을 같이 하기까지 했다.

"정말 너무 관대한 대우이십니다."

항의가 어떤 것이라고 해도 유비는 변함이 없었다.

하루는 관우와 장비를 불렀다.

"내게 제갈공명이 있다는 것은 마치 물고기가 물에 있는 것과 같은 일이다. 내 생각이 이러하니 다시는 이런 저런 말을 하지 않기 바란다."

비로소 관우와 장비가 알아들었다. 더 이상 유비에게 불만을 꺼내지 않았다.

壽則多辱(수즉다욕)
장수하면 욕됨이 많다. 오래 산다는 것은 이래저래 수치스
러운 일을 많이 겪게 된다는 뜻이다.
장자(莊子) 천지편(天地篇)

일화

　성인으로 추앙받았던 요임금이 순행을 하던 중 화(華)라는
땅에 이르러서의 일이다. 접견하던 사람들 중에 국경을 지키
는 한 관리는 남다른 말을 했다.

　"성인이시여. 저로 하여금 성인이신 임금님을 축복하고 장
수도 빌게 해 주십시오."

　요임금은 사양했다.

　"그럼 부자가 되시길 빌겠습니다."

　그것도 사양했다.

　"그럼 아들을 많이 낳으시기를 빌겠습니다."

　역시 사양하는 것이었다. 국경관리는 이상히 여겨,

　"장수와 부귀와 다남은 누구나 바라는 축복임에도 임금께서
는 홀로 바라시지 않으십니다. 무슨 까닭입니까?"

　묻자 요임금은 대답해 주었다.

　"아들이 많으면 걱정이 많게 되고, 부유하면 일이 많아지고,
오래 살면 욕됨이 많아지는(壽則多辱) 법이다. 이 세 가지는
덕을 길러 주지 않으므로 사양한 것이다."

　관리는 밖으로 나왔다. 고개를 갸웃거리다가 중얼거리며

"요임금은 성인인 줄 알았는데, 오늘 보니 군자 이상은 못 되는군."

하고는 이렇게 생각했다.

하늘은 만물을 낼 때에 각기 그 직분을 주는 것이다. 아들이 많다고 해도 그 나름대로 직분이 있는 것이며, 또 부자가 되더라도 그 재물을 남과 나누어 쓰면 되는 법이다. 그리고 장수를 누리다가 세상이 귀찮아지면 그때 가서 세상을 버리면 신선이 되는 것이다. 그렇지 않은가?

守成之難(수성지난)

성을 지킨다는 것은 어렵다. 성의 평화는 한계가 있어 적의 공격도 있고 이것을 막아내는 게 쉽지 않다는 뜻이다. 그러나 성공이나 무엇을 지켜 나가는 것은 그것을 이뤄낸 만큼이나 어렵다는 뜻으로도 많이 쓰인다.

오긍 (吳兢) 정관정요(貞觀政要)

일화

당나라 태종은 여러 어려움을 극복하고 건국의 제2대 황제가 되었다. 하루는 시신(侍臣)을 불러 물었다.

"제왕의 대업에서 초창(草創)과 수성(守成) 중 어느 쪽이 더 어렵겠는가?"

초창이란 새로 나라를 세우는 것이고, 수성은 그것을 지키는 것을 뜻한다.

　방현령(方玄齡)이,

　"나라를 세우기까지는 군웅들의 난립과 그 많은 적들을 타도해야 합니다. 이렇게 본다면 초창 쪽입니다."

　위징(魏徵)이 반대쪽 의견을 냈다.

　"새로이 건국하게 되는 때는 그 전조가 있습니다. 나라 형세가 쇠하고 천하고 어지러워집니다. 그래서 새로운 인물이 나오면 백성들이 따르게 됩니다. 말하자면, 하늘이 내리고 백성이 떠받들게 되므로 새 왕조 창업은 어려울 것이 없습니다. 그런데 천하를 얻고 나면 어느 새 교만해 지고 태만을 일삼게 됩니다. 백성이 고통에 빠지게 되고 나라가 다시 쇠하여지는 것은 이런 데서 생겨납니다. 이렇게 본다면 수성이 더 초창보다 어렵다 하겠습니다."

　듣고 있던 태종이 말했다.

　"어렵다면 두 가지가 다 어렵다 하겠다. 초창의 어려움은 이미 지나간 일이 되었다. 이제부터 조심하여 수성의 어려움을 감당해 내야 할 것으로 안다."

　태종은 재위 23년에 걸쳐 널리 인재를 모아 적소에 임명하고 내치를 다져 수성함으로써 태평성대를 이뤄 냈다.

　그가 신하들과 나눈 문답들을 한 권의 책으로 편찬된 게 있다. 바로 정관정요(貞觀政要)다. 제왕학의 교과서로서 널리 읽히는 책이다.

脣亡齒寒(순망치한)

입술이 없으면 이빨이 시리다. 입술과 이는 서로 이웃관계에 있는 것과 같이 한쪽이 망하면 다른 쪽도 같은 운명을 걷게 된다는 것을 말한다. 떼려고 해도 뗄 수 없는 밀접한 관계의 뜻으로 쓰인다.

춘추좌씨전(春秋左氏傳) 희공오년조(僖公五年條)

일화

때는 춘추전국시대.

진나라 헌공은 주변의 작은 나라들을 합병해 나가며, 다음 차례로 괵나라로 쳐들어가기로 했다. 그런데 괵나라의 위치가 우나라 저편에 자리잡고 있어서 우나라를 가로질러가야 했다.

그 우나라 우공은 뇌물을 좋아하는 왕이었다. 전에도 진나라 헌공이 보내온 뇌물을 받고 길을 내어준 적이 있어 이번 요청에도 수락하려고 했다. 그러자 신하 궁지기(宮之奇)가 반대하고 나섰다.

"괵나라는 우리나라의 외곽에 해당합니다. 두 나라는 마치 표리의 관계에 있으므로 괵나라가 망하면 우리도 멸망하게 됩니다. 전처럼 진나라에 길을 열어주어서는 안 됩니다. 속담에 이르기를 '입술이 없어지면 이빨이 시리다(脣亡齒寒)'라고 했습니다. 이것은 바로 우리와 괵나라 사이를 두고 하는 말입니다."

우공은 이 말을 듣지 않고 길을 열어 주었다. 진나라의 뇌물에 눈이 어두웠던 것이다.

"안타까운 일이다. 우리나라는 올해를 넘기지 못하겠구나."

궁지기는 무언가 예견되는 게 있었던 모양이었다. 그날로 그는 가족들을 거느리고 우나라를 벗어나 어딘가로 사라져버 렸다.

그가 남긴 말대로 되었다.

그 해 8월에 괵나라를 치기 시작해서 12월에 멸망시킨 뒤, 돌아오는 길에 우나라까지 쳐서 없애 버렸다.

視吾舌(시오설)
내 혀를 보라. 말을 잘하는 것으로 영위하는 사람에게는 다른 것이 다 망가져도 세 치 혀만은 다치지 않아야 한다는 뜻이다.

사기(史記) 장의전(張儀傳)

일화

전국시대에 대우받았던 직업으로는 변설가가 있었다. 능수 능란한 말로 상대를 설득하는 이들은 제후에게 발탁되면 요직 에 앉을 수 있었다.

그래서 많은 무리들이 제후들을 찾아다녔다.

그들 중 장의(張儀)와 소진(蘇秦)이 가장 뛰어났고, 같은 문 하생이었다. 둘 다 당대에 권모술수에 능했던 귀곡선생 밑에서 수업을 받은 자들이었다. 하지만 언변 하나로 출세의 길을 트는 것은 쉬운 일이 아니었다.

장의가 초나라의 재상 소양(昭陽) 집에서 식객 노릇을 할 때의 일이다.

어느 날 소양은 연회를 열어 왕에게서 하사받은 보석 '화씨(和氏)의 구슬'을 보여 주었는데, 도중에 그게 사라져버렸다.

"누가 훔쳐 갔는가?"

"이 자리에서 그럴 만한 사람이라면?"

어수선해지더니 장의에게 시선이 집중되었다. 장의의 행색이며 모습이 보잘것없어 보였던 것이다.

"자백하라. 그러면 용서하마."

드디어 소양도 장의를 매질하며 다그쳤다.

"제가 훔치지 않았습니다."

나중에 혐의는 벗었지만, 그 과정에서 망신창이가 되도록 맞았다.

장의의 아내가 그를 보자 눈물을 흘렸다.

"기껏 공부해서 유세한답시고 그러더니 이런 변을 당했구려."

그러자 장의는 불쑥 혀를 내밀었다.

"내 혀를 봐. 아직 있소, 없소?"

아내는 어처구니없는 표정을 지으며,

"혀야 있지요."

"그럼 됐군."

대답한 장의는 아내에게 설명해 주었다.

"다른 곳은 다 망가지더라도 혀만 안전하면 되는 것이오. 혀가 있는 한 나는 입신양명할 수 있는 거요."

  그 말대로 뒷날 진나라 재상의 자리에 올랐다. 그는 세 치의 혀로 천하를 움직였던 것이다. 그가 주장한 연횡책은 중국 역사상 청사에 길이 남는 정책이었다.

暗中摸索(암중모색)

어둠 속에서 더듬어 찾는다. 확실하지 않는 일에 대한 해결의 실마리를 찾을 때 쓰이는 말이다.

수당가화(隨唐佳話)

 일화

측천무후 시대에 재상 허경종은 사람을 만나도 상대가 누군지 잊어버리고는 했다. 누군가 그의 기억력을 비웃자, 허경종이 그에게 이렇게 쏘아붙였다.

"당신 같은 사람이야 기억이 잘 안 되지만 하손, 유효작, 심약, 사조같이 문장에 뛰어난 사람을 만난다면 어둠 속에서 얼마든지 찾아낼 수 있는 것일세(暗中摸索)."

弱冠(약관)
스무 살의 나이. 젊은 날에 출세를 하거나 성공을 하면 약
관을 붙여 쓰이곤 한다. 약세, 약년, 약령이라는 호칭도 스
무 살을 말한다.

예기(禮記) 곡례편(曲禮篇)

일화

7세 : 도(悼) – 가장 어리다. 죄를 범해도 벌하지 않는다.

10세 : 유(幼) – 어리다.

20세 : 약관(弱冠) – 유약함. 성인이 되는 관을 씀.

30세 : 장(壯) – 건장함. 아내를 둔다.

40세 : 강(强) – 굳건함. 벼슬을 한다.

50세 : 애(艾) – 머리 희끗해짐. 정사에 참여한다.

60세 : 기(耆) – 늙어감. 자기 일을 타인에게 시킬 수 있다.

70세 : 노(老) – 늙음. 집안일을 자식에게 맡기다.

80세, 90세 : 모(耄) – 죄를 범해도 벌을 가하지 않는다.

100세 : 기(期) – 봉양을 받는다.

約法三章(약법삼장)

법을 세 가지로 요약하다. 복잡하게 많은 법규를 줄여 핵심
적인 세 가지로만 정한다는 뜻이다. 이른바 규정을 간략하
게 정한다는 뜻으로 쓰인다. 간단하므로 이 규정만을 지킨
다는 뜻에서 약속을 지킨다는 의미로도 쓸 수 있다.

사기(史記) 고조본기(高祖本紀)

일화

진나라를 무너뜨린 유방은 수도 함양에 입성했다. 궁궐 안
은 눈부시게 호화로웠고, 이것을 본 유방은 마음이 동했다. 수
많은 보물과 수천 명의 궁녀들이 그를 사로잡았던 것이다.

"여기서 머물겠다."

번쾌가 나서서,

"아니 됩니다."

성 밖에서 야영할 것을 권했다.

"싫다."

유방의 거절 의사에 이번에는 장량이 막았다.

"우리가 이길 수 있었던 것은 진나라가 이런 환락과 사치에
빠져 흥청거렸기 때문입니다. 그런데 똑같이 탐닉하신다면 진
나라 전철을 밟게 되는 것입니다. 좋은 약은 입에 쓰지만 병에
는 좋다는 말을 생각하시고 번쾌의 말을 따르십시오."

유방은 그 말에 따라 패수로 돌아왔다. 그런 뒤 여러 고을의
호걸과 노인들을 불러 민심을 듣고 그 대책을 내놓았다.

"진나라에는 가혹한 법이 많았소. 또 오랫동안 그것에 시달

려온 여러분입니다. 그래서 이렇게 하기로 했소. 사람을 죽이는 자는 사형에 처하고, 남을 중상하는 자와 도둑질하는 자는 형벌에 처하겠소. 단지 이 세 가지 법만 정해 시행하겠소."

이에 덧붙여 유방은 자신이 이곳에 온 뜻도 말했다. 횡포를 부리러 온 것이 아니라 갖가지 해악을 제거하기 위하여 왔다고 했던 것이다. 진나라 백성들은 기뻐하며 박수를 보냈다. 그리하여 유방을 왕으로 받들기 원했고, 그는 패왕이 되었다.

羊頭狗肉(양두구육)
양머리를 걸어놓고 개고기를 판다. 겉과 속이 다르다는 뜻이다. 겉은 좋은 것을 내놓고 실제로는 그렇지 못한 경우를 비유하는데 쓰인다.

항언록(恒言錄)

일화

춘추 시대, 제나라 영공(靈公)은 반반한 미녀를 남장시켜 놓고 감상하기를 좋아했다. 이 소문이 궁 밖으로 흘러 나가자 제나라 거리에 남장미녀가 유행했다.

"내가 그런다고 천민 너희들이 외람되구나! 못하게 하라."

영공이 화를 내며 금지령을 내렸지만, 여전했다.

"왜 그런가?"

영공의 의문에 신하 안자가 대답하기를,

"왕께서는 궁중 안에서는 여전히 남장을 허용하고, 궁중 밖의 백성들에게만 금지하는 것은 온당치 못합니다. 마치 양머리를 걸어놓고 개고기를 파는 것(羊頭狗肉)과 같습니다. 그렇기에 안에서도 금지한다면 궁 밖에서도 남장을 하지 않을 것입니다."

영공은 그 말에 따라 궁 안에서도 남장금지령을 내렸다.

하루도 안 되어 남장 여인의 모습은 거리에서 싹 자취를 감추었다.

梁上君子(양상군자)

대들보 위에 앉은 군자. 사람에게 쓸 때는 도둑의 뜻이 된다. 대들보에 쥐가 많이 다니므로 쥐를 가리키기도 한다.

후한서(後漢書) 진식전(陣寔傳)

일화

후한 말기를 살았던 진식(陣寔)은 대구현의 원님이었다. 그는 청렴하게 정사를 돌보았고, 성품 또한 온화했다.

어느 해에 흉년이 들자, 굶주리는 백성이 속출했다. 하루는 도둑이 진식의 집으로 들어와 대들보 위에 숨은 것을 눈치를 채고,

"도둑이야!"

소리쳐 잡을 수도 있었지만, 그러기를 그만두었다. 진식은

의관을 단정히 차려입고 아들과 손자를 불러들였다.

"내가 하는 말을 잘 들어라. 사람은 각자 스스로 힘써야 한다. 악을 행하는 사람이라고 해서 본래부터 악인이라고만 단정 짓지는 못한다. 평소 나쁜 습관이 성품에 배어들어 마침내 악을 행하게 되는 것이다. 여기에 있는 양상군자(梁上君子)도 그렇다."

위에서 듣던 도둑이 놀랐다. 대들보에서 뛰어내려와 이마를 땅바닥에 대고,

"죽을죄를 지었습니다. 저를 포박해 주십시오."

조아렸다. 진식이 온화한 미소를 지으며 타일렀다.

"네 모습을 훑어보니 악한 사람으로 보이지 않는다. 가난 때문에 그랬을 터이므로 반성하고 선한 사람이 되거라."

돌려보내면서 진식은 도둑에게 비단 두 필을 싸 주기까지 했다. 이런 일이 소문으로 퍼져 나가자 그 마을에서는 도둑 하나 얼씬거리지 않았다 한다.

漁父之利(어부지리)
어부가 취득한 이익. 둘이서 팽팽히 이해를 다투다가 제3자
가 그 이익을 챙기게 되는 것을 말한다.

전국책(全國策)

일화

전국시대 때다. 연나라는 인접해 있는 조나라와 제나라의
위협에 편안치 못했다. 그런 어느 해, 조나라가 침공해 들어오
려고 했다. 연나라 소왕은 변설가 소대(蘇代; 변설가 소진의
아우)를 조나라에 사자로 보냈다.

전쟁을 막기 위한 임무를 띤 소대가 길을 떠났다. 가는 도중
에 강을 건너다 조개와 황새를 보고 무릎을 쳤다.

소대가 조나라 혜왕 앞에 섰다.

"오는 길에 역수(易水) 강을 건너다가 커다란 조개가 입을
벌리고 햇볕을 쬐고 있는 모습을 보았습니다. 그때에 황새 한
마리가 날아왔습니다. 벌어진 조개의 살을 먹겠다고 주둥이를
밀어 넣었습니다. 기겁한 조개가 황새 주둥이를 꽉 물어 버렸
습니다."

"그 다음은?"

혜왕이 소대의 다음 이야기를 재촉했다.

"조개와 황새가 서로 양보를 하지 않은 것입니다.

황새가 '오늘도 내일도 비가 오지 않으면 넌 말라 죽게 돼'
하자, 조개도 지지 않고 '내가 오늘도 내일도 놓아 주지 않으

면 너야말로 죽게 될 걸'

　이렇게 티격태격 하고 있자, 때마침 어부가 지나가다가 보고는 웬 떡이냐 했습니다. 둘을 모두 잡아 버린 것입니다."

　"나를 찾아온 그대의 목적은 무엇인가?"

　"지금 귀국 조나라가 연나라를 치려고 합니다. 연나라라고 가만히 있지 않을 것입니다. 그러면 연나라와 조나라는 서로 양보하지 않고 팽팽히 맞서게 될 것입니다. 그렇게 되면 호시탐탐 노리고 있는 진나라가 어부 노릇을 하게 되지 않을까 염려스럽습니다. 대왕께서 깊이 헤아려 주시기 바랍니다."

　혜왕은 고개를 끄덕거렸고, 침공 계획을 포기했다.

　임무를 성공리에 마친 소대는 합종책의 주장자로 유명한 소진의 동생이다. 기지와 변설에서 형을 능가하는 기량가였다. 다만, 착상의 스케일은 형이 더 컸던 것으로 전해져 온다.

緣木求魚 (연목구어)
나무에 올라가 고기를 잡는다. 터무니없이 불가능한 일을 두고 말하는 것인데, 목적과 수단이 일치하지 못한 점에서 성공이 불가능한 비유로 사용된다.

맹자 공손추장

 일화

　"힘으로 남을 굴복시키는 것은 마음으로부터 복종하는 것이 아니다. 힘이 모자라 그러는 것뿐이다. 덕으로 남을 복종케 해야 한다. 마음속으로부터 즐거워하여야 진정으로 복종하는 일이다."

맹자는 이러한 왕도정치(王道政治)로 천하의 평화를 이루고자 여러 제후들을 찾아다녔다. 제후들은 일단 맹자의 인의를 인정했지만, 그것은 이론에 그친다며 외면했다.

제나라의 선왕(宣王)도 그런 임금 중의 하나였다. 선왕의 주된 관심사는 무력에 의한 제후국의 통일에 있었다. 맹자가 선왕을 만난 자리에서 이것을 간파하고,

"대왕께서는 천하통일의 패도(覇道)에 관심이 많으신데 우선 왕도에 대해 말씀드려도 좋습니까?"

하고 양해를 구했다.

"어디 말해 보시오."

"대왕께서는 군대를 일으켜 전쟁을 하신다면 신하들을 위기에 몰아넣는 일이며, 이것은 또 이웃 제후들과 원수를 맺는 일입니다. 그렇게 하셔야 마음이 유쾌하시겠습니까?"

"아니오. 그런 일로 내가 유쾌할 까닭이 없지요. 하지만 내가 군대를 일으키려고 하는 데는 내게 큰 욕구가 있기 때문이오."

"그 욕구라는 것이 무엇인지 들려주시겠습니까?"

선왕은 대답을 하지 않고 미소를 지었다. 그 자신은 무력으로 패업을 이루려는 것이고, 맹자는 인의의 왕도를 펼치려는 것임을 알고 있었기 때문이었다.

맹자 또한 선왕의 생각을 꿰뚫어 보았다.

"대왕께서 바라시는 게 무엇인지 알겠습니다. 영토를 넓히고, 진나라와 초나라 대국을 쳐서 굴복시키려 하십니다. 중국을 통일하여 저 오랑캐들까지 복종시키려 것이 아닙니까? 이

렇듯 무력으로 대왕의 욕망을 이루려는 것은 문제가 있습니다. 그것은 나무에 올라가 물고기를 구하려는 것(緣木求魚)과 다를 바 없습니다."

"내 희망이 그렇게도 엉뚱하단 말이오?"

"그렇습니다. 나무에 올라가 물고기를 구하는 것은 물고기만 얻지 못할 뿐, 손해를 보거나 후환은 없습니다. 그러나 전쟁으로 영토를 확장하게 되면 후환이 따르게 되어 백성은 고통에 빠지게 됩니다. 드디어 나라를 망쳐 큰 재난을 불러들이게 되는 것입니다."

맹자는 BC 4세기 후반, 공자의 정통적 후계자로 자처하며 인의(仁義)의 도덕을 펼치려고 제후들을 찾아다닌 인물이었다. 정치에 있어서는 인의를 바탕으로 한 왕도론을 주장한 유교의 사상가였다.

燕雀鴻鵠(연작홍곡)

제비나 참새가 어찌 기러기나 백조의 뜻을 알겠는가? 소인이 어찌 대인의 마음을 헤아리겠느냐의 뜻이다. 흔히 자신이 품고 있는 큰 뜻을 남이 몰라 줄 때 이 말이 쓰인다.

사기(史記) 진승세가(陳勝世家)

일화

진승(陳勝)은 진시황의 나라를 멸망으로 이끌어낸 역사의 한 인물이다. 젊은 날 남의 집 머슴살이를 지내던 때, 하루는 밭갈이를 하다가 엉뚱한 소리를 했다.

"먼 훗날 부귀를 얻게 되면 서로 잊지 말도록 합시다."

주인이 웃었다.

"미친 녀석! 남의 집 머슴살이 주제에 무슨 부귀냐."

진승은 탄식했다.

"아, 참새나 제비 따위가 어떻게 기러기나 백조의 뜻을 알겠는가?(燕雀鴻鵠)"

세월이 지나 진시황이 죽자, 곳곳에서 반란이 일어났고, 진승과 오광은 함께 그 선봉장이 되었다.

"왕이나 제후, 장군과 재상이라고 뭐 특별한 씨를 가지고 태어난 것은 아니다."

그 유명한 말 '왕후장상의 씨가 따로 없다'를 외치며 봉기군의 앞장에 섰다.

반란이 성공했다. 그가 꿈꾸었던 부귀영화를 거머쥐었지만 전쟁의 소용돌이 속에서 정신이 이상해졌다. 사람을 의심하고 시기심이 늘어나 신하들의 미움을 샀다. 진승은 피살당해, 그 부귀영화를 누리지 못했다.

五里霧中(오리무중)

5리나 낀 안개 속. 안개가 5리에 걸쳐 끼어 있다면 대단한 안개인 것이다. 누구나 방향을 잃기 마련이다. 사라져 어디에 있는지 모르거나, 마음이 갈팡질팡하여 어떻게 해야 할지 모를 때 쓰이는 말이다.

후한서(後漢書) 장해전(張楷傳)

일화

후한 중엽시대의 장해(張楷)는 학자로서 명성이 높았다. 제자가 많았는데, 이상하게도 벼슬하기를 싫어했다.

"산중에서 조용히 살겠다."

그 장해를 황제 순제(順帝)가 하남의 책임자로 불렀지만 역시,

"병이 깊어 나랏일을 하지 못하겠습니다."

거절을 하고 산속에 머물렀다.

장해는 도술에 관심이 많았다. 그 위력은 5리나 계속되는 안개(五里霧)를 일으킬 수 있었다.

하루는 배우(裵優)라는 자가 찾아왔다.

"제자로 삼아 주십시오."

그는 3리나 되는 안개(三里霧)를 일으키는 도술사였다. 장해는 자취를 숨겨 만나 주지 않았다.

그 후, 배우는 안개를 일으켜 나쁜 짓을 일삼다가 체포되어 문초를 받았다.

"어디서 이런 도술을 배웠는가?"

"장해로부터 배웠소."

가르친 적도 없는 장해는 억울하게 잡혀와 옥에 갇혔다. 그의 도술은 천하가 인정하는 것이어서 그런 사기꾼들이 나왔던 것이다. 장해는 곧 무죄로 판명되어 석방되었고, 그는 70의 장수를 누렸다고 전해 온다.

五十步百步(오십보백보)

오십보나 백보나 그게 그거다. 전투에서 50보 도망친 병사가 백보를 도망친 병사를 비겁하다고 한 고사에서 유래된 것으로 이치에 맞지 않는다는 것이어서 그것이 그것이라는 뜻이다.

맹자(孟子) 양혜왕편(梁惠王篇)

 일화

"내 뜻을 어느 왕이 실현해 줄 것인가?"

맹자는 때때로 하늘을 쳐다보며 이렇게 물어보았을지도 모른다. 인의(仁義)의 왕도정치를 펼치려는 그의 뜻에 대해 왕들은 패도정치를 일삼았던 것이다. 무력과 강압의 정치해 대해 줄기차게 반대한 맹자였다.

그런 뜻을 굽히지 않고 제후국을 다니던 맹자가 양나라에 들어가 혜왕을 만났을 때,

"방금 질문에 대해 말씀을 드리자면 오십보백보라는 것이지요."

　　하고 맹자는 자못 진지한 표정을 지었다.　　조금 전 혜왕은 그에게 만만찮은 질문을 던졌던 것이다.

　　"나는 나랏일을 제법 잘 해왔다고 생각해 왔소. 그런데 이상한 일이 생기고 있소이다. 이를테면 하내(河內)지역에 흉년이 들면 그 백성을 하동(河東)으로 옮기고, 하동의 남은 양식을 하내로 보내었지요. 물론 하동에 흉년이 들 때에도 역시 그렇게 하였습니다. 이웃 나라를 살펴보면 나처럼 마음을 쓰는 왕들은 없는 것 같습니다. 그런데도 이웃 나라의 국민이 줄어들지도 않고, 우리나라의 백성은 늘지도 않는 것이 무슨 까닭입니까?"

　　"왕이시여, 전쟁을 좋아하시니 전쟁을 비유로 말씀드리지요. 양군의 북이 울리고 병사들이 이제 막 칼을 맞대고 싸움이 시작되었습니다. 그런데 도망병이 생겼습니다. 도망치다 보니 다른 도망자도 있었습니다. 오십보를 도망친 자가 백보를 도망친 자를 향해 비웃었다면, 이것을 어떻게 여기시겠습니까?"

　　"우습군. 백보를 도망가지 않았을 뿐이지, 도망친 거야 마찬가지라 해야겠소."

　　"왕께서 이 이치를 아셨다면 백성이 이웃 나라보다 많아지기를 바라지 마십시오."

　　맹자는 백성을 위한 덕치를 말하고 있는 것이다. 혜왕이 정치를 잘한다고 스스로 자평했지만 실제로는 이웃 나라 왕과 다를 바 없다는 지적이었다.

　　"왕이시여, 사람이 굶어 죽어 그 시체가 길에 뒹굴어도 흉년 탓이라 한다면, 그것은 마치 사람을 칼로 찔러 죽이고 나서 내 탓이 아니라 칼 때문이라 하는 것과 다를 게 없습니다. 대왕께서는 흉년의 책임을 전가만 하지 않으신다면, 천하의 백성들이 자진해 모여들 것입니다."

　왕도정치의 요체는 민생을 안정시켜야 한다는 것임을 맹자는 양나라에 와서도 역설했던 것이다.

烏合之衆(오합지중)

까마귀 떼가 모인 것 같은 무리. 훈련이 되지 않은 어중이떠중이가 모여 이뤄진 군대를 말한다. 오합지졸(烏合之卒)로도 쓰이며, 통솔이 잘 되지 않는 일반 단체나 군중 등에도 사용되는 말이다.

사기(史記) 육가열전(陸賈列傳)

일화

　한나라 유방이 진(秦)나라를 치려고 움직이던 때이다. 진군 도중 잠시 진류(陳留)의 교외에 머무르게 됐다. 그날은 유방이 두 여인에게 발을 씻기고 있었는데, 세객 역식기가 찾아왔다.

　유방이 오만한 태도로 맞았다. 유방은 본래 언변으로 살아가는 세객과 유생을 싫어했다. 한번은 유생의 관을 벗겨 거기에다 오줌을 눈 일도 있을 정도였다.

　역식기 또한 읍만 했지 절은 하지 않고 뻣뻣한 자세로 찾아온 용건을 말했다.

　"진나라를 도와 제후들을 치려는 것입니까? 아니면 제후들을 이끌고 진을 치려는 것입니까?"

　유방은 발을 씻기고 있는 채 버럭 화를 냈다.

"빌어먹을 유생 같으니라고! 진 나라 때문에 천하가 긴 세월 고통을 받아 왔다. 당연히 제후가 모여 진을 치려는 것이다. 어찌 진을 도와 제후를 치는 일이 있을 수 있겠는가?"

역시기는 유방의 감정을 살피다가 기회를 놓치지 않고,

"그렇다면 무리를 모으고 의병을 규합해서 진나라를 치실 생각이라면, 거만한 태도로 장자(長者)를 만나서는 안 될 것 아니겠습니까?"

유방은 무슨 생각에선지 발 씻는 일을 중지시키고 의관을 정제했다. 조금 전의 태도를 사과하고 정중한 대접을 했다.

"그러시다면 천하의 정세를 말씀드리기로 하지요."

"어떤 계책으로 나가면 좋겠소?"

"지금부터 오합지중(烏合之衆)을 규합하고, 뿔뿔이 흩어진 병사들을 불러 모은다 해도 모두 1만 명이 되지 못할 것입니다. 이 정도로 막강한 진나라를 상대한다는 것은 마치 '호랑이 입에 손을 넣어 보는 격'입니다. 진류 땅으로 말할 것 같으면 요충지입니다. 사통오달의 교야(郊野)로 둘러싸여 있는 곳입니다. 쉽게 함락할 수 없는 성이며 또 성안에는 비축된 양식이 많습니다. 다행히 저는 그곳 현령과 친분이 있습니다. 그러니 저를 사자의 자격으로 삼으신다면 찾아가 항복하도록 주선해 보도록 하지요."

역세기가 말한 오합지중은 규합지중(糾合之衆)이라고도 하고 또 와합지중(瓦合之衆)으로도 쓰인다. 셋 다 같은 뜻이고, 통제가 결여된 군대를 가리키는 말이다.

屋上架屋(옥상가옥)

지붕 위에 지붕을 올려놓다. 본래는 옥하가옥이었지만 뒤에
와서 옥상가옥으로 쓰이게 되었다. 공연한 수고를 하거나
필요 없는 일을 이중으로 하는 것을 말한다.

세설신어(世說新語)

일화

시 '양도부'는 동진의 수도 건강(建康 : 지금의 남경)의 아
름다움을 노래한 글이다. 유증초의 이 작품은 곧 유명해져 입
에서 입으로 전해졌고 사람들이 앞 다투어 베껴 가는 일이 벌
어졌다.

하지만 탐탁하게 여기지 않는 사람들도 있었다. 그 중에서
태부 벼슬의 사안은,

"평가할 만한 가치가 없다. 마치 지붕 밑에다 지붕을 걸쳤을
뿐이다(屋下架屋)."

혹평했다. 옛사람의 것을 모방한 것에 불과하며 되바라진
작품이기 때문이라고 했던 것이다.

원래의 작품에다가 그것과 비슷한 작품을 만들어 놓았다는
뜻으로서의 옥하가옥이 뒤에 와서 옥상가옥으로 바뀌었다.

玉石混淆(옥석혼효)

옥과 돌이 섞여 있다. 좋은 것과 나쁜 것, 착한 것과 악한 것, 뛰어난 것과 뒤떨어진 것, 좋은 사람과 나쁜 사람이 뒤섞여 있어 구별되지 않는 것을 뜻한다.

포박자(抱朴子)

일화

'포박자(抱朴子)'의 저자는 갈홍(葛洪)이다. 그는 죽을 때도 앉은 자세에서 죽음을 맞았다. 안색은 산 사람과 다를 바 없었고, 시체도 굳어지지 않았다. 관에 넣을 때는 빈 껍질을 들어 올리는 것처럼 가볍기 그지없었다. 이를 보고 사람들이,

"과연 몸만 남기고 혼은 빠져나가 신선이 되었구나!"

놀라워했다. 신선도를 닦은 그가 남긴 포박자의 글은 다음과 같다.

"시경과 서경 같은 경전은 도의(道義)의 큰 바다라 한다면 제자백가의 글은 그 도의를 더 깊게 하는 강의 흐름과도 같다. 그런데 지금의 사람들은 그런 글보다는 천박한 시나 부(賦)를 좋아 즐길 뿐, 제자백가의 글은 거들떠보지 않는다. 말하자면 옥과 돌이 섞여 있는(玉石混淆) 것처럼 진짜와 가짜가 뒤바뀌어져 있다. 아악과 속악을 똑같은 것으로 보고, 용무늬의 옷을 풀로 짠 옷과 한 가지로 보고 있으니, 참으로 슬프기 짝이 없다."

臥薪嘗膽(와신상담)

장작 위에 눕고, 쓸개를 핥는다. 장작 위에서의 잠은 편안할 수 없고, 쓴맛은 혓바닥을 즐겁게 할 수 없다. 그렇듯 자신에게 고통을 주며 원한의 복수를 잊지 않으려는 것을 뜻한다. 그래서 고난과 역경을 극복하기 위한 채찍질의 뜻으로도 이 말이 쓰인다.

와신(臥薪)은 십팔사략(十八史略), 상담(嘗膽)은 월세가(越世家)

일화

"부차야, 내 말 잘 기억하라. 월나라가 이 아비를 죽였다는 걸 결코 잊지 말아라."

유언을 듣는 부차(夫差)는 주먹을 쥐며 맹세했다

"아버지, 결코 잊지 않겠습니다."

오나라 왕인 합려(闔閭)는 아들의 맹세를 들으며 눈을 감았다. 원통한 죽음이었다. 군사를 일으켜 월나라를 공격했던 것인데 월나라 왕 구천(勾踐)에게 패배하고 말았던 것이다.

장례를 치른 이후, 부차는 복수를 잊지 않기 위해 스스로 두 가지를 다짐했다. 하나는 안락한 침상을 버리고 장작 위에 누워(臥薪) 잠을 잤고, 또 하나는

"부차야, 월나라가 아버지를 죽인 사실을 잊었는가?"

하고 출입구에 사람을 세워 외치게 하는 일이었다.

부차의 이러한 복수 준비를 월나라 왕 구천이 전해 듣고 오나라를 선제공격했다. 전투는 불리하게 돌아가 구천은 회계산으로 도주해 갔다. 추격과 포위에 몰린 구천은 막바지에서 화친을 청했다. 모든 재물을 바치고 자신과 처자식은 노비가 되

겠다며 구차한 목숨구걸이었다.

"살려 주면 아니 됩니다. 이번에 월나라를 없애 화근을 뿌리 뽑아야 합니다."

부차는 재상 오자서(伍子胥)의 이러한 주장을 듣지 않았다. 화친을 맺었고 그 결과 뒷날 돌이킬 수 없는 후환을 당했다.

쓰라린 패배자 구천은 그날 이후, 이상한 태도를 보이며 기회를 엿보았다. 쓸개를 옆에 두고 밤낮을 가리지 않고 쓸개를 핥았고(嘗膽), 식사 때도 마찬가지였는데, 이러한 구천은,

"너는 회계산의 치욕(會稽恥辱)을 잊었는가?"

부차가 하던 것과 다를 바 없는 복수 준비를 했던 것이다.

20여 년이 흘렀다. 구천은 오나라를 쳐서 무너뜨렸다. 뒤늦은 탄식도 헛되이 부차는 자결해 아버지 곁으로 돌아갔다. 설욕한 구천의 회계치욕(會稽恥辱)이란 말도 이때에 생겨났다.

雄飛(웅비)

영웅 같은 비상. 씩씩하고 힘차게 뻗어나가는 기상을 나타내는 의미로 쓰인다.

후한서 조전전(趙典傳)

 일화

후한 말기에 정직하고 기개 있는 인물이라면 조전을 꼽았다. 황제 환제가 궁궐 안에 호화 연못을 지으려 했다.

"아니 됩니다. 검소한 생활을 하셔야 백성을 이롭게 합니

다.”

비서직을 맡고 있던 조전은 이렇게 서슴없이 간했다.

얼마 뒤 환제가 공로가 없는 제후에게도 봉토를 주려고 했
다. 대부분 신하들이 불만을 품었지만 감히 나서지 못했다. 그
러나 조전만은 황제 앞에 나아갔다.

“아니 됩니다. 그렇게 하시면 온몸을 바쳐 일하는 사람은 의
욕을 잃게 됩니다. 세상 또한 혼란해져서 안 좋은 일이 일어나
게 됩니다.”

이때의 직책은 외국사절의 의전을 맡는 관리였는데, 뒷날
강남정후(江南亭候)의 자리까지 올랐다.

그의 조카 조온도 그의 기질은 본받은 인물이었다.

“대장부는 수컷처럼 훨훨 날아야 한다(雄飛). 어떻게 암컷처
럼 엎드려만 있겠는가?”

벼슬을 사직하면서 남긴 말이었다.

愚公移山(우공이산)

우공이 산을 옮긴다. 멈추지 않고 꾸준히 한다면 어떤 일이
라도 반드시 이뤄 낼 수 있음을 의미한다.

열자(列子) 탕문편(湯問篇)

우공이 사는 집은 큰 산이 둘러싸인 곳이었다. 지형적으로
보자면 불편했다. 하루는 가족들을 불러놓고 이 문제를 꺼냈

다.

"산이 막고 있어서 어디를 가려 해도 불편하다. 한번 힘을 합해서 산을 깎아내 평지로 만들면 어떻겠니?"

반대한 사람은 그의 아내뿐이었다.

"당신의 힘으로 작은 언덕 하나 허물기도 어려워요. 그런데 이 큰 산을 허물겠다니 말도 안 돼요. 그 흙이나 돌은 어디다 버릴 셈이지요?"

"바다에 갖다 버리는 거지."

다음날부터 산을 허물기 시작했다. 90세의 우공과 아들과 손자들이 흙을 퍼내고 돌을 날랐다. 바다에 한번 다녀오는 데만 반년이 걸렸다.

이것을 보고 비웃지 않을 사람이 없었다. 그 중에서 지수라는 노인 대놓고 말했다.

"나잇살 들어 한다는 짓이 멍청하기 그지없구먼. 죽을 때까지 산 한 귀퉁이도 못 허물 걸세."

우공은 천만에였다.

"모르는 소리! 내가 죽으면 아들이 하게 되고, 그 뒤를 손자하고 또 손자는 그 자식을 낳고 하다 보면 아무리 큰 산이라 해도 무너뜨릴 수 있네. 산이 커질 리 없고 보면, 자자손손 하게 되면 평지가 되는 날이 오는 걸세."

지수는 할 말을 잃었다. 그때 두 사람의 대화를 듣고, 하느님은 우공의 열의에 감동하여 산을 먼 곳으로 옮겨 주었다.

鴛鴦之契(원앙지계)

금슬 좋은 부부 사이. 원앙은 그 사이가 금슬좋다 하여 예로부터 좋은 부부의 상징새로 불린다.

수신기(搜神記) 한빙부부(韓憑夫婦)

일화

전국시대의 눈물겨운 사랑이야기이다. 어느 날 강왕(康王)은 눈이 번쩍 열렸다.

"저 아름다운 여인은 누구인가?"

"한빙(韓憑)의 아내 하씨(河氏)입니다."

강왕은 미모의 하씨를 탐해 강제로 빼앗았다. 아내를 빼앗긴 한빙이 강왕을 몹시 비난했지만 그에게 돌아온 것은 아내가 아니라 감옥행이었다.

어느 날 강왕은 하씨가 한빙에게 보내는 글을 손에 넣었다. 그러나 무슨 뜻인지 알 수 없는 글이었다.

비가 많이 내리고 있으니

냇물이 불어나 깊어지고

해가 뜨게 되면 이내 마음이라.

가신(家臣) 소하(蘇賀)가 강왕에게 뜻풀이를 해 주었다.

"첫 행은 근심하여 그리워한다는 것이고, 둘째 행은 서로 왕래하지 못한다는 것이며, 마지막 행은 죽을 결심을 하고 있다는 뜻입니다."

아내보다 먼저 자결한 것은 남편 한빙이었다.

강왕이 하씨를 데리고 강변의 한 누대에 오른 어느 날, 슬픔을 감추고 있던 하씨는 그곳에서 아래로 몸을 날렸다. 왕이 재빨리 하씨의 옷자락을 잡았지만 그녀는 그 옷을 남긴 채 하염없이 떨어져 죽었다. 강왕은 옷을 펼쳐 보았다.

"아니, 이럴 수가!"

유서가 씌어 있었다.

"왕께서 좋아하시는 것은 삶이지만, 저는 죽음을 좋아합니다. 저의 시신을 남편과 합장해 주시기를 소원합니다."

왕은 그렇게 하지 않았다. 두 묘가 마주보도록 매장했다. 그러고도 강왕은 못내 분통을 터뜨렸다.

"너희 부부의 사랑은 절대로 다하지 못한다. 저절로 묘가 합해지는 일이 생긴다면 그거야 막지 않겠다."

묘가 저절로 합해질 리 없었다.

그러나 하룻밤 사이에 정말 기적이 일어났다. 커다란 나무가 두 묘 끝에서 자라나더니 부쩍부쩍 자라났다. 가지가 연결되고, 뿌리가 뻗어가 맞물리며, 서로를 끌어안듯 했다.

그 위로 원앙 한쌍이 깃들어 둥지를 틀었다. 아침 저녁으로 그 우짖음이 애절하게 슬펐다. 듣는 사람이 다 가슴 아팠다.

"한빙 부부의 영혼이 되살아난 거야."

사람들은 암수 원앙을 가리켜 한결같이 말했다.

그리고 그 나무를 상사수(相思樹)라 불렀다. 이때부터 '상사'라는 말이 생겨났다.

月下氷人(월하빙인)
달빛 아래의 노인과 얼음 위의 사람. 이 둘이 합쳐져 월하
빙인이 되었는데, 중매쟁이를 말한다.
속유괴록(續幽怪錄)과 진서(晉書) 예술전(藝術傳)

일화

첫 번째 이야기는 당나라 초기, 정관 2년 때의 일이다.

청년 위고(韋固)는 한 밤중에 이상한 노인과 마주쳤다. 송성 읍내는 달빛을 받아 환했다. 노인은 계단에 앉아 커다란 자루에 몸을 기댄 채 책을 읽고 있었다.

"무슨 책을 열중이 읽고 계십니까?"

"혼인에 관한 책일세."

위고는 또 자루를 보며 물었다.

"이건 또 무엇입니까?

"이 속엔 붉은 끈이 가득 들어 있지. 이것으로 결혼할 남녀를 매어 놓으면 반드시 맺어진다네. 아무리 원수지간의 운명이라 해도 말일세."

"그렇다면 제 아내가 될 사람은 어디에 있습니까?"

"알고 싶은가?"

"네."

"따라오게."

북쪽 마을로 데리고 간 노인은 시장에 이르러 한 노파를 가리켰다. 가난해 보이는 노파는 가슴에 갓난아이를 안고 야채

를 팔고 있었다.

"저 세 살짜리 여자아이가 장차 자네의 색시가 될 걸세."

실망한 위고는 그 아이를 죽여 버리겠다고 했다.

"죽이지 못할 걸. 복이 있는 아이지. 장차 낳을 아들 덕을 보게 되네."

노인은 홀연히 사라져 버렸다. 시장의 혼잡한 틈을 타 위고는 하인을 시켜 칼로 아이를 찔렀다. 가슴을 찌른다는 게 빗나가 양미간에 꽂혔다.

14년 후, 위고는 관원이 되어 상주(相州)에 체류하게 되었고, 그곳 태수의 17세 난 딸과 혼인했다.

신부는 아름다웠다. 한 가지 양미간에 꽃모양의 작은 종이를 붙이고 다니는 게 이색적이었다. 문득 오래 전 노인이 들려준 말이 생각났다. 정말 그런 것일까? 아내는 울면서 어릴 적 이야기를 들려주었다.

"저는 본래 양녀였어요. 아버지는 송성에서 관원으로 계시다가 돌아가셨지요. 젖먹이 때 유모할머니의 품에서 자랐지요. 채소를 팔아 가며 저를 양육해 주었는데 어느 날 습격을 받아 이마에 칼을 맞았어요. 다행히 빗나가 상처만 났을 뿐입니다. 이 때문에 종이를 붙이고 다닙니다."

위고는 그 자리에서 용서를 빌었다. 두 사람 사이에서 태어난 아이가 자라 재상이 되었고, 그 어머니는 조정에서 영지를 받기까지 했다.

월하노인(月下老人)이 그 날의 달빛 아래에서 위고에게 들려준 말대로 된 것이다.

두 번째 이야기는 진(晉)나라 점쟁이 색담에 관한 것이다.

그는 해몽가이기도 했다.

하루는 이상한 꿈을 꾼 사람이 찾아왔다.

"이름이 영호책(令狐策)이라는 사람입니다. 꿈속에서 얼음 위에 서 있었습니다(氷人). 아래를 보니 얼음 밑에 누군가 있어 말을 걸어 보았더니 대화가 되는 게 아니겠습니까? 무슨 얘기를 했는지 기억나지 않습니다만."

색담은 꿈풀이를 했다.

"얼음 위는 양(陽), 얼음 밑은 음(陰)인 것입니다. 양인 당신이 음인 누군가와 이야기했다는 것이 되겠군요. 그건 말하자면 남자와 여자를 맺어줄 일이 생겨난다는 것입니다. 얼음이 풀릴 즈음에 그런 혼사가 있게 되겠그려."

얼마 있지 않아 영호책에게 실제로 중매를 부탁하는 일이 생겼다. 전표라는 사람이 찾아와 아들의 중매를 청했던 것이다. 영호책이 맺어 준 짝은 장씨의 딸이었다.

얼음이 풀리는 봄날, 점쟁이 말대로 그 두 신랑신부는 식을 올렸다.

宥坐之器(유좌지기)
깨우침을 도와주는 그릇. 마음이 어느 한쪽으로 기울어지기
않도록 하기 위해 곁에 두고 보는 그릇인데 적정선의 마음
을 갖도록 하라는 뜻이다.

공자가어(孔子家語)

일화

지나치게 많거나 너무 적거나 하면 스스로 기울어지는 그
릇, 그러나 알맞게 차면 곧게 설 수 있는 그런 그릇이 있었다.
공자도 이 신기한 그릇에 대해 들은 적이 있었다.

주나라에 간 공자가 환공의 사당을 둘러보다가 그릇 하나가
눈에 띠었다. 의식에 쓰이는 그릇인데 이상한 생각이 들어 물
어보았다.

"늘 곁에 두고 보는 그릇입니다(有坐之器)."

곁에 있던 사당지기의 대답에 공자는 고개를 끄덕였다.

"그렇군요. 나도 들은 적이 있습니다. 이 그릇은 속이 비면
기울어진다지요? 그런가 하면 가득 채우면 엎질러지고, 물이
알맞게 차면 바로 선다고 하더군요."

이러한 그릇을 거기에 둔 것은 마음을 다스리고자 하는 데
있음은 물론이다. 가까이 두고 보면서 그 때마다 마음을 적정
선에서 유지하는데 도움을 받을 수 있는 것이다. 지나치거나
부족하거나 해서 인생이 그릇될 때가 많음을 경계한 것이라
볼 수 있다.

殷鑑不遠(은감불원)

은나라가 보아야 할 거울은 먼 데 있지 않다. 은나라가 거울로 삼아 나라를 다스리는 귀감이 멀리 있지 않고 바로 하나라 걸왕에 있다는 고사에서 온 말이다. 타인의 실패를 자신의 거울로 삼으라는 뜻이다.

시경(詩經) 대아편(大雅篇)

일화

달기는 수천 년을 두고도 잊혀 지지 않는 여자이다. 고대 은나라를 멸망의 나락으로 떨어뜨린 요부였고, 주왕은 이 여인이 없이는 하루도 견디지 못했다.

주왕의 처음은 지혜와 용기를 갖춘 군주였다. 그러나 공물로 받은 달기를 만나고부터 그 기상이 꺾여 버렸다. 매일 그녀의 환심을 사기에 바빴으며, 막대한 국고는 텅 비어 갔다.

'주지육림(酒池肉林)!'

넘쳐 나는 술과 여자들로 둘러싸인 방탕의 나날로 존엄한 궁전은 환락의 소굴로 굴러 떨어졌던 것이다.

보다 못한 충신들이 간곡히 간했지만 소용없었다. 주왕의 폭정은 날로 심해져 간하는 자는 죽음을 면치 못하거나 귀양살이었다. 이때의 간언에 다음과 같은 것이었다.

'은나라 왕이 거울로 삼아야 할 것은 먼 데에 있는 것이 아니라(殷鑑不遠) 하나라 걸왕 때에 있다.'

은나라는 탕왕이 세운 나라다. 탕왕은 하나라 걸왕을 무너뜨렸던 것이다. 걸왕은 공물로 보내온 말희라는 여인에게 빠져 정사를 돌보지 않다가 탕왕에게 멸망당했던 것이다. 이러한 고사를 이 간언이 담고 있었다.

그런데 주왕이 지난날 걸왕과 똑같이 달기라는 요녀에게 빠지고 추악한 주색으로 궁전을 더럽혔다. 백성은 도탄에 빠져 원성이 하늘에 치솟았다. 당연히 백성들과 제후들이 들고일어났다. 이때에 서발이 주왕을 멸망시켰다.

서발이란 인물은 은감불원을 간언했던 서백의 아들이다. 서백은 자신의 간언 때문 귀양을 면치 못했었다.

陰德陽報(음덕양보)

남모르게 쌓은 덕은 보답을 받는다. 드러내놓고 하지 않더라도 자신이 행한 덕은 언젠가 그 보답을 받는다는 뜻이다.

일기고사(日記故事)

일화

초나라의 손숙오(孫叔敖), 그가 어렸을 때의 이야기이다.

어느 날, 밖에서 놀던 소년 손숙오는 머리가 둘 달린 뱀을 보았다.

"큰 일 났구나. 이런 뱀을 보면 죽는다고 했는데."

더럭 겁이 나자 죽인 다음 땅에 묻어 버렸다.

집에 돌아왔지만, 마음이 놓이지 않았고, 밥도 먹지 않았다. 어머니가 아들을 보고 이상히 여겼다.

손숙오는 울면서 있었던 일을 이야기했다.

"네 생각이 이제 죽게 되었단 말이지? 다시 엄마도 볼 수 없는 저 세상으로 가게 되어 걱정이 된다는 말이지?"

"네, 어머니."

"그 뱀은 지금 어디에 있느냐?"

"저는 어쩌다 보게 되었지만, 다른 사람이 본다면 불행해지는 일이라 죽여서 땅에 묻고 왔습니다."

아들의 이 말을 들은 어머니는 얼굴을 부드럽게 하며 말했다.

"은밀히 선행을 하는 사람은 그 보답으로 복을 받는다고 한다. 네가 그런 생각으로 뱀을 죽였으니 그건 음덕이다. 그러니 그 보답으로 복을 받게 되지 죽을 일은 아니다."

어머니의 말대로 그는 복을 받았다. 장성해서는 초나라 장왕 때 재상의 자리에 올랐다.

疑心暗鬼 (의심암귀)

의심이 암귀를 낳다. 암귀란 밤귀신을 말한다. 의심하게 되면 그 의심하는 대로 보인다. 아무 것도 아닌 것을 가지고 의심쩍게 여기는 것을 이를 때 쓰인다.

열자(列子) 설부편(設符篇)

일화

도끼를 잃어버린 사람이 그걸 찾느라 마음이 편치 않았다. 아무래도 이웃집 아이가 수상쩍어 보였다.

"임마, 네가 가져갔지?"

물어보면 될 것인데 머뭇거렸다. 길에서 마주칠 때 보면 거동도 수상해 보였고, 안색이나 말투도 훔쳐 간 녀석의 태도로 보였다.

"모든 걸 보아도 저 놈이 도끼를 훔쳐 갔어."

내일이면 불러내 따지려다가 뒷산 골짜기에 갔다가 그곳에서 잃어버린 도끼를 발견했다. 지난번에 나무를 하고는 거기에 두고 깜빡 잊고 왔던 것이다.

다음 날 길에서 이웃집 아이를 마주쳤다.

"이젠 도둑놈으로 보이지 않잖아?"

다시 보아도 아이의 거동이나 얼굴색에 수상쩍은 데가 하나도 없어 보였다.

그렇다. 이웃집 아이가 달라진 것이 아니다. 자신이 달라진 것이기 때문이다.

사람은 남의 이야기를 들으면서 억단(臆斷)하는 경향이 있다. 억단은 자신의 생각에 따라 남의 말을 판단하기 때문에 일어나는 것이다. 그것은 마치 동쪽을 향해 앉아 있는 사람에게 서쪽의 담장이 보이지 않는 것과 같다.

一擧手一投足 (일거수일투족)

손 한번 들고 발 한번 옮기는 것. 조그만 일에 이르기까지 동작 하나하나를 통틀어 말할 때 쓰인다.

한유(韓愈)의 응과목시여인서(應科目時與人書)

일화

당나라 때의 시험제도에서 파생된 이야기이다.

당시 과거가 일반시험제도였는데, 특이하게도 응시생들이 미리 글을 지어 시험관에게 보낼 수 있었다. 시문을 통해서 자신의 역량을 미리 알릴 수 있었던 것이다.

한유(韓愈)라는 서생이 시험에서 몇 차례 떨어지자 시험관에게 글을 지어 보내게 되었다. 예부에서는 합격했지만, 이부에서는 계속 낙방했던 것이다. 그의 이 글에서 일거수일투족이라는 표현이 나온다.

큰 바다나 큰 강에는 괴물이 있다고 합니다. 이 괴물은 보통의 물고기나 조개 같은 종류가 아니라고 합니다. 물을 얻으면 풍우를 불러내 하늘에 오를 수 있지만 물을 얻지 못하면 어떻게 해볼 수 없으며, 수달에게 웃음거리밖에 되지 않습니다.

그렇다면 그 괴물이란 바로 저를 두고 하는 말입니다. 귀관께서 이러한 저를 가엾게 여겨 물이 있는 곳까지 데려다 주십시오. 이 정도의 일이란 마치 손 한번 들고 발 한번 옮기는(一擧手一投足) 하찮은 수고에 불과한 것이 아니겠습니까?

그렇긴 하지만 사람이란 각기 자기 나름의 긍지가 있어서 함부로 동정을 구할 수 없습니다. 그렇기에 생사마저 예측할 수 없는 게 인간인 것입니다. 다행히 지금 유력한 분이 제 앞에 서 계십니다. 그래서 시험 삼아 머리를 들어 명호(鳴號)해 보려고 합니다. 행여 손발을 조금만 움직이는(一擧手一投足) 수고를 마다하지 않으시고 저를 맑은 물로 데려다 주시는 일이 왜 없으시겠습니까?

저를 동정해 주시든 아니든 그것은 운명일 것입니다. 운명임을 알고 명호하는 것도 역시 운명이라고 생각합니다.

一諾千金(일낙천금)
한번 승낙은 천금이다. 천금이라면 큰 재물이라는 것인데 한번의 약속은 그것과 같다는 것으로 약속을 소중히 여기라는 뜻으로 쓰인다.

사기(史記) 계포열전(季布列傳)

 일화

초나라에 살았던 계포라는 사람은 신용만점의 대표적 인물이었다. 쉽사리 응낙 같은 것을 하지 않았지만 일단 응낙한 일에 대해서는 반드시 그 약속을 지켰다. 그래서 사람들은

"황금 백 근을 얻는 것은 계포의 일낙(一諾)을 얻는 것만 같지 않지요."

평판을 할 정도였던 것이다.

초나라 항우와 한나라 유방의 대결이 있게 되자 계포는 항우의 명을 받아 유방을 공격하며 괴롭혔다.

운명을 다하게 된 항우가 사면초가 속에서 자멸하게 되고 계포는 종적을 감추었다.

'계포를 잡아오는 자에게 포상함'

유방이 현상금을 내걸고 잡아들이려고 했지만 그의 자취는 묘연했다. 그를 숨겨 주는 자는 일족을 몰살한다는 포고령까지 내렸어도 잡아오는 사람이 없었다.

하지만 유방은 추적의 촉수를 늦추지 않고 계포를 뒤쫓았다. 위급해진 계포는 스스로 노예가 되어 노나라로 팔려 갔다. 그곳 주가(朱家)의 집에서 노예로 살던 도중 주인에게 신분이 들통이 났지만, 오히려 그를 지켜 주었다.

얼마 뒤 유방의 신하 하우영이

"계포를 사면해 주십시오. 그는 약속을 어기지 않는 훌륭한 인물입니다."

유방도 계포의 평판 앞에서 어떻게 해 볼 수 없었다. 그를 사면해 주고 장군으로 발탁해 인재로 썼던 것이다.

一網打盡(일망타진)
그물 하나로 모두 소탕하다. 투망을 던져 한꺼번에 많은 물고기를 잡는다는 뜻으로 일당을 한번에 몰아잡는 것을 뜻한다.

십팔사략(十八史略)

일화

"아니, 저 년이?"

내심 곽황후는 발끈했다. 인종(仁宗)의 곁에 붙어 있던 궁녀 하나가 곽황후가 들어서는 것을 보자 샐쭉 깔보는 시선을 보냈던 것이다. 그리고는 인종의 몸에 찰싹 안기며 어디 해볼 테면 해봐 하는 태도를 취하는 게 아닌가!

찰싹, 뺨을 때리는 소리와 함께 곽황후가 정신이 들고 보니 자신의 손바닥을 맞은 사람은 궁녀가 아니라 황제 인종의 얼굴이었다. 갑자기 인종이 그 사이를 끼어들었던 것이다.

송나라 황제 인종은 어머니의 뜻에 따라 곽황후를 맞아들였지만 아내에 대한 애정이 없었다. 인종은 궁녀를 총애했던 것이다.

그렇지 않아도 쫓아내려던 참이었는데 인종은 다음날로 재상 여이간을 불러 황후를 폐위하도록 했다. 여이간이 찬성했고, 다음날로 곽황후는 쫓겨났다.

이 사건으로 조정은 둘로 갈라졌다.

황후는 국모이므로 경솔히 폐해서는 안 된다는 젊은 정의파의 거센 항의에도 재상 여이간은 까딱하지 않고 오히려 그들을 지방으로 내쫓아 버렸다.

얼마 뒤 여이간이 은퇴하고 후임으로 인종의 측근 하송을 재상에 임명하려고 했다.

"하송은 재상감이 아닙니다. 겁쟁이인데다가 표리부동하는 인물입니다."

정의파의 세찬 반대에 하송 대신에 정의파의 두연(杜衍)이 재상에 올랐다. 두 파벌은 이제 서로 흠집을 내고 모략의 총력 전을 펼치는 대치국면으로 맞섰다.

마침내 기회가 왔다. 두연의 사위 소순흠(蘇舜欽)이 제사를 지내고 손님을 초대해 주연을 베푸는데 든 비용을 공금에서 유용했다는 혐의를 잡은 것이다. 인종의 측근파 왕공진(王拱 辰)은 소순흠의 무리를 투옥시키고 재상 두연까지 탄핵했다.

왕공진은 손벽을 치며

"내가 그물 하나로 모조리 소탕했다(一網打盡)."

기뻐했지만, 오래지 않아 그 기쁨은 나라를 더욱 어지럽히 는 일에 지나지 않았다. 일단 사위의 공금사건은 정의파의 천 하를 70일만에 끝나게 했다. 이윽고 북방의 금나라의 공격에 밀려 송나라는 남방으로 쫓겨나는 신세가 되었던 것이다.

一敗塗地(일패도지)
단번에 패배해 피와 창자가 땅을 도배하다. 회생불능의 철저한 패배의 뜻으로 쓰인다. 일반적으로 싸움에 패배해서도 사용된다.

사기(史記) 고조본기(高祖本紀)

일화

산속으로 도망쳐 은밀한 곳에 숨은 유방은 아내 여씨에게 한 가지 의문이 있었다.

"당신은 정말 내가 숨어 있는 곳을 잘도 찾는구려. 무슨 비법이라도 있소?"

"그야 있지요. 당신이 몸을 감추고 있는 곳에는 늘 구름기가 감돌아요. 그걸 보고 찾아가지요."

두 사람이 나눈 이 말은 뜻밖에 패현 지역으로 퍼져 나갔다. 그곳은 유방이 태어나 자라고 말단관원으로 있었던 곳이었다. 그 지역 젊은이들은 유방의 이러한 일화를 듣고 너도 나도 부하가 되는 자가 많았다.

유방이 산 속으로 도망친 데는 진시황제의 추적 때문이었다. 그 무렵 시황제가 한 가지 불안한 것이 있었다.

"동남쪽 지역에 새로운 천자가 일어날 기운이 서려 있습니다."

이런 불길한 보고에 시황제는 아예 죽여 버리라는 명령을 내린 반면 유방은 그것이 자기를 가리키는 줄 알고 도망쳤던 것이다.

몇 해 뒤, 진시황이 죽고 2세가 즉위하자, 진승이 반란을 일으켰다. 패현 지역도 반란의 소용돌이 휘말리면서 유방을 불러들이자는 데에 현령도 동의를 했다.

하지만 유방이 부하들을 거느리고 나타난 모습을 보자 현령은 그 위세에 위협을 느꼈다. 성문을 굳게 닫아걸고, 유방을 들이려 했던 소하와 조삼 두 사람을 죽이려고 했다.

두 사람은 다행히 성을 탈출해 유방을 찾아가 그간의 사정을 알려주었다. 유방은 편지를 화살에 매달아 성안에 있는 장로들에게 날려 보냈다. 천하의 정세가 거기에 써 있었다. 장로들은 현령을 죽이고 유방을 맞아들였다.

하지만 유방은 현령의 자리를 거절했다.

"천하가 혼란한 지금, 곳곳에 제후들이 일어나고 있습니다. 이런 때에 훌륭한 장수를 앞세우지 않으면 단번에 패배해 피와 창자가 땅을 도배하게 될 것입니다(一敗塗地). 이런 말씀을 드리는 것은 제 자신의 안전만을 생각해서가 아닙니다. 능력이 부족하기에 여러분의 생명을 지킬 수 없기 때문입니다. 그러니 새 현령을 저보다 훌륭한 인물로 선택해 주십시오."

장로들이 또한 거절했다.

"당신에게는 평소 불가사의한 일이 일어나고 있소. 귀인이될 운명인 것이오. 점을 쳐봐도 당신이 새 현령으로서 적격이오."

유방은 더 이상 거절하지 않고 패현의 현령이 되었다.

ㅈ

長袖善舞(장수선무)
소매가 길면 춤을 잘 출 수 있다. 돈이 많으면 장사를 잘 할 수 있다가 이 말의 짝을 이루고 있는데, 무슨 일을 하든 조건이 나은 사람이 좋은 성과를 거둘 수 있다는 뜻이다.
한비자 오두

일화

국가를 잘 보존하는 방법으로 무엇이 적합할 것인가? 이러한 고민은 고대 중국 지식인의 핵심적인 사고이기도 했다.

"지금 성행하고 있는 연횡책이나 합종책이 모두 국가를 보존시키는 데 좋은 방법은 아닌 것이다."

한비자는 이러한 역설을 하면서 다음과 같이 설명한 일이 있다.

"무릇 왕은 공격할 수 있지만, 그가 안정되면 공격할 수 없다. 강자는 공격할 수 있지만, 다스려지면 공격할 수 없다."

그런 뒤 다음 옛말 하나를 덧붙였다.

"소매가 길면 춤을 잘 출 수 있고(長袖善舞), 돈이 많으면 장사를 잘 할 수 있다."

자질이 많으면 교묘함을 쉽게 이룬다는 것이다. 이와 마찬가지로 정치가 튼튼하면 나라는 일을 도모하기 쉽고, 어지럽고 약한 나라는 계획을 세우기 어렵게 된다고 했다.

"그런데……."

한비자는 말을 이었다.

"주나라는 진나라를 떠나 합종을 하였지만 1년만에 공격을 받아 멸망했다. 그런가 하면 위(衛)나라는 위(魏)나라를 떠나 연횡을 하여 6개월만에 멸망했다. 이것은 주나라가 합종을 하다가 망한 것이고, 위나라는 연횡을 하다가 망한 것이다."

왜 그런 것일까? 한비자는 이에 대해,

"이것은 사용되고 있는 것이 지혜로운가 어리석은가 문제가 아니라, 그 국가가 제대로 다스려지고 있는가 다스려지고 있지 않은가 하는 바탕의 문제에 있는 것이다."

모든 조건이 잘 갖추어 있다 해도 만일 그 마음 자세가 바르게 서 있지 않다면 쓸모없이 된다는 것이다.

前据後恭 (전거후공)

전에는 거만했으나 후에는 공손해지다. 초라할 때는 사람들이 거만하게 대하지만 귀인이 되면 공손하게 굽실거린다는 뜻으로 쓰인다.

사기(史記) 소진열전(蘇秦列傳)

일화

연횡책이란 각국을 고립시켜서 차례차례 망하게 하는 방책을 말한다. 변설가 소진이 이 연횡책을 진나라 혜문왕에게 내어놓았지만,

"우리나라의 국력으로 보아 무리라고 생각될 것 같소."

이런 이유로 채택되지 못했다. 소진은 10여 차례나 거듭 제안했으나 소용이 없었다. 그의 생활은 더욱 궁핍해져 초라한 행색으로 고향으로 돌아갔다.

가족들은 그런 그의 귀향을 보고 혀를 찼다. 처자는 물론 형수와 부모에 이르기까지 찬바람이 돌았다. 그러나 소진은 집안의 냉대를 견디며 자신을 달랬다.

"모두 내 탓이다. 내가 닦은 학문이 미숙한 탓이며 부귀한 몸이 되지 못했기 때문이다."

깊은 자기반성이 있는 뒤부터 소진은 허벅지에 송곳을 찔러가며 더욱 공부에 몰두했다. 1년 후, 그의 학식은 심오해졌다. 그는 다시 길을 떠나 조(趙)나라에 들어갔다.

"각국이 연합하여 진나라에 대항하는 합종책으로 천하를 얻을 수 있는 비책을 연구했습니다."

소진의 뜻을 조나라 왕이 받아들였다. 소진은 무안군(武安君)에 봉해졌다. 하루아침에 벼슬자리에 오른 것이다. 그리하여 합종책의 책임자로 각국을 방문하게 되었다.

초나라에 들렀다가 조나라로 돌아가는 길에 고향을 지나가게 되었다. 소진의 여행은 국왕의 행차 수준이라 호사스러웠다. 지난번 귀향과는 하늘과 땅 차이었다. 그를 맞이한 가족들의 태도는 지난번과 같을 수 없었다. 모두가 머리를 굽실거리

고, 감히 얼굴을 들어 쳐다보지 못했다.

소진은 비위가 상했다.

"형수님, 지난번에는 거만하시더니 이번에는 공손하기 그지 없습니다. 이렇게 변하실 수 있는 것입니까?"

"그거야, 시숙님께서 출세하였으니까 그렇겠지요."

소진은 탄식했다.

井中之蛙(정중지와)

우물 안의 개구리. 본래는 우물 안의 개구리는 바다를 알지 못한다가 원문이다. 사물을 보는 식견이 좁거나, 치우쳐 있거나, 세상 물정에 어두운 것을 비유해 쓰이는 말이다.

장자(莊子) 추수편(秋水篇)

일화

황하의 신이 있었고, 북해의 신이 있었다. 하백을 황하의 신이라 불렀고, 북해약을 북해의 신이라 했다.

하백은 늘 생각하기를

"황하만큼 큰 곳은 없어."

하고 지냈었는데 어느 날 끝없이 펼쳐진 바다를 보고 깜짝 놀랐다. 때마침 북해약과 마주쳤다. 하백은 묻지 않을 수 없었다.

"도대체 이렇게 큰 게 뭔지 말해 주시오."

북해약이 설명해 주었다.

"우물 안 개구리에게 바다 이야기를 들려주어도 이해하기 어려울 것이오. 자기가 사는 곳에 구애받기 때문이 아니겠소? 마치 여름벌레가 얼음에 대해 말할 수 없으니 안다는 건 여름 밖에 없을 테니까 말이오. 한쪽만 아는 사람은 도를 알 수 없을 것이니 그건 자기가 배운 것에 속박되기 때문이오."

북해약은 거기까지 서두 삼아 말했다. 이제 핵심적인 한 마디 말로 끝내기로 했다.

"이제 그대는 좁은 지역을 나와 바다의 광대함을 알았소. 비로소 그대와 더불어 진리에 대해 이야기해도 좋게 되었다는 것이오."

糟糠之妻(조강지처)
술지게미와 쌀겨를 먹으며 함께 고생한 아내. 거친 음식을 먹으며 살 정도로 몹시 가난하고 천할 때 고생한 아내를 이르는 말이다. 그러한 아내이므로 함부로 내쫓아서는 안 된다는 뜻이 그 말의 뒤에 따라붙게 된다.
후한서(後漢書) 송홍전(宋弘傳)

 일화

후한의 황제 광무제는 호양공주라는 손위 누이를 두고 있었다. 남편과 사별한 뒤, 외롭게 살아가는 공주였다. 그런 누이가 은근히 재상 송홍(宋弘)에게 연정의 마음을 품고 있었다.

어느 날 오누이가 마주앉은 자리에서 광무제가,

"누님 보시기에 신하들 중에 어떤 인물이 마음에 드시는지요?"

물음에 공주는 송홍을 지목하며 대답했다.

"의연한 풍모도 좋거니와 덕행과 인품이 뛰어난 분이라 생각해요."

"알겠습니다. 어떻게 해 보겠습니다."

황제라 해도 신하를 불러놓고 누이를 아내로 삼아 달라고 부탁하기는 쉽지 않는 일이었다.

하루는 날을 잡아 주연상을 차려 놓은 다음 송홍을 불러들였다. 광무제 뒤로는 큼직한 병풍이 둘러쳐져 있었고 주안상 건너편에 송홍이 앉았다. 이런 저런 얘기가 오가다가 광무제가 속담 하나를 꺼냈다.

"높은 지위에 오르면 사귐을 바꾸고, 부자가 되면 아내를 바꾼다는 말이 있습니다."

"그렇습니다만?"

"그게 인지상정이 아니겠소?"

송홍이 대답했다.

"아닙니다. 가난하고 비천한 때의 사귐을 잊지 말아야 하고, 거친 음식을 함께 먹으며 고생한 아내(糟糠之妻)를 집에서 쫓아내면 안 된다고 들었습니다. 이것이 옳다고 생각합니다."

광무제는 더 이상 물어볼 게 없었다.

송홍이 물러갔다.

병풍이 흔들리고 그 뒤에서 호양공주가 나왔다.

두 오누이는 송홍이 나간 방문을 바라보며 아무 말도 못했다.

朝三暮四(조삼모사)

아침에 셋, 저녁에 넷. 눈앞에 보이는 차이만 알고, 결과가 같은지는 모른 것을 이르는 데 쓰인다. 요즘에는 교묘한 속임수를 써서 사기치는 것을 가리키는 말로 쓰이고 있다.

열자(列子) 황제편(皇帝篇)

일화

송나라의 저공(狙公)은 탁월하게도 원숭이를 잘 길렀다.

"너 어디 아파?"

물으면 원숭이는 알아듣고 아픈 데를 가리켰다.

"내가 무엇 때문에 슬퍼하는지 알겠니?"

역시 원숭이는 저공의 심정을 알아 챘다. 원숭이와 사람 간에 생각을 주고받을 정도로 저공은 원숭이를 사랑했다. 여러 마리를 가족처럼 길렀다. 그는 집안 식구들의 양식까지 줄여 가면서 원숭이들의 배를 부르게 해 주었다.

어느 땐가 갑자기 양식이 부족했다. 하는 수 없이 양식을 줄이기로 했지만, 그 일로 원숭이들이 자기를 따르지 않게 될지도 모른다는 생각이 들었다.

"너희들 이리 좀 와 봐라."

원숭이들이 저공의 앞으로 몰려들었다.

"오늘부터 너희들에게 도토리 주는 양을 조절하겠다. 아침에 세 개, 저녁에 네 개. 어떻게 생각하느냐?"

저공의 말이 미처 끝나기도 전에 원숭이들은 소리쳐 화를 냈다.

"그렇다면 이렇게 하면 어떻겠는가? 아침에 네 개, 저녁에 세 개. 만족하겠니?"

원숭이들 중 어느 하나 불만을 나타내지 않았다. 기뻐하는 원숭이를 바라보며 저공은,

"이 놈들 보게. 눈앞에 것만 볼 줄 알고 결과가 같은지는 눈치를 못 채는군."

내심 생각했지만 원숭이가 그것까지는 알아채지 못했다.

周公三笞 (주공삼태)

주공이 내린 세 차례의 매질. 엄격한 훈련과 교육을 받고 성장해야 바른 인간으로 성장한다는 것으로써 인간 교육의 엄격함을 강조하는데 쓰인다.

설원(說苑) 건본편(建本篇)

일화

"아니, 우리가 이렇게 매를 맞아도 돼?"

백금(伯禽)과 강숙봉(康叔封)이 대궐을 나서며 울분을 토했다. 두 사람은 막 성왕(成王)을 알현하고 주공(周公)을 만나고 나오는 길이었다.

"주공께서 어쩐 일로 우리를 매질하는지 알다가도 모를 일이야. 현인이라는 상자(商子)를 만나 물어 볼까?"

두 사람은 주공을 세 차례 만났는데 그 때마다 심한 매질을 당했고, 지금도 사정없이 맞고 나오던 중이었다.

그들 두 사람의 이야기를 듣고 난 상자가 말했다.

"두 분은 남산의 남쪽에 가 보시지 않겠습니까? 거기 가면 교(橋)라는 이름의 나무가 있습니다."

그들이 다녀와서 본 것을 이야기하자 상자는,

"그럼 다시 남산의 북쪽에 가 보시지요. 거기에 가면 재(梓)라는 이름의 나무가 있습니다."

일러줌에 따라 역시 두 사람은 다녀와 상자 앞에 마주 앉았다.

"그렇다면 이제 두 분이 본 것에 대해 비교해 말해 보십시오."

교나무는 가지들이 위쪽으로 쭉쭉 뻗어 있었고, 재나무는 아래로 낮게 뻗어 있었다.

"말씀 드리자면, 재나무는 자식의 도리를 뜻하는 것입니다."

상자의 집을 물러나온 두 사람은 다음 날 다시 주공을 찾았다. 이때는 들어서는 순간부터 다소곳한 몸가짐을 갖추고 마루에 무릎 꿇고 앉았다. 주공은 그들의 머리를 쓰다듬었다.

"어떤 군자가 너희들에게 가르쳐 주었느냐?"

"상자라는 현인을 만나 뵈었습니다."

"상자는 군자로구나."

이 날 이후부터 백금과 강숙봉은 공손한 사람이 되었다. 여기서 말하는 교나무는 아버지의 도리를 이르는 것이고, 재나무는 자식의 도리를 이르는 것이다. 엄한 교육의 장단으로 따지자면, 엄격한 가르침에서 자란 사람은 생각과 행동이 바름이 많다고 한다.

酒池肉林(주지육림)

연못 가득 술과 숲을 이룬 고기. 연못을 파 술을 채우고, 고기를 가득 쌓아 놓고 그 속에서 온갖 쾌락을 누리는 방탕한 생활을 뜻한다.

사기(史記) 은본기(殷本紀)

일화

"말희, 곧 완공될 상아로 꾸민 궁전은 네게 주는 거야."

하나라 걸왕은 애첩 말희를 껴안고 새 궁전을 상상하자 기분이 좋았다.

"그곳에서 네가 하고 싶은 대로 다 해봐."

걸왕의 말대로 상아의 궁전이 들어선 날 이후, 밤마다 쾌락의 향연이 그곳에서 벌어졌다.

"자, 보라구. 네 소원대로 3천명의 미녀들이 나와서 춤과 노래를 하는 걸 감상해 봐."

걸왕은 또 한 생각이 들어 궁전 한쪽에 연못을 파 바닥에 하얀 자갈을 깔게 했다. 향기로운 술을 가득 부어 놓자 주지(酒池)가 되었고, 그 주변으로는 고기를 숲처럼 쌓아놓고(肉林) 보니 즐길 만했다. 거기에 배를 띄우고 3천명의 미녀가 춤추며 노래하는 가운데 걸왕과 말희는 쾌락을 즐겼다.

세월이 흘러 은나라 시대에 와서 주왕도 걸왕처럼 사치와 향락을 일삼았다. 애첩 달기에 빠져 그녀가 원하는 것이면 국고를 다 털어 욕망을 채워주었다. 더하면 더했지, 지난날 걸왕과 말희가 했던 방탕 이상으로 놀아났다.

음탕한 곡조 '북리의 춤'과 '미미의 음악'이 흐르게 한 가운데 참석자는 남녀 고하 가릴 것 없이 알몸이 되어 질탕한 육체의 향연을 벌였던 것이다.

어떤 때는 향연이 밤낮없이 120일간을 계속한 적도 있었다. 백성들은 장야지음(長夜之飮)을 보며 탄식했다. 달기라는 애첩은 지글지글 사람을 불에 태워 단말마를 보고 들으며 색욕을 채우는 짓까지 했다.

그러한 걸왕이고 주왕이 오래 그 자리에 있을 리 없었다. 모두 백성의 원성을 사 비참한 최후를 맞았다.

竹馬故友(죽마고우)

죽마를 함께 타고 놀던 어린 적 친구. 죽마란 두 개의 대나무에다 적당한 높이의 발판을 만들어 타고 놀 수 있게 만든 대나무를 말한다. 어려서부터 친한 친구를 이르는 뜻이다.

후한(後漢書) 은호전(殷浩傳)

일화

촉나라 땅을 평정하고 돌아온 환온(桓溫)은 그 기세가 위풍당당했다. 그는 이제 실권을 장악하게 된 것이다.

하지만 황제와 그 주변 신하들은 염려했다.

"환온을 견제할 인물을 등용해야 합니다. 은호(殷浩)를 건무장군으로 쓰십시오."

은호는 학문에 조예가 깊어 현인으로 평판이 높았다. 얼마든지 조정에 나아가 벼슬을 할 수 있었지만, 그런 것에 관심을 두지 않았다. 그러나 황제의 부름을 계속 물리칠 수 없었다.

벼슬자리에 나아가자 이때부터 은호와 환온은 반목하는 사이가 되어 정적으로 돌아섰다. 본래 두 사람은 어릴 적 친구였다.

그리하여 두 사람이 돌이킬 수 없는 길로 갈라서게 된 계기가 왔다. 그 무렵 건무장군이 된 은호는 중원 땅으로 출정하게 되었다. 호족(胡族) 사이에 내분이 일어 이때를 타서 그곳을 회복하려고 했던 것이다. 명을 받고 출정한 그는 뜻하지 않게 대패하고 돌아왔다.

환온은 상소문을 올려 은호를 변방으로 쫓아버렸다. 쫓겨가는 친구를 바라보며 환온은 한 마디 했다.

"어릴 때 은호와 함께 죽마(竹馬)를 타고 놀았지. 내가 타다가 싫증이 나서 죽마를 버리면 은호는 그것을 주워서 놀았다. 그렇기에 그가 내 밑에서 머리를 숙여야 하는 것은 당연하다."

은호는 쫓겨간 변방에서 생애를 마쳤다. 환온이 그를 다시 불러들이지 않았던 것이다.

衆寡不敵(중과부적)

적은 것으로 많은 것을 대적할 수 없다. 흔히 힘이 모자라
거나 상대가 커서 어떻게 해 볼 도리 없을 때 이 말을 사용
한다.

맹자(孟子) 양혜왕편(梁惠王篇)

일화

맹자는 공자의 가르침을 따르며 실천하려던 학자며 사상가
였다. 여러 제국을 다니며 인의(仁義)를 설파하고 다녔는데,
제(齊)나라에 들어가 선왕을 만났다.

"왕께서는 방일(放逸)한 생활을 하시면서 나라를 강하게 하
고 천하의 패권을 장악하시려는 것은 마치 연목구어(緣木求
魚)같은 일입니다. 어떻게 생각하시는지요?"

"그대가 보기에 내가 터무니없어 보입니까?

"네, 그렇습니다."

"그렇다면 가르침을 더 자세히 해 주십시오."

"소국인 추나라와 대국인 초나라가 싸우는 일이 생긴다면,
왕께서는 어느 쪽이 이기리라 생각하십니까?"

"그야 초나라일 것입니다."

"그렇다면 소국은 대국을 이길 수 없으며, 소수는 다수를 이
길 수 없다(衆寡不敵)는 것이 됩니다. 약자는 강자에게 지게
된다는 것입니다. 천하는 지금 사방 아홉 나라가 다투고 있습
니다. 제나라도 그 나라 중 하나입니다. 하나로 다른 여덟을
복종시키려면 조금 전 말씀 드린 대로 추나라가 대국인 초나

라에 대적하는 것과 다를 바 없습니다."

"뜻을 조금 더 풀어 들려주십시오."

맹자는 방문의 목적이기도 하며 그의 핵심 정치사상인 왕도론을 말했다.

"힘으로써가 아니라 덕으로써 백성을 기쁜 마음으로 복종케한다면 천하통일을 쉽사리 얻을 수 있을 것입니다."

中原逐鹿 (중원축록)

중원의 사슴을 쫓아 잡는다. 즉 진나라를 멸하고 천하를 손에 넣는다. 권력이나 지위를 얻기 위해 서로 경쟁하는 것을 뜻한다.

사기(史記) 회음후열전(淮陰侯列傳)

일화

"괴통의 말을 들었더라면 내가 원통하게 죽지 않을 것을!"

명장 한신이 죽어 가며 이렇게 가슴을 쳤다. 숙적 항우를 꺾고 천하를 통일한 유방은 공신들을 차례로 잡아죽이고 있었던 것이다. 백전백승의 한신 또한 이렇게 사라져 갈 줄 꿈에도 몰랐다.

한신은 죽어 가며 지난날 제나라의 옛땅을 평정했을 때의 일을 떠올렸다. 제나라 사람 괴통이라는 자가 진중으로 찾아왔다.

"당신은 큰 인물입니다. 초나라와 한나라 어느 쪽에 붙어도 천하는 당신이 붙은 쪽의 것이 됩니다. 그러한 당신인데 한나라에 몸을 담고 있는 게 이상하지 않습니까? 이쯤에서 중립을 선언하고 잘 조정만 한다면 한과 초는 싸움을 그만두게 될 것입니다. 그러면 천하의 사람들은 당신을 고맙게 여길 것이고, 경우에 따라서는 한과 초, 그리고 당신으로 삼분천하를 이룰 수도 있습니다.”

한신은 유방의 융숭한 대접을 생각하고 반기를 들지 않았다. 이제 그 한신은 유방의 제거에 죽임을 당하고, 괴통 또한 유방 앞에 불려왔다.

“그대는 일찍이 한신을 부추겨 모반을 꾀한 일이 있다지?”

“그렇습니다. 한신이 내 말을 들었더라면 천하는 결코 당신의 손에 들어가지 못했을 것입니다.

“이런 고약한 놈, 저것을 삶아 죽여라.”

끌려가던 괴통이 억울하다며 소리친 끝에 뭐라고 말했다. 유방이 잠시 귀를 기울였다.

“그를 살려 주어라.”

유방이 들었던 것은 이러했다.

진나라가 문란해지자 영웅이 각지에서 일어나 진이라는 사슴을 쫓기에 이르렀다. 그 중 신장이 크고, 발이 빠른 유방이 그 사슴을 얻게 되었다. 괴통 자신은 한신만을 알고 있었을 뿐 유방을 알지 못했던 그 때에 한신을 만나 천하삼분에 대한 타당성을 들려주었다고 했다. 이런 내용을 서두로 한 괴통은,

“군사를 일으켜 폐하처럼 천하를 노린 자가 어디 한 둘도 아니었습니다. 아시다시피 다른 자들은 다 힘이 모자라 쓰러지고 말았습니다. 그런데 천하가 평정된 지금 난세 때에 폐하처럼 천하를 노렸다고 해서 그것이 못마땅해 이제 저를 삶아 죽

이시려는 것입니까?"

이것은 도리에 어긋난다고 했다. 유방은 할 말이 없었다. 괴통을 살려 주었을 뿐만 아니라 용서까지 해 주었다.

指鹿爲馬 (지록위마)

사슴을 가리켜 말이라 하다. 백을 흑이라 하는 것과 같이 옳지 못한 것을 강요하여 사람을 함정에 빠뜨리는데 쓰이는 말이다. 윗사람을 농락하여 제멋대로 권력을 휘두르는 것을 가리키는 의미도 된다.

사기(史記) 진시황본기(秦始皇本紀)

 일화

진시황제가 죽었다. 세상은 다시 피바람이 불 것이다. 환관 조고(趙高)는 가짜 조서를 꾸며 시황제의 맏아들 부소(扶蘇)를 죽음에 몰아넣었다.

이제 부고 대신 호해(胡亥)를 황제가 되게 한 마당, 조고는 그의 정적인 승상 이사마저 손쉽게 제거하고 황실의 권력을 틀어쥐었다.

"세상은 이제 내 것이야."

적수가 없게 된 조고는 한 가지 걱정이 되는 게 있었다. 조정의 대신들이 자기를 따르는 것인지, 황제를 따르는 것인지 그것이 궁금했다.

하루는 조고가 사슴을 황제에게 바치면서

"이건 말입니다."

하자, 황제가 웃었다.

"이상한 말을 승상이 다 하는구려. 어째서 사슴을 가리켜 말이라 하오(指鹿爲馬)?"

조고는 계산한 바가 있었다. 좌우에 늘어선 대신들이 의아한 눈길을 보내며 무슨 일이 벌어질지 기다렸다. 황제는 멋도 모르고 대신들에게 물었다.

"사슴인지 말인지 그대들이 말해 보오."

어떤 신하는 얼굴을 숙인 채 잠자코 있었고, 어떤 신하는 말이라고 아첨했다. 사슴이라고 직언하는 신하도 있었다. 그 때마다 조고는 그 한 사람씩 그들 심중에 누구를 따르는지 헤아려 두었다. 얼마 뒤 자기를 따르지 않는 자들은 누명을 씌워 제거했다. 이 사건이 있고 나서 환관 조고를 두려워하지 않는 신하는 없었다.

知彼知己 百戰不殆(지피지기 백전불태)
적을 알고 나를 알면 백번 싸워도 지지 않는다. 상대를 아는 것이 승리의 지름길임을 말할 때 쓰인다.
손자(孫子)

 일화

"피를 뿌려 가며 승리하는 것은 하책 중의 하책이다."

이렇게 말한 손무(孫武)는 손자병법(孫子兵法)을 남긴 인물이다. 그는 춘추시대 때 오나라 왕 합려를 도와 패업을 이뤄낸 당대의 전술가였다.

손자병법에서 싸우지 않고 승리하는 것을 가리켜 그는,

"상책 중의 상책."

이라고 했다. 계략을 써서 상대의 전의를 꺾는 것을 제일로 쳤던 것이다. 그는 백전백승을 그다지 좋아하지 않았다.

"백번 싸워 백번 이긴다는 것은 계책으로서 상책이 아니다. 싸우지 않고 적을 굴복시켜라. 그것이 최고다."

항상 이 최고책만을 쓸 수 있게 천하의 상황이 돌아가는 것은 아니잖는가? 적군과 마주 싸우는 사태도 벌어지기 마련이다. 그는 이것에 대해서도 명쾌하게 말했다.

"상대를 알고 자기를 아는 자는 백 번 싸워도 지는 법이 없다. 자기라도 알고 상대를 알지 못하는 자는 한 번 이기고 한 번 진다. 그런데 상대도 모르고 자기도 모른다면 싸울 때마다 패한다."

盡忠報國 (진충보국)

충의를 다해 나라의 은혜에 보답하다. 국운이 위태할 때에 목숨을 내어 놓아 나라에 보답해야 한다는 뜻으로 쓰인다.

북사(北史) 안지의전(顔之儀前)

양(梁)나라 선제가 죽고 뒤를 이어 그 아들 정제(靜帝)가 왕위에 올랐다. 조정에서는 의견 대립으로 시끄러웠는데, 정제 나이가 너무 어렸다. 어린 황제의 뒤에 후견인을 세우느냐 마느냐로 논란이 그치지 않았다.

　이때에 유방(劉昉)) 등을 비롯한 신하들은,

　"수나라의 양견(楊堅)을 맞아들여 재상으로 삼아 후견인이 되면 좋소이다."

　라고 한 반면 안지의 등을 비롯한 신하들은,

　"그건 나라를 파는 것과 같은 짓이오."

　반대가 만만치 않았다. 반대파의 간곡한 입장은 이러했다.

　"우리는 그간 조정의 은혜를 입어 왔다. 그러니 지금이야말로 진충보국해야 할 때다. 타국 사람을 끌어들여 국운을 맡기는 것은 있을 수 없다. 이제 그렇게 된다면 죽어서 나라에 보답하는 수밖에 없는 일이다."

　어떻게 되었을까? 유방 일파의 뜻에 의해 양견을 재상으로 맞아 정제를 보좌하게 했다.

疾風知勁草 (질풍지경초)

거센 바람이 불면 강한 풀인지 알 수 있다. 역경과 고난을 겪게 되어야 그 사람의 진목면을 알 수 있다는 뜻으로 쓰인다.

후한서(後漢書) 왕패전(王覇傳)

전한(前漢) 말기, 녹림군(綠林軍)이 봉기하여 불길처럼 번져 갔다. 그들은 대부분 농민들이었다. 왕망이라는 자가 한 왕조를 빼앗아 신(新)나라를 세워 악정을 일삼자 분노했던 것이다.

이때에 무너진 한 왕조의 일족인 유수도 병사를 일으켜 궐기부대가 영양에 이르렀다. 그 지방의 왕패라는 자가 병사들을 데리고 자청하여 합류했다. 이렇게 해서 1만명이 된 유수의 군대는 왕만군과 격돌했다. 상대는 40여만명이었는데도 병력이 적은 유수군이 대승했다

새 황제로 갱시제를 옹립했다. 그런데 언젠가부터 유수는 자신의 신변이 위협받고 있다는 것을 알았다. 출정한다는 명분을 대고 갱시제의 허락을 받아 길을 떠났다. 이때에 왕패도 종군해 그를 따라갔다. 온갖 고난이 따르는 원정이라 이탈하는 병사들이 많았다.

"보아하니 끝까지 나를 따르는 자는 너뿐이구나. 거센 바람이 불어야 비로소 강한 풀임을 알 수 있다고 했다(疾風知勁草)."

유수가 이렇게 자신을 인정해 준 것을 왕패는 잊지 않았다. 뒷날 호족 왕랑군에 몰려 위기에 처한 유수를 왕패는 목숨을 걸고 구해 주었다. 얼마 뒤 유수는 후한의 황제가 되었다. 유수의 왕패에 대한 신임은 변치 않아 그를 태수로 임명하며 중용했다.

天高馬肥(천고마비)
하늘은 높고 말은 살이 찐다. 본래는 흉노족의 침입에 관한
말이었다. 이것이 변해 지금은 좋은 계절로서 가을을 지칭
하는 뜻으로 쓰인다.

한서(漢書) 흉노전(匈奴傳)

　중국 북방에서 위세를 떨친 흉노는 사나운 민족이었다. 2천
여년간 세력을 뻗친 그들이라 이들 퇴치는 숙원이었다. 순식
간에 바람처럼 쳐들어왔다가 노략질을 한 다음 바람같이 사라
져 갔다. 진시황이 만리장성을 쌓아 방어벽을 쳤던 것도 이 때
문이었다.

　흉노는 목축과 수렵으로 생활을 했다. 그들 앞에는 광대한
초원이 펼쳐져 있어 교통수단으로 말이 중요했고, 말들은 봄
에서 여름에 이르는 동안 대초원에서 풀을 배불리 먹을 수 있
었다. 가을철에 접어들면 자연히 살이 쪄 아주 좋은 말로 자랐

다.

　하지만 겨울이 오면 맹추위가 닥쳐 먹을 것이 없었다. 말은 마르고 사람은 굶주렸다.

　이를 해결하기 위해 흉노는 가을에 따뜻한 남쪽으로 내려와 쳐들어오고는 했다. 쾌청한 가을 하늘 아래 살찐 말을 타고 밀려든 그들은 겨울에 먹을 양식을 노략질했던 것이다.

　이 때문에 가을이 오면 국경의 병사들은 바빴다. 성채에서 칼을 갈고 화살을 다듬었다고 기록은 전한다.

　"흉노는 가을에 온다. 말은 살찌고, 활은 굳세다."

　천고마비(天高馬肥)는 본래 이러한 흉노족과의 대결국면에서 생겨난 역사적 배경을 가지고 있는 것이다.

千里眼(천리안)
천리를 보는 눈. 먼 곳의 일까지도 잘 꿰뚫어 보은 안목을 이르는 말이다.

위서(魏書) 양일전(楊逸傳)

일화

　광주 태수 양일(楊逸)이 죽자 모두가 슬퍼했다. 시골 구석 어디에서도 그를 애도하지 않는 백성이 없었다.

　"참으로 아까운 사람이 죽었구나."

　양일의 나이 32살이었다. 그에게는 미담의 일화가 많았다.

　3년전, 심한 기근이 들어 굶어 죽어 가는 자들이 속출했다.

곡물 창고를 열어 식량을 배급하려고 했다. 하지만 관리들이 조정의 허락이 없다며 열지 않았다.

"무슨 소린가! 백성이 먹을 것이 없어 고통 받는데 이런 일이 있을 수 없다. 문책이 있게 된다면 내가 대신 받겠다."

그런 뒤 일양은 조정에 보고했다.

"일양은 잘못을 저질렀다. 문책해야 한다."

"백성을 먼저 생각한 일은 잘한 것이다."

비난과 찬성으로 양립한 가운데 황제는 일양의 조치를 칭찬했다.

황제의 인정까지 받은 일양은 관원과 병사들이 민폐를 끼치지 않도록 양식을 휴대하게 했고, 백성을 괴롭힌 관리는 엄중히 다스렸다. 분위기는 일신되고 관원이나 병사들은 사람들에게 음식 한 그릇 대접받기를 사양했다.

"우리의 태수는 눈이 천리안이라 도저히 속일 수 없다."

양일의 백성을 생각하는 지도력이 이렇듯 속속 스며들었던 것이다. 하지만 양일은 황제위를 노리는 일당의 미움을 받아 죽임을 당하고 말았다. 사람들은 제단을 마련하고, 30일이 넘도록 향불을 끄지 않았다. 그리고 꽃을 바쳐 명복을 빌었다.

天衣無縫(천의무봉)
천사의 옷은 바느질한 데가 없다. 사람의 인품이 꾸밈새가 없이 천진난만하거나, 시문(詩文) 등이 기교를 부리지 않고 자연스러운 완전미를 보일 때 이 말이 쓰인다.
영괴록(靈怪錄)

일화

"허락을 하마."

천제(天帝)의 말이 떨어지자 천상의 직녀는 기뻤다. 인간세상의 청년 곽한을 마음 놓고 사랑할 수 있게 된 것이다. 그리하여 직녀는 밤마다 지상으로 내려갔다.

칠석날이 되어 직녀는 닷새 동안 지상에 내려가지 못했다. 그녀가 다시 찾았을 때, 곽한이 어두운 표정이 되어 물었다.

"견우님과의 상봉은 어떠하였습니까?"

직녀가 웃으며 대답했다.

"천상은 지상과 같지 않습니다. 그곳에서의 정교(情交)라는 것은 마음과 마음이 서로 통하는 것입니다. 그러니 이 세상의 것과는 다르지요."

"그렇긴 하지만, 오랫동안 발길을 끊었지 않았습니까?"

"질투하시는 겁니까? 사실 천상의 하룻밤은 지상의 닷새에 해당되는 것이지요."

그녀는 그날 밤 특별 요리를 내어놓았다. 이러한 곽한을 생각해 천상의 요리를 가져온 것이다. 이 세상에서는 없는 것들이었다. 곽한은 신기한 요리를 먹으며 직녀를 바라보다가 놀랐다. 입고 있는 옷이 보통으로 보이지 않았다.

"네, 천상의 옷입니다. 바늘이나 실로 바느질하지 않지요."

정말 바느질한 데 없고 실 지나간 자리 하나 없었다. 청년 곽한은 아름다운 옷을 입은 직녀와 꿈같은 세월을 보냈다.

그러나 천제가 내린 기한이 찼다. 인연은 끊어지고 더 이상 직녀는 이 세상에 오지 않았다. 곽한이 아내를 맞았지만, 직녀에 대한 사모의 정을 버리지 못해 그 결혼은 불행했다.

鐵面皮(철면피)

낯가죽에 철갑을 두름. 뻔뻔스럽고 염치를 모르는 사람을
일컬어서 쓰인다.

북몽쇄언

일화

진사 왕광원은 출세욕이 남달리 강한 위인이었다.

한 권력자의 집을 찾았을 때의 일이었다. 문전에서부터 내
몰렸다.

"썩 물러가지 않으면 이 채찍으로 맞을 줄 알라구."

그래도 왕광원은 굽실거리며 안으로 들어가고자 했다. 이렇
듯 굴욕을 감수하며 권력자의 눈에 들려고 온갖 수단을 썼던
것이다. 때로는,

"이 버러지 같은 놈아."

무례함을 당해도 아첨을 하느라 그런 따위는 의식도 하지
않았다. 오히려 웃어 넘길 정도였다.

"허허, 왕광원이라는 자는 넉살도 좋아."

"그러게 말이야. 광원의 낯가죽은 두껍기가 열 겹의 철갑과
같구나."

출세를 위해 간도 쓸개도 내놓는 게 아니라 아예 얼굴에 철
판을 깐 것이다.

青天白日(청천백일)

푸른 하늘의 밝은 태양. 말 자체로는 밝고 맑은 한낮을 말
하는 것이지만, 꺼릴 것 없는 결백을 뜻하는 말로 쓰인다.

한퇴지(韓退之)의 여최군서(與崔郡書)

당나라 한퇴지에게는 최군(崔郡)이라는 친구가 있었다.

최군은 양자강 남쪽의 선성으로 부임해 가 있었는데 그런
그에게 편지를 쓴 게 '여최군서(與崔郡書)'이다.

그 내용은 어서 돌아와 주었으면 좋겠다는 것과 친구에 대
한 이러저러한 말이 있음을 서두에 전한 다음, 한퇴지는 그런
사람들에게 자기가 무슨 대답을 했는지를 썼다.

자네는 내 친구 중에서 마음이 밝고 참으로 순수한 사람이네.
그런 자네에게 의심을 품는 자는 자네에 대해 이렇게 말하는 게
아닌가.

"아무리 군자라 해도 좋고 나쁜 감정이 있게 마련이다. 그런데
최군에게는 모두가 마음으로부터 복종한다는데, 과연 말처럼 그
렇게 훌륭한 사람이 있을 수 있겠는가?"

나는 이 사람의 말에 대해 이렇게 대답했네.

"봉황새와 지초(芝草=靈芝)는 누구라 할 것 없이 모두 아름답
고 상서롭게 여기네. 또한 푸른 하늘 밝은 해(靑天白日)는 노예
라 하더라도 그 맑고 밝음을 알고 있지. 이를 음식에 비유한다면

다른 지방의 색다른 맛을 좋아하는 자도 있는가 하면 그렇지 않은 자도 있는 것일세. 그렇기는 해도 쌀이나 회 음식은 누구나 좋아하지 않는가?"

한퇴지는 친구 최군의 청렴을 말하려는 게 아니라, 훌륭한 인물은 누구나 알아본다는 뜻으로 청천백일을 썼다고 한다.

寸鐵殺人(촌철살인)
손가락 크기의 하나로 상대를 찌른다. 이때의 철은 칼을 뜻하게 되는데 한 치도 되지 않는 칼로 상대를 죽인다가 된다. 한 마디 날카로운 말이 상대의 허점이나 급소를 찌른다는 것으로 날카로운 경구(警句)의 뜻으로 쓰인다.
나대경(羅大經) 학림옥로(鶴林玉露)

일화

남송시대 때, 학자 나대경의 집에는 사람의 발길이 끊이지 않았다. 밤에 이르기까지 손님들과 담소를 나누는 광경은 흔한 일이었다.

이러한 그는 손님과 주고받는 갖가지 이야기를 허공에 없애지 않았다. 꼭 시동(侍童)을 시켜 빠짐없이 필기를 해 놓게 했던 것이다.

거기에는 일화와 전설, 시귀의 해석에 이르기까지 다양한 것들이 담겼는데 이때의 기록이 '학림옥로'라는 이름으로 전해 온다.

거기에 보면 살인수단(殺人手段)이라는 항목이 있다. 대혜선사가 선(禪)에 대해서,

"그것이 촌철살인이다."

말했던 것이다. 대혜선사의 설명은

"보통 사람들은 사람을 죽이려 할 경우, 수레 가득히 칼을 가져와 차례차례 그것들을 집어 덤벼들지만, 그런 태도로는 사람을 능히 죽이지 못한다. 나는 한 치도 되지 않는 칼만으로도 언제든지 사람을 죽일 수 있다(寸鐵殺人)."

선에 관해 갈파한 말이었던 것이다. 따라서 이때의 살인은 문자 그대로의 살인을 의미하지 않는다. 자신의 번뇌를 죽이고 깨달음에 이름을 비유한 말이다. 대혜선사의 말을 다시 풀어보면,

"깨닫지 못한 선객(禪客)들은 화두(話頭)에 대답하기 위해 별의별 것을 다 끌어들이지만 그런 것으로 큰 깨달음에 도달될 턱이 없다. 번뇌를 없애고 정신을 집중하여 수양한 결과 나오는 아주 작은 깨달음 하나가 사물을 변화시키고, 사람에게 감동을 일으킬 수 있다."

대강 이런 뜻이 담겨 있다. 단 하나의 깨달음이나 말이 죽음에서 건지기도 하고 죽게도 만드는 것이 이 촌철살인의 위력인 것이다.

七步之才 (칠보지재)

일곱 걸음의 재주. 일곱 보 걷는 짧은 시간에 훌륭한 시 한 수를 지었던 고사에서 나온 말로 뛰어난 재주를 뜻한다.

세설신어(世說新語) 문학편(文學篇)

일화

부모를 같이 한 형제인데 성격이 판이하다. 서로 다른 점이 부딪쳐 싸움이 터지고는 하는데 조조의 두 아들에게도 그런 일이 있었다.

삼국지로 잘 알려진 조조의 맏아들 조비는 그 동생 조식을 미워했다. 두 사람 다 나중에 각각 문제와 동아왕으로 아버지 대를 잇기는 했다.

하루는 조비가 조식을 골탕 먹일 생각을 했다.

"내가 일곱 걸음 걷는 동안에 시를 지어 보아라."

"못 지으면?"

동생 조식이 염려스러운 표정을 지었다.

"어긴 벌로 중형에 처하겠다."

형은 내심 동생이 해내지 못할 것이라고 생각했다.

"자, 시작한다. 일 보, 이 보, 삼 보……."

칠 보라는 소리가 떨어지자 동생은 시 한 수를 완성했다.

콩국을 만든다고 하면서
된장국을 만든다고 하면서
솥 밑에서 콩깍지가 불에 타면

솥 안에 든 콩이 우는구나.

한 뿌리에서 나왔는데도

어이 이렇게도 급히 들볶느냔 말이다.

형은 부끄러웠다. 형이 동생인 자기를 못살게 구는 데에 대한 암시적인 시인데다가 그 불만에 대한 표시가 은근한가 하면 찌르는 데가 있었던 것이다.

齒亡舌存(치망설존)
이빨은 없어져도 혀는 존재한다. 강한 것이 먼저 없어져도 부드러운 것은 계속 살아남는다는 뜻이다.

설원(說苑)

일화

하루는 노자가 병석에 누운 상창에게 문병을 갔다. 그의 머리맡에서 노자가,

"병이 위중한 것 같습니다. 제자들에게 남길 마지막 말씀이 없으신지요?"

정중히 묻자, 상창이 기다렸다는 듯이 말했다.

"그러지 않아도 말을 하려던 참이었소."

그러더니 입을 벌리고 노자에게 와서 보라고 눈짓했다.

"내가 혀가 있습니까?"

"있습니다."

"그럼, 내 이빨은 있습니까?"

"없습니다."

상장은 무언가 의미 있는 말을 하려는 것 같았다.

"지금 무슨 뜻으로 그랬는지 아시겠습니까?"

노자가 대답했다.

"혀가 계속 남아 있는 것은 그 부드러움 때문이 아니겠습니까? 그런 반면 이빨은 그 강함 때문에 없어진 것이라 하겠습니다."

"맞는 말이오. 천하의 모든 일도 이와 같다 하겠소. 내가 무슨 말을 더 이상하겠소?"

兎死狗烹(토사구팽)
토끼 사냥이 끝나면 사냥개는 잡아먹힌다. 목표를 이룰 때
까지는 쓸모로 여겼다가 일단 이룬 뒤에는 헌신짝처럼 버린
다는 뜻으로 쓰인다.

사기(史記) 회음후열전(淮陰侯列傳)

일화

  항우와의 최후 결전에서 승리한 유방은 천하통일의 1대 한
고조로 등극했다. 각기 수훈의 상을 내리면서 혁혁한 공로자
한신을 초나라의 왕으로 책봉했다.

  그런 가운데 심혈을 기울이려 나라를 세워 가던 고조 유방
은 문득 장군 종리매가 한신의 휘하에 있음을 알고 놀랐다.

  "체포해 올려 보내라. 그 자는 항우의 장수였다. 지난날 초
나라와의 전투에서 이 자 때문에 숱한 고초를 당했었다."

  하지만 한신은 종리매를 유방에게 넘겨 줄 수 없었다. 옛 친
구였기에 숨겨 주었다. 이 일이 화근이 되어 소문이 떠돌았다.

"한신이 모반을 하려고 한다."

그런 상소문까지 있게 되자 진평은 유방에게 대책을 내어놓았다. 제후들을 초나라 서쪽 경계에 모이도록 하고 이때를 타서 한신을 체포하기로 했다.

한신은 이 행사가 무엇 때문인지 눈치챘다. 참석하면 잡히는 건 뻔한 일이고 반란을 일으키면 엄청난 소용돌이에 빠져들게 되는 것이다. 이런 때에 가신 하나가 묘한 대책을 내어놓았다.

한신은 종리매를 불러놓고 그 사실을 실토했다.

"자네 목을 한고조에 가지고 가면 폐하도 기뻐하실 것이고 아무런 염려도 없게 될 것이네."

종리매가 항의했다.

"나 때문에 유방이 함부로 공격하지 못한다는 걸 알아야 하네. 나를 죽여 유방의 환심을 살 수 있겠지만, 자네도 얼마 못가 화를 당할 걸세. 내가 자네를 잘못 보았군. 내가 쾌히 죽어주지. 그런 자네라는 자는 남의 위에 설 위인이 못 되네."

종리매는 스스로 목을 베어 죽었다.

"종리매의 목을 가져왔단 말이지?"

유방은 그 목은 쳐다보지 않았다.

"한신을 체포하라."

손발이 묶인 한신은 비분강개하며 탄식했다.

"잽싼 토끼가 죽자 훌륭한 사냥개도 삶아지고, 높이 나는 새를 다 잡으면 좋은 활도 곳간에 처박히며, 적국을 무너뜨린 지혜 있는 부하도 버림을 받는다고 하더니 과연 그 말이 맞는구나. 천하고 평정되고 나니 나 역시 삶아지는구나."

이렇게 한신은 낙양으로 압송되었던 것이다.

교

破鏡重園(파경중원)
깨진 거울을 다시 맞추다. 파경에 이르렀다고 하면 이혼의
의미로 쓰이고 있지만 본래는 이별 했던 부부가 다시 만나
행복하게 산다는 뜻이었다.

태평광기(太平廣記)

일화

서덕언(徐德言)은 아내 낙창공주(樂昌公主)를 앞혀 놓고 겨우 말을 꺼냈다.

"당신과 헤어지면 다시 만날 수나 있을까? 수나라 대군은 쳐들어오고 우리 진(陳)나라는 멸망의 위기에 처해 있소."

태자의 시종인 서덕언은 곧 닥칠 환란이 눈에 보이는 듯했다.

"당신은 아름다운 데다가 글 솜씨도 뛰어난 여인이오. 적군들에게 그대 몸이 무사하지 못할 것이고, 잡혀가 어느 저택의 하녀로 부려질 것을 생각하면 죽고만 싶소."

망국의 여인들이 점령군에 의해 그 인생행로가 어떻게 되는가를 낙창공주도 모를 리 없었다.

"여보!"

흐느끼는 아내의 얼굴을 바라보며 서덕언은 거울 하나를 꺼내 들었다.

"내 이것을 둘로 쪼개어 한 쪽은 당신에게 주겠소. 생전 두 번 다시 만날 수 있게 될지 어떨지 아지 못하나 인연이 닿기를 빌겠소. 이걸 갖고 있다가 정월 보름날이면 장에 팔러 내보내시오. 내 어떻든 살아서 반드시 그 거울을 찾을 것이오."

진나라는 망하고 낙창공주는 붙잡혀 수나라 중신 양소(楊素)의 저택으로 끌려갔다. 곧 양소의 총애를 받게 되었지만, 그녀는 남편이 준 반쪽 거울을 잊지 않았다.

서덕언은 살아남았다. 전란에 쫓기며 거지생활로 연명하면서 1년 뒤에 장안에 들어왔다.

다음 날 정월 대보름날이었다. 이 날을 기다려 천신만고를 견뎌 왔던 걸 회상하며 시장으로 갔다.

깨진 반쪽 거울을 파는 사람이 있었다.

"미친 사람 아냐? 저걸 누가 사!"

서덕언은 그 사람에게 다가갔다. 그리고 품 속에서 꺼낸 거울을 거기에 맞춰 보았다. 딱 들어맞았다.

서덕언은 그 사람에게 자신의 거처를 알려 주고 지난 사정을 들려주었다.

그 날 이후, 낙창공주는 식음을 전폐하고 울기만 하였다. 양소는 내막을 알았다. 헤어진 두 남녀의 애정에 못내 감동하여

"내 그대를 남편에게 돌려보내 주리다."

고향으로 다시 돌아온 서덕언 부부는 행복하게 살았다.

破竹之勢(파죽지세)

대나무를 쪼개는 기세. 상대방 진영을 향해 거침없는 기세로 쳐들어갈 때의 표현으로 쓰인다.

진서(晉書) 두예전(杜預傳)

 일화

때는 삼국시대가 끝나고 진(晉)나라와 오(吳)나라가 마지막으로 으르렁거릴 무렵이다. 오나라는 천혜의 양자강을 끼고 있어 그 명맥을 유지하고 있었다. 오나라 징벌은 쉽지 않았다. 그곳을 치는 남벌 기간 동안 북쪽 흉노의 남하를 고려하지 않을 수 없었다.

드디어 두예(杜預)는 황제의 허락을 받아내 진남대장군으로 평정에 나섰다. 두예의 20만 군대는 순식간에 장강 이북 땅을 점령하고 오나라의 수도를 코앞에 둔 지점까지 진군했다.

이제 남은 것은 곧바로 쳐들어 갈 것이냐 아니면 조금 더 기다렸다가 결전을 벌일 것이냐로 회의가 열렸다.

"지금은 단번에 승리를 거두기는 어렵습니다. 봄도 무르익은 계절인데다가 비가 많이 내려 전염병이 돌기 쉬운 때입니다. 일단 철군했다가 겨울에 다시 공격하는 게 좋겠습니다."

한 장수의 이런 의견에 대해 두예의 생각은 그 반대였다.

"그렇지 않소. 아군은 승세를 타고 있소이다. 이것은 마치 대나무를 쪼개는 것 같은 기세라 할 수 있소(破竹之勢). 처음 두·세 마디만 쪼개면 나머지는 힘들이지 않아도 저절로 쪼개어 지는 것이오. 이 이상의 호기는 없소이다."

두예는 파죽지세로 오나라 수도로 쳐들어가 항복을 받아냈다. 다음 해 3월 오나라를 멸망시키고 천하를 통일했다. 뒷날 두예는 한 통의 편지를 받았다.

"그때 작전 중지를 요청했던 것은 제 자신의 어리석음이었습니다."

暴虎馮河 (포호빙하)
맨손으로 범에게 덤벼들고 걸어서 강을 건넌다. 신중하지 못하고 분별없이 날뛰는 것을 이르는 뜻으로 쓰인다.
논어(論語) 술이편(述而篇)

 일화

공자가 가장 사랑했던 제자는 안회와 자로 두 사람이었다. 이름이 알려진 제자만도 70여명 중에서 이들이 공자의 관심을 끌었던 것은 무엇일까?

자로는 본래 공자를 만나기 전에는 불량배나 다름없었다. 공자의 평판이 자자하자 자로는,

"뭐가 잘난 자인지 골탕이나 먹여 주자."

찾아갔다가 공자의 인품에 압도되어 그 길로 자진해 제자가 된 자였다.

"자로, 자네는 무용에는 뛰어났지만 학문을 소홀히 하는군."

책망을 듣기도 했지만 일편단심 스승을 경애했고, 열심을 다했다.

어느 날 공자는 안회와 대화를 나누었다. 무슨 말 끝에 안회가 공자에게 질문했다.

"선생님께서 한 나라의 군대를 지휘하는 입장이 되신다면 어떤 인간을 의지하시렵니까?"

"바로 자로 너다."

라는 대답이 나오리라고 기대했던 자로는 그 생각을 거두어야 했다.

"범에게 맨주먹으로 달려들고 걸어서 강을 건너려고 하는 자처럼 죽음을 두려워하지 않는 사람과는 함께 하고 싶지 않다. 겁이 많을 정도로 신중을 기하며, 용의주도한 사람이 오히려 믿음직하게 여겨진다."

風馬牛(풍마우)

발정난 말과 소. 발정난 동물은 짝을 찾아 먼 곳이라도 달려간다. 그러나 달려갈 수 없을 만큼 멀리 떨어져 있다는 뜻으로 쓰이는 말이다.

춘추좌씨전(春秋左氏傳)

일화

제나라 환공이 그날은 바람이 쐬고 싶었다.

"뱃놀이라도 합시다."

부인 채희(蔡姬)는 환공의 제안에 기분이 좋았다.

배를 띄워 한가운데 나오자 채희는 즐거운 마음에 장난을 치고 싶었다. 배를 좌우로 흔들었다.

"아니, 이게 무슨 짓이오!

환공이 놀라서 소리치자, 채희는 그게 또 재미있어서 조금 더 배를 흔들었다.

"이런 못된 년!"

뱃놀이는 중단되고, 채희의 귀여운 장난은 엉뚱한 사태로 옮겨갔다. 환공은 아내를 고향 채나라로 쫓아 버렸다.

얼마 뒤, 채희는 고향에서 다른 남자에게 재가했다. 환공은 참을 수 없었다.

"채나라를 쳐라."

채나라가 무너졌다. 그 여세를 몰아 초나라로 진군했다. 초나라 선왕은 기겁해 사신을 제나라로 보내 물었다.

"임금은 북해에 있으며 나는 남해에 있습니다. 마치 발정난 말이나 소(風馬牛)라도 짝을 찾을 수 없을 만큼 먼 거리로 떨어져 있는 사이인데 싸울 이유가 없습니다. 참으로 임금께서 내 땅에 건너오리라고 생각하지 못했는데, 이 어쩐 일입니까?"

환공은 초나라 침공을 그만두었다. 초나라에서는 굴완(屈完)을 사신으로 보내어 제나라와 평화조약을 맺었다.

邯鄲之夢(한단지몽)
한단에서의 꿈. 꿈에서 깨어나 보니 인간의 영화가 헛되고
덧없음을 깨닫고 욕망을 절제하게 된 것을 뜻한다.
심기제(沈旣齊) 침중기(枕中記)

　당나라 현종 때 여옹이라는 도사가 있었다. 한단의 한 주막
에서 쉬고 있다가 이름이 노생인 한 소년을 만났다.
　"도사님, 너무도 가난하여 사는 게 괴롭습니다."
　소년이 한탄하자 여옹은 가지도 있던 자루에서 베개 하나를
주었다.
　"이걸 베고 자면 희망대로 될 거야!"
　노생이 그 베개를 머리에 대고 잠들자 꿈을 꾸었다. 인생의
모든 게 척척 풀려 갔다. 아름다운 여자와 결혼하고, 과거에
급제하여 벼슬에 올랐다. 절도사가 되고, 중서시랑, 동중서문
하평장사에 임명되어 나랏일을 맡아보기를 10여년, 잘 되어

갔다.

그 후 조국공에 봉해졌으니 대단한 권세의 자리에 올랐다. 하지만 어느 날 느닷없이 역적으로 몰리어 고초를 겪게 되자 벼슬에 나아간 것이 후회스러웠다. 변방으로 귀양간 노생은 나중에 무죄로 밝혀져 복직해, 여생은 행복하게 마쳤다.

깨어 보니 꿈이었다. 여옹이 한 마디 일러주었다.

"인간 세상의 일이란 다 그런 것이지."

노생은 깨달았다.

"가르침을 잘 간직하여 욕심을 막아내도록 하겠습니다."

그 날 이후, 노생은 여옹의 제자가 되었다.

合從策 連橫策(합종책 연횡책)

세로로 힘을 합치는 외교책과 가로로 힘을 연결하는 외교책. 전국시대 때 소진이 주장한 합종책과 장의가 주장한 연횡책은 여러 국가들이 강대국에 대해 항거하느냐 복종하느냐의 정책으로 쓰이는 것을 말한다.

소진전(蘇秦前)·장의전(張儀傳)

일화

세로로 힘을 합친다는 것은 남북으로 국가들이 동맹을 하는 것을 말한다.

이것이 합종책이다. 그래서 세로 종(從)자를 써서 세로로 힘을 합하자는 것이다.

가로로 힘이 이어진다는 것은 동서로 국가들이 동맹을 하는 것을 말한다.

이것이 연횡책이다. 그래서 가로 횡(橫)자를 써서 가로로 힘을 연결하자는 것이다.

이 두 가지는 진(秦)나라에 대해 항거하느냐 복종하느냐는 문제를 둘러싸고 생겨난 외교책이다.

전국 시대에 진은 서쪽에 치우쳐 있었기 때문에 그 밖의 나라끼리 동맹을 하게 되면 합종이 되고, 진이 다른 나라와 손을 잡게 되면 연횡의 형태가 되었던 것이다.

전자의 합종책을 주창한 자는 동주(東周)의 낙양 출신 소진(蘇秦)이었다.

후자의 연횡책을 주창한 자는 위국(魏國)의 사람인 장의(張儀)였다.

이 두 사람은 같은 스승인 제나라의 귀곡자(鬼谷子) 아래서 종횡술(從橫術)을 배웠던 변설가였다. 두 사람이 입에서 쏟아 내는 논리 정연한 변설은 누구도 당할 자가 없었다.

그러나 그들이 심오한 논리가가 되기까지는 처절한 역경의 때가 있었다.

소진은 진나라에 갔다가 그의 이론이 채택되지 않자 빈털터리가 되었다. 초라한 꼴로 집에 돌아왔을 때는 처자, 심지어는 형수에게서조차 멸시를 받기도 했다.

그러나 태공망(太公望)의 음부(陰符)라는 책을 열심히 연구해 마침내 조(趙)나라 왕을 설득하는데 성공했다. 그 후 벼슬에 오른 소진은 그가 제후국을 다닐 때는 황제의 행차나 다름없었다.

　그의 위엄 있는 행차를 보고 비로소 가족들은 굽실거리는
것을 보고 한탄하기도 했다. 어떻든 그는 진나라의 세력이 커
지는 것을 막는데 성공했고, 여섯 나라의 재상을 겸임하는 자
리에까지 올랐다.

　장의 또한 초나라에 갔다가 재상의 주연 자리에서 도둑으로
몰려 곤욕을 치른 인물이었다. 겨우 석방되었지만 몹시 매를
맞아 만신창이가 되어 집에 돌아왔다. 기다리고 있는 것은 아
내의 질책이었다.

　"분에 없이 학문을 하시니 이런 욕을 당하시는 거예요."

　장의는 태연했다.

　"내 혀가 입안에 있소."

　아내는 어이없다는 듯 대답했다.

　"있어요."

　"있으면 됐어."

　장의는 다른 것은 망가져도 다치지 않은 혀가 있다면 아직
도 미래를 꿈꿀 수 있다고 생각했던 것이다.

　얼마 뒤, 장의는 진나라를 위해서 여러 나라의 합종을 무너
뜨렸다. 그리고 연횡책을 추진하였다.

　진의 중원(中原) 진출은 그 이면에 장의의 활약 덕분이었다.

螢雪之功(형설지공)

반딧불과 눈빛으로 쌓은 노력. 등불을 켤 수 없는 가난 속에서 반딧불과 겨울날의 눈빛을 이용해 책을 열심히 읽고 공부해 성공한 것을 뜻한다.

진서(晉書) 차윤(車胤)·송강전(孫康傳)

일화

"차윤(車胤)아, 어서 자거라."

어머니는 그렇게 말하고 등불을 껐다. 집안이 가난해 등불조차 마음껏 켤 수 없음을 소년 차윤은 이미 알고 있었다.

한밤중에 일어났다. 캄캄한 들판에 나가 반디를 수십 마리 잡았다. 그것들을 명주로 된 주머니에 넣으니 제법 밝은 빛이 쏟아져 나왔다.

차윤은 그 불빛에서 열심히 글을 읽고 공부해 상서랑의 직위에까지 올랐다.

동진(東晉) 시대 때에 있었던 이야기이다.

차윤과 같은 시대에 손강(孫康)이라는 소년이 살았다.

"넌 내게 고마운 아들이다. 자칫 나쁜 아이들과 놀 수도 있을 터인데 넌 그런 애들과 휩쓸리지 않으니 말이다."

어머니의 이러한 칭찬을 들으며 손강은 정말 열심히 공부했다. 역시 가난해 등불기름을 살 돈조차 없었다. 그래도 잠시라도 손에서 책을 놓지 않았다.

겨울이 와 등불을 켤 수 없는 밤이면 창문에 기대어 책을 읽었다. 쌓인 하얀 눈밭 위에 달빛이 반사되어 들어왔던 것이다. 그 빛으로 글을 읽으며 열심히 공부했다.

그리하여 어사대부라는 높은 벼슬에 오를 수 있었다.

狐丘之械(호구지계)

호구의 경계(警戒). 호구의 한 영감이 일러준 가르침에서 온 말로 타인으로부터 원망을 사는 일이 없도록 하라는 뜻으로 쓰인다.

열자(列子) 설부편(說符篇)

일화

초나라의 호구(狐丘)에서였다.

"세 가지 원망의 대상이 사람들에게 있습니다. 그걸 아시는지 묻고 싶습니다."

손숙오(孫叔敖)의 앞에 한 노인이 앉아 이렇게 말하고 있었다.

"무슨 뜻인지요?"

"직위가 높아지면 사람들은 그를 투기합니다. 벼슬이 높은 사람을 임금이 미워하고, 나라에서 녹을 많이 받는 사람 또한 세상 사람의 원망을 듣지 않습니까?"

손숙오가 무엇을 묻는지 알고 대답했다.

"그렇다면 직위가 올라간다 해도 뜻을 낮추고, 벼슬이 높아

진다 해도 마음을 작게 하며, 녹이 많아진다 해도 넓게 베푼
다면 이 세 가지 원망에서 자유로울 수 있지 않겠습니까?"

이런 대화가 있고 세월이 흘렀다.

손숙오가 병석에 누워 자신의 명이 다함을 알자 아들을 불
러 훈계했다.

"임금께서는 나를 자주 높은 벼슬에 앉히려 했지만 받지 않
았다. 내 죽은 뒤 임금께서 네게 땅을 봉해 줄 터인데 절대로
이로운 땅은 받지 말라. 받겠다면 초나라와 월나라 사이의 침
구(寢丘)라는 지방이 있는데 이곳은 좋은 곳은 아니다. 이곳이
라면 오래도록 차지할 수 있는 곳이다."

손숙오가 죽자 과연 임금은 손숙오를 기려 기름지고 아름다
운 땅을 그의 아들에게 내렸다. 하지만 아들은 아버지의 말을
기억하고 그 땅을 사양한 뒤, 침구지방을 받아 대대손손 그곳
에서 살 수 있었다.

浩然之氣(호연지기)

넓게 트여 있는 마음. 이치에 맞고 마음이 정의에 차 있으면 어떤 상황에서도 흔들림 없이 탁 트인 도덕적 용기를 이르는 말이다.

맹자(孟子) 공손추(公孫?)

일화

"나는 마흔이 되면서부터 마음이 동요되지 않았다."

맹자가 이렇게 대답하자 그의 제자 공손추(公孫?)가 또 질문을 했다.

"어떻게 하면 마음이 동요되지 않습니까?"

"그건 용(勇) 때문이다. 마음에 부끄러움이 없으면 두려울 것이 없다. 이것이 마음이 동요되지 않는 최선의 방법이다."

묻는 제자와 대답하는 스승과의 대화가 점점 더 깊이를 더하다가 호연지기(浩然之氣)에 이르렀다.

"감히 묻고자 하는 것은 과연 호연지기란 무엇입니까?"

"기(氣)란 지극히 크고 굳셈으로 곧게 기르면 하늘과 땅 사이에 꽉 차게 된다. 이런 기는 의(義)와 도(道)가 만나서 짝을 이룰 때 생기는 것이기에 기가 없으면 소용없는 것이다. 의는 꾸준히 쌓여 이루어진다. 억지로 취한다고 해서 의가 얻어지는 것은 아니다. 그래서 행동할 때에 마음에 꺼리는 것이 있으면, 호연지기는 즉시 쇠퇴한다."

和氏之壁(화씨지벽)
화씨의 옥석. 천하의 보배로운 옥석의 이름으로 쓰이다. 하지만 그 속뜻은 소중한 것이나 진리가 세상에 인정되지 않음을 한탄한 뜻이다.

한비자(韓非子) 변화편(卞和篇)

화씨(和氏)가 산속에 들어갔다가 발견한 옥석(玉石) 하나가 굉장했다. 그것을 자신이 갖지 않고,

"대왕께 드리나이다."

이렇게 초나라 여왕(?王)에게 바쳤는데 어이없는 결과를 초래했다.

"감정해 보니 그냥 돌이다. 저 놈을 처벌하라."

사기꾼으로 몰려 발이 잘리는 형벌을 받아야 했다.

여왕이 죽고 무왕이 등극하자, 다시 그 원석을 왕에게 갖다 바쳤다. 역시 하찮은 돌로 감정되어 나머지 오른발이 잘리고 말았다.

그 무왕도 죽자 문왕이 왕위에 올랐다.

이번에는 왕에게 가져가지 않았다. 그 대신 화씨는 그 원석을 끌어안고 사흘 밤낮을 울고 울었다. 눈물이 다 마르자 눈에서 피가 흘러나왔다. 그리고 이 소문이 문왕의 귀에 들어갔다.

"발이 잘리는 형벌을 받은 자가 어디 화씨라는 작자 하나뿐인가? 무슨 이유인지 알아보라."

문왕의 신하가 화씨를 찾아가 피눈물로 우는 까닭은 물어

보았다. 화씨는 슬픔을 지으며 말했다.

"그 때문에 슬퍼한 것이 아닙니다. 보배로운 옥석을 보통의 돌이라고 하고 또 그것을 바친 사람의 충성을 알아주지 않은 채 사기꾼으로 몰아세운 게 못내 슬퍼서 울었던 것입니다."

보고를 접한 문왕은 뭔가 뜻이 있는 것 같았다고 생각했다.

"그렇다면 그 원석을 갈아 보게 하라."

보석공이 갈고 다듬자, 쓸모없어 보이던 돌이 천하의 하나밖에 없는 귀한 옥석으로 반짝이기 시작했다. 그래서 이름 붙이기를 화씨지벽이라 했다.

歡樂極 哀情多(환락극 애정다)

즐거움이 극에 이르면 비애가 따른다. 인간이 누리는 즐거움과 기쁨이 극도에 이르면 말할 수 없는 비애를 느낀다는 것으로 인생의 무상을 뜻한다.

한무제(漢武帝) 추풍사(秋風辭)

일화

그날 한무제(漢武帝)는 분하(汾河)에 배를 띄웠다. 황하의 지류인 분하는 가을색을 수면에 드리워 풍취가 있었다. 황제의 좌우로는 군신들이 동석하여 즐거운 한 때의 시간이 배안 가득 넘쳐 났다.

그러자 강상(江上)의 흥취를 맛보는 가운데 갑자기 한무제의 눈시울이 아련해졌다. 그의 입에 시 한 수가 흘러나왔다.

> 가을바람 일어 흰 구름 날리는 날,
> 초목은 시들어 떨어져 가고
> 기러기는 남쪽으로 돌아가려고
> 울며울며 하늘을 비껴 간다.
> 이런 가을에는 난과 국화만이 꽃 피어나
> 그 자태를 자랑하거니와,
> 아무래도 나는 님을 생각하며
> 잊을 수가 없구나.
> 오늘 누선을 띄워 분하를 건너다가
> 강 한가운데 배를 멈추니 흰 물결이 일어나고,
> 음악이 흐르는 가운데 뱃노래가 흥을 돋운다.
> 즐거움이 극에 이르면 비애가 따른다(歡樂極 哀情多)고 하더니,
> 젊음이 얼마나 되겠는가.
> 곧 늙을 것을 어떻게 한단 말인가.

행복의 절정에 다다랐을 때, 도리어 비애를 느끼고는 하는 것이 인지상정이다. 왜 즐거움의 마지막은 엉뚱한 감정을 불러일으키는 것일까? 그 마음에 무상함을 느끼고 있기 때문이라고 한다. 즐거움의 극에서 느끼는 비애의 감정을 잘 나타낸 시로 전해 오고 있다.

懷璧有罪(회벽유죄)
보물을 가지고 있는 것이 죄다. 신분에 맞지 않는 재화를
소유하고 있으면 그로 말미암아 생기는 재앙을 면키 어렵다
는 뜻으로 쓰인다.
좌전(左傳)

일화

노(魯)나라에 우공(虞公)은 탐심이 많았다. 동생 우숙(虞叔)
이 가지고 있는 명옥(名玉)을 보자 갖고 싶어 안달을 했다.

"그거 나한테 넘겨라."

우숙은 건네주고 싶지 않았다. 꺼려하며 머뭇거렸는데 한
가지 속담이 떠올랐다.

'소인은 그 자신에게 죄가 없더라도 신분에 어울리지 않는
보물을 가지고 있는 것만으로도 죄가 된다.'

우숙은 이 말이 옳다고 여기고 명옥을 형 우공에게 넘겨주
었다.

그런데 이번에는 동생이 차고 있는 검이 눈에 띄었다.

"그 칼도 내게 다오."

우숙은 형의 요구에 어이없었다. 그렇다면

"형은 만족을 모르는 사람이다. 달라는 대로 다 주었다가는
그 끝에 가서 내 목숨까지 요구할 게 분명하다."

하는 마음이 들자 고분고분 들어주었다가 나중이 잘 못될
것이 염려되었다.

"싫습니다."

딱 거절한 뒤, 우공을 급습했다. 형은 동생의 공격에 나라를 버리고 다른 나라로 망명했다.

嚆矢(효시)

울리는 화살. 전투의 선전포고 때 중국에서는 '울리는 화살'을 쏘아 알렸다고 한다. 이에 연유되어 사물의 시초나 사건의 시작이 되는 것을 뜻하는 달이 되었다.

장자(莊子) 재유편(在宥篇)

일화

"천하를 다스리지 않는다면 사람들의 마음이 어떻게 좋아질 수 있겠습니까?"

노자의 제자 최구가 물었다. 이에 대해 노자는,

"사람의 마음이란 억누르면 가라앉고 추겨 주면 올라가네. 뜨겁게 되면 타오르고 차갑게 되면 얼어붙는다네. 마음의 이러한 성질로 보건대 함부로 사람의 마음을 구속하지 않도록 삼가야 한다네."

하고 인위적으로 다스리지 말고 자연 그대로 사람의 마음을 두어야 한다고 말했다. 말하자면 노자는 유가(儒家)의 인의(仁義)가 곧 구속이라고 보았던 것이다. 그래서 말하기를,

"세상은 온갖 방법으로 사람을 사형에 처하고 법률로 죽이고 있다네. 이렇게 어지러운 세상이 된 것은 인의로 사람의 마음을 묶어 놓았기 때문일세."

하고 비판한 다음,

"보게나. 어진 사람은 산속으로 들어가 숨어 살고, 군주는 궁궐에서 두려워하며 살고 있지. 지금 세상을 잘 보게. 처형된 자가 나란히 베개를 하고, 족쇄를 찬 사람은 비좁다 하여 서로 밀치고, 형벌을 당해 죽은 사람들이 나동그라져 있는 것이 눈에 보이네."

노자는 유가와 묵가(墨家)가 기세를 부리고 있는 것에 대해 탄식했다.

"참으로 유가와 묵가는 너무 심하다."

드디어 노자는 핵심으로 들어갔다.

"성인의 지혜라는 것이 사람에게 족쇄가 되는 것인지도 모른다. 또 인의라는 것도 사람에게 질곡이 되는 것인지도 모른다. 지난날 증삼이나 사추가 걸왕과 도척 같은 무리의 효시(嚆矢)가 된 것이 아닌가 어찌 알겠는가?"

듣고 있던 제자 최구는 스승의 말이 무엇인지 점차 깨닫고 있었다. 세상을 잘 다스리려고 했던 지혜나 인의가 오히려 세상을 어지럽게 하고 인간을 구속하는 도구가 되고 있었던 것이다.

자연 그대로의 인간의 마음이 인간을 인간답게 살아가게 하는 것이라는 스승의 깨우침을 확실히 알아 가고 있었던 것이다.

胸有成竹(흉유성죽)

가슴 속에 이미 완성된 대나무가 있다. 매사에 무엇을 착수하기 전에 미리 그에 대한 복안이 충분히 갖추어져 있음을 뜻한다.

소식(蘇軾) 조보지의 시(晁補之의 詩)

일화

문동(文同)은 오늘도 그의 집 앞 대나무 숲으로 들어갔다. 그가 줄곧 심어 온 대나무이기도 하지만, 대가 자라는 모습을 보면서 익혀 둘 것이 많았다.

댓잎이 우거지는 법, 가지를 쳐가는 상태, 죽순이 자라는 것들을 세세히 보면서 관찰하기를 게으르게 하지 않았다.

이렇게 죽림에서의 일과를 마치면 집에 돌아와 종이를 펼쳐 그림을 그렸다. 눈에 익히고 마음에 담아둔 대나무를 그려 나가는 것을 곁에서 보면 그림의 필치가 살아 움직이는 듯했다.

어느 새 세인들은 그의 그림에 대해 절찬하기를 아끼지 않았다.

"문동의 대나무 그림은 천하의 일품이야."

사방팔방에서 격찬하며 먼 길을 마다하고 그를 찾아왔다.

하루는 당대의 문학자 조보지(晁補之)가 찾아왔다. 문동은 친구인 그를 맞아 죽림으로 안내했다. 대나무 향기 은은한 그곳에서 차를 마시면서 한담을 나누거나, 문동이 즉석에 대나무를 그리는 것을 보기를 조보지는 좋아했다.

젊은이 가운데 문동에게서 그림을 배우기를 소원해 조보지를 찾아와 자문을 구하면,

"문동이 대를 그리고자 마음먹을 때, 이미 그의 가슴에는 완성된 대나무가 있었네."

라고 말해 주었다. 문동은 오래 대나무를 관찰하며 평소 그 마음속에 성죽(成竹)을 담아두고는 했다. 그렇기에 언제든지 대를 그릴 수 있는 준비가 되어 있는 셈이었다.

붓을 드는 순간 일필휘지의 박진감 있는 대나무 그림이 쓱쓱 화선지에 나타날 수밖에 없었다. 조보지는 문동이 평소 그림 그릴 준비를 철저히 하고 있다는 것을 젊은이에게 일러 준 것이었다.

알아두기 - 1
고사성어에 대하여

고사(故事)라는 말은 옛날부터 전해 내려오는 유래 있는 일, 또는 옛일을 말하는 것이고, 성어(成語)라는 말은 숙어, 또는 옛사람이 만들어 널리 세상에서 쓰여지는 말을 말한다.

고사성어란 예전부터 전해 오는 유래 있는 일로 그 말이 성립된 시대의 역사적 상황과 또 그 말을 만든 인간의 체험과 그것을 통해서 삶의 지혜가 농축되어 살아 숨 쉬고 있는 말이다. 대부분, 2자(二字), 3자(三字), 사자(四字) 등으로 된 숙어를 말한다.

한국·중국에서 발생한 고사성어는 '어부지리' 처럼 사자성어(四字成語)가 대부분이지만, 단순한 단어로서 예사롭게 쓰는 '완벽'이나 벼슬에서 물러난다는 '괘관', 도둑을 뜻하는 '녹림' 등도 고사성어에 속한다. 흔히 쓰는 '등용문' '미망인' 과 같은 삼자성어(三字成語)도 있으며 8자, 9자로 된 긴 성구도 있다.

고사성어라고 할 때의 고사란 그 말이 관련 사건·사실이 있다는 점에 치중하여 쓴 용어이며, 고사중에서도 좀더 구분하면 다음과 같다.

즉, 고사성어(故事成語)는 어떤 사건의 연고에 밀접하게 연관되어 생성된 말을 지칭하는 것이고, 고사성어(古事成語)는 흔히 고사성어(故事成語)와 혼용되나, 일반적으로 특정한 연고없이 옛날에 이루어진 관용적인 표현의 한자어를 말한다.

고사성어의 이해는 실생활에 지적수준을 향상시켜 준다. 조리 있는 대화나 설득력 있는 문장 등의 성활적 측면뿐 아니라, 고금(古今)을 통한 인간의 보편적 삶의 지혜를 체득하는 지름길이 되는 것이다.

294

알아두기 - 2
전국시대의 중국사와 고사성어

춘 추시대에는 주나라 왕실을 존중하는 경향이 있었지만, 전국시대는 왕조의 권위가 실추되었다. 이때를 틈타 제후들의 약육강식의 시대가 판을 친다.

한·위·조 3진(三晉)이 주(周)나라 위열왕(威烈王)에 의해 제후로 인정된 해부터 진(秦) 시황제(始皇帝)가 중국을 통일한 때까지를 이른다.

그러나 춘추시대를 기원전 453년, 3진의 실질적인 독립 시기까지로 보는 경우에는 이때부터 기원전 403년까지를 전국시대(戰國時代)의 전기, 그 이후를 전국시대 후기로 나누기도 한다.

전국시대라는 명칭은 전한(前漢) 시대의 유향(劉向)이 편찬한 '전국책(戰國策)'에서 유래되었다. 이 시대에는 전국7웅(戰國七雄)인 연(燕)·제(齊)·한(韓)·위(魏)·조(趙)·초(楚)·진(秦)이 서로 세력을 다투던 때다. 그러다가 말기에 이르면 진(秦)·제(齊)·초(楚) 3국의 쟁탈전으로 변모한다.

그 이후 진시황(秦始皇)이 이사(李斯) 등의 도움으로 중국 최초의 통일국가를 이룩함으로써 전국시대는 끝이 난다.

새롭게 풀어 쓴 고사성어

초판1쇄-2016년 4월 30일

지은이-21세기 역사 바로 알기 위원회
펴낸이-이 규 종
펴낸곳-예감출판사
등록-제2015-000130호
주소-경기도 고양시 일산동구 공릉천로 175번길 93-86
전화-031-962-8008
팩스-031-962-8889
홈페이지-www.elman.kr
전자우편-elman1985@hanmail.net